하이힐을 신고
달리는 여자 1

하이힐을 신고 달리는 여자

앨리슨 피어슨 장편소설
이세진 옮김

1

사람in
saram
in.com

사랑을 담아, 애비에게

버스 바퀴들이 빙글빙글
돌고 도네, 돌아가네
버스 바퀴들이 빙글빙글
온종일 돌아가네

버스에 탄 아기들이 으앙으앙
으앙으앙, 으앙으앙
버스에 탄 아기들이 으앙으앙
온종일 으앙으앙

버스에 탄 엄마들이 쉬쉬쉬
쉬쉬쉬, 쉬쉬쉬
버스에 탄 엄마들이 쉬쉬쉬
온종일 쉬쉬쉬

〈전통민요〉

10여 년 전에 재미있게 보았던 『아름다운 시절』이라는 만화에 이런 얘기가 있었다.

"오른손에는 일, 왼손에는 결혼반지, 등에는 아이, 앞주머니엔 두둑한 돈다발."

오늘날의 여성들은 자아실현, 사랑, 아이, 경제적 독립 중 어느 하나도 놓치고 싶어 하지 않는다. 그러다 워킹맘이 되면 깨닫는다. 일과 아이를 동시에 지키려는 순간부터 로맨틱한 사랑은 전우애로 변하고('전우애'는 그나마 다행스러운 경우, 자칫하면 '원수지간'도 될 수 있음!), 차곡차곡 쌓일 것 같던 돈다발은 일을 하기 위해 지불해야 하는 육아비용으로 술술 새어나가고 만다는 것을. 운이 좋아 그 많은 공들을 그럭저럭 저글링하며 살 수 있다 해도 늘 마음 한구석에서 내가 일을 하지 않는다면 아이를 좀 더 잘 키울 수 있지 않을까, 다시 오지 않을 아이의 어린 시절을 놓치고 있는 것은 아닌가라는 자책감을 몰아낼 수 없다는 것을.

나 역시 공 하나를 던지기 무섭게 다른 공이 떨어지지 않도록 잡아 채야 하는 생활을 몇 년째 계속해왔다. 꼭 해야 하는 것, 꼭 기억해야 하는 것들이 내 삶을 잠식했다. 내가 가진 공들은 모두 다 소중했기에 무엇 하나 절대로 땅에 떨어뜨릴 수 없었지만 그래도 늘 마음속으로는 잠시 공을 내려놓을 데가 없는지 찾고 있었던 것 같다.

그러던 중에 이 책을 통해 사랑스러운 워킹맘 케이트 레디를 만났다. 두 아이를 키우며 해외출장이 밥 먹듯 잦은 일을 지키기 위해 고군분투하는 케이트의 고백은 문화적·시간적 차이가 무색할 만큼 나를 사로잡았다. 똑똑하고 잘나가는 펀드매니저이지만 온실 속의 화초처럼 곱게만 자란 여성이 아니라 가난과 가정불화 속에서도 어떻게든 좀 더 나은 삶을 향해 나아가려고 열심히 살아온 그녀는 참으로 인간적이고, 너무너무 웃기고, 질투가 날 만큼 멋지다. 나는 진심으로 케이트처럼 똑똑하면서도 마음 따뜻한 친구와 이메일을 주고받고 싶어졌다. 그리고 비록 잭 아벨해머 같은 멋진 '이메일 연인'이 생길 가능성은 희박하지만 그 대신 이렇게 재미있는 책들과의 만남이 잦은 나의 직업이 다시

한 번 좋아지고 감사해졌다.

또한 이 책은 현대 여성들의 잠언집이라고 불러도 좋을 정도로 여성 특유의 예리한 관찰력, 현대사회에 대한 통찰력이 번득이는 문장들로 가득하다.

'과거의 여성들은 민스파이를 만들 시간은 있었지만 오르가슴을 위장해야 했다. 오늘날의 여성들은 오르가슴은 얻을 수 있지만 민스파이를 위장해야 한다. 이런 걸 진보라고 부른다.'

'행복한 어린 시절이란 행복한 어른이 되기에 딱 좋은 준비과정, 까놓고 말하자면 유일하게 알려진 학습과정이다. 그러나 어린 시절을 행복하게 보냈다고 불굴의 추진력과 성공가도가 보장되진 않는다. 가난과 냉대, 버스정류장에서 비를 쫄딱 맞으며 기다려본 경험이야말로 성공의 밑거름이다.'

'집에 머물 시간은 점점 더 줄어드는데 프랑스제 크롬 수도꼭지를 달고 오크 마루판을 바닥에 깔기 위해 죽어라 돈을 벌고 있다. 이제 집은 언젠가 우리가 주역으로 오르기 위해 준비하는 일종의 무대세트가 된 것 같다.'

독자들이 이 책을 읽다 무릎을 치며 공감하고 서로 다른 두 문화권에서도 사람 사는 문제는 비슷비슷하다는 것을 새삼 깨닫게 될 것이다.

이 책을 번역하면서 나는 많이 웃었지만 이따금 눈물이 핑 돌기도 했다. 여자들이 엄마에 대해서 얘기할 때, 딸에 대해서 얘기할 때, 이제

어머니가 된 우리가 묵묵히 해야 할 일과 그 때문에 억눌러야 하는 것들에 대해 고백할 때, 그 마음이야말로 만국공통이 아닐까 싶다.

케이트의 딸 에밀리와 동갑내기인 우리 딸도 언젠가 이 책을 읽게 되기 바란다. 근사한 책을 맡겨주시고 번역원고를 꼼꼼하게 검토해주신 사람in 편집부에도 고마움을 전한다.

2011년 8월

옮긴이 이세진

|차례|

1권

2권

※일러두기: 본문 중에 나오는 각주는 모두 옮긴이가 붙인 것이며 *, **, ** 등으로 표시했습니다.

집

오전 1시 37분 내가 어쩌다 여기까지 왔지? 설명 좀 해줄 사람 없나? 부엌에 어떻게 왔는지 묻는 게 아니라 내 인생이 어쩌다 이렇게 됐느냐 이 말이다. 오늘은 큰아이의 크리스마스 발표회가 있는 날이고 난 민스파이mince pie*를 두들기는 중이다. 아니, 좀 더 정확히 말하자면 민스파이에 '압력을 가하고' 있다. 이건 굉장히 까다롭고 미묘한 작업이다.

화려한 세인스버리 마트 포장지를 벗기고 알루미늄 포일 컵에 든 파이를 꺼내서 도마에 늘어놓는다. 가루를 뒤집어쓴 매끈한 표면을 밀대

---

* 밀가루와 버터를 개어 잘게 다진 고기를 넣고 구워서 만드는 서양식 과자.

로 살짝 눌러준다. 말이 쉽지, 절대 쉬운 일이 아니다. 파이를 너무 세게 누르면 뚱뚱한 여자가 허리를 굽혀 인사를 할 때 옆으로 치마가 확 들리듯 옆이 터지며 과일이 삐져나온다. 딱정벌레 누르듯 조심스럽게 약간만 눌러주면 파이가 살짝 찌그러지면서 꼭 집에서 손수 구워낸 것 같은 모양새가 된다. 홈메이드, 그게 지금 내가 원하는 거다. 집은 정성이다. 집은 좋은 엄마가 아이에게 손수 파이를 구워주는 곳이다.

이게 다 에밀리가 열흘 전에 가져온 가정통신문 때문이다. 보라돌이 자석으로 냉장고에 붙여놓은 그 가정통신문에는 크리스마스 발표회 뒤풀이 파티를 위해 '부모님들이 자발적으로 적당한 다과를 준비해주시기 바랍니다.'라고 쓰여 있었다. 가정통신문은 딸기색으로 인쇄되어 있었고 아래쪽에는 엠슨 선생님의 서명 옆에 사각모를 쓰고 수줍게 웃는 눈사람 그림이 있었다. 하지만 주도면밀하게 계산된 허물없는 문체, 친한 척 남발한 느낌표에 속으면 안 된다!!! 아, 절대 그러면 안 된다. 가정통신문은 일종의 암호문이다. 얼마나 교묘한 암호인지 블레츨리 파크bletchley park의 암호사령부가 아니면 죄책감에 찌들어 심각한 수면 부족에 시달리는 여자만 해독할 수 있다.

일례로 '부모'라는 단어를 보라. 가정통신문에서는 '부모'라고 쓰여 있지만 실제로는 늘 '어머니'를 뜻한다. 아내가 집에 있는데도 아이들 가정통신문을 읽어보는 아버지가 있을까? 물론 있을 수도 있겠지. 하지만 이 가정통신문은 파티에 오라는 얘기다. 게다가 최소한 열흘 전부터 파티에 참석하라는 공문을 각 가정에 보내지 않았는가. '자발적' 이라는 단어는 또 어떻고? 교사들이 말하는 '자발적' 이란 '죽고 싶지 않으면 알아서 하세요.' 또는 '여차하면 자녀분의 지망 학교를 포기하셔야 할 겁니다.' 라는 뜻이다. '적당한 다과' 로 말하자면, 마트에서 대충 사서 때워도 되는 음식이라는 뜻은 절대 아니다.

어떻게 아느냐고? 1974년 추수감사절 제단에 복숭아통조림 두 개를 구두상자에 넣어서 바치던 꼬질꼬질한 초록색 외투를 입은 소년을 보고 우리 엄마와 프리다 데이비스 아줌마가 주고받던 눈빛이 아직도 생생하기 때문이다. 그 눈빛을 잊을 수가 없다. 그 눈빛은 이렇게 말하고 있었다. 선하신 주님께 셀로판지로 포장한 신선한 과일바구니를 바쳐야 하는 날이잖아? 아니면 커다란 꽈배기 빵이라도 내밀어야지? 어느 칠칠치 못한 엄마가 감히 구멍가게에서 사온 통조림을 너그러우신 주님 앞에 내민담? 프리다 데이비스 아줌마네 쌍둥이는 교회 높이만큼 기다랗고 라인 강 처녀들의 머리채만큼 두툼하게 땋아 만든 꽈배기 빵을 들고 왔었다.

"봐라, 캐서린."

나중에 데이비스 아줌마는 비염 때문인지 차에 곁들이는 케이크 위로 계속 코를 킁킁대며 말했다.

"세상엔 너희 엄마나 나처럼 정성이 넘치는 엄마들이 있지. 그리고, (한층 더 길게 콧물을 들이마시고) 성의가 없는 엄마들도 있단다."

물론 난 그런 엄마들을 알고 있었다. 어머니의 도리를 대충 넘기는 여자들. 1970년대만 해도 직장에 다니는 엄마들은 안 좋은 소리를 많이 들었다. 바지정장을 입은 여자들은 해가 지기도 전에 아이들을 텔레비전 앞에 방치한다는 말이 나돌았다. 일하는 엄마들에게는 아이들에게 무심하다는 소문이 커튼레일 덮개의 찌든 때처럼 들러붙어 있었다.

그래서 난 여자로서 살아간다는 의미를 이해할 만큼 자라기도 전에 여자들의 세계가 둘로 나뉘어 있음을 알았다. 자기를 희생하며 손수 사과파이를 굽고 세탁기까지 반짝반짝 윤이 나게 관리하는 여자들이 있는가 하면, 다른 부류의 여자들도 있었다. 내 나이 서른다섯, 이제 내가 어떤 부류인지도 분명히 안다. 그게 바로 12월 13일 오밤중에 마트에서 산 파이를 집에서 만든 파이로 위장하려고 밀대로 누르고 있는 이유이지 싶다. 과거의 여성들은 민스파이를 만들 시간은 있었지만 오르가슴을 위장해야 했다. 오늘날의 여성들은 오르가슴은 얻을 수 있지만 민스파이를 위장해야 한다. 이런 걸 진보라고 부른다.

"이런, 제길. 폴라는 체를 어디다 집어넣은 거야?"

"케이트, 뭘 하려고 그래? 지금 새벽 2시거든."

리처드가 주방 문간에 서서 불빛에 눈살을 찡그린다. 저민 스트리트에서 구입한 잠옷이 세탁기에 돌려서 탈수했더니 아기우주복처럼 보풀투성이가 됐다. 영국인다운 상식과 지치지도 않는 친절로 무장한 리처드. 내 회사동료인 미국인 캔디는 '만만디 리처드'라고 부른다. 리처드가 다니는 양심적인 건축회사는 일이 거의 없다고 해도 좋을 만큼 한가하고, 자기는 쓰레기통 비우는 데만 삼십 분이 걸리면서 나보고는 늘 쉬엄쉬엄하라고 말하기 때문이다.

"여보, 쉬엄쉬엄해. 당신은 꼭 테마파크의 놀이기구 같다고. 그걸 뭐라고 하더라? 빙빙 돌아가면 사람들이 가장자리에 들러붙어서 막 소리 지르는 거."

"원심력."

"원심력은 나도 알지. 그 놀이기구 이름이 뭐냐고."

"몰라. '죽음의 벽'인가?"

"맞다, 그거."

남편이 무슨 말을 하고 싶은 것인지 안다. 나도 인생에는 오밤중에 파이를 위조하는 것보다 더 중요한 일들이 있다는 걸 모를 만큼 맛이 가진 않았다. 게다가 얼마나 피곤한지 모른다. 심해에 처박혀 피로의 바닥을 헤매는 것만큼 피곤하다. 솔직히 에밀리를 낳은 후로는 계속 이 상태다. 늘 잠이 모자란 탓에 지난 5년 동안 납으로 만든 옷을 입고 걸어온 기분이다. 하지만 선택의 여지가 있나? 오늘 오후에 유치원에 가서 세인스버리 마트 상표가 찍힌 파이상자를 천연덕스럽게 다과회 테이블에 놓아볼까? 그랬다가는 에밀리에게 '늘 집에 없는 엄마'와 '소리 지르는 엄마'로도 모자라서 '성의 없는 엄마'로까지 찍히겠지. 앞으로 20년 후, 우리 딸이 왕을 납치하려다가 비킹업 궁에서 체포라도 당하면 뉴스에 범죄심리학자가 나와서 이런 분석을 내놓을 테지.

"친구들은 에밀리 섀톡의 정신적 문제가 크리스마스 발표회 날 같은 반 친구들 앞에서 창피를 당했을 때부터 시작됐을 거라고 말하는군요. 에밀리의 삶에서 어머니는 늘 없는 거나 다름없는 사람이었다고 합니다."

"케이트? 여보?"

"체가 필요해, 리처드."

"왜?"

"민스파이에 가루설탕을 뿌리려고."

"그건 왜?"

"이렇게 색이 잘 나온 파이를 보고 내가 손수 만들었다고 생각할 리 없잖아. 그게 이유야."

리처드는 코미디 배우 스탠 로렐처럼 천천히 눈을 깜빡인다.

"가루설탕 얘기를 하는 게 아냐. 왜 당신이 손수 파이를 만들어야 하는데? 케이트, 당신 제정신이야? 미국 출장에서 돌아온 지 세 시간밖에 안 됐잖아. 당신이 크리스마스 발표회에 뭘 만들어갈 거라고 기대하는 사람은 아무도 없어."

"내가 기대해, 내가."

갑자기 짜증 섞인 목소리가 나온다. 리처드가 움찔하는 눈치다.

"그러니까 폴라가 체를 어디에 숨겼냐고!"

갑자기 리처드가 나이 들어 보인다. 한때 기분 좋은 느낌표가 자리 잡았던 미간에 인상 쓸 때 잡히는 주름이 깊어지고 넓어져 내가 모르는 사이에 다섯 개의 빗장이 가로로 놓였다. 사랑스럽고 재미있는 내 남자 리처드, 한때는 이 사람도 영화 「빅 이지」에서 데니스 퀘이드가 엘렌 버킨을 바라보던 눈으로 나를 바라보았었다. 13년간 대등한 입장에서 서로를 지원하는 파트너십을 쌓은 결과, 이제 그이는 담배 피는 사냥개가 의학연구자를 바라보는 것 같은 눈으로 나를 보게 됐다. 이 따위 실험도 인류의 발전에 필요하다는 건 알지만 어쨌든 제발 날 좀 놓아달라고 애원하는 듯한 눈으로.

"소리 좀 낮춰. 애들 깬다."

남편은 한숨을 쉬며 빨간색 줄무늬 소매를 들어 위층을 가리킨다.

"어쨌든, 폴라가 체를 숨긴 건 아냐. 뭐든지 폴라 탓으로 돌리지 마, 케이트. 체는 늘 전자레인지 옆 서랍에 두잖아."

"아냐. 체는 이 찬장에 둔다고."

"4년 전부터는 아니야, 여보. 제발 침대로 돌아가. 다섯 시간 자고 또 일어나야 하잖아."

이층으로 올라가는 리처드를 보니 나도 따라가고 싶다. 하지만 부엌을 이 꼴로 두고 갈 순 없다. 그냥, 난 그러질 못한다. 부엌은 한바탕 전쟁이라도 치른 것 같다. 쓰기지기 널브러진 레고 블록, 다리가 떨어져

나가거나 머리가 달아난 바비 인형들이 피크닉이라도 하는 듯 체크무늬 여행용 모포 위에 뒹굴고 있다. 그 모포에는 넉 달 전 프림로즈 힐에 놀러갔을 때 들러붙은 풀이 아직까지 붙어 있다. 야채 선반 아래 바닥에는 내가 공항으로 떠나기 전에 봤던 건포도더미가 그대로 남아 있다. 내가 출장 간 동안 변한 것도 몇 가지 있긴 하다. 정원으로 통하는 문 옆 소나무탁자에는 커다란 유리그릇을 놓아두는데, 그 그릇에 사과 대여섯 알이 새로 담겼다. 하지만 그릇 바닥의 상한 과일을 버리고 새 과일을 담아야 한다는 생각은 아무도 못하나 보다. 맨 밑에 있는 배에서 이미 찐득찐득한 황갈색 즙이 배어나오고 있다. 배를 하나하나 쓰레기통에 버리면서 상한 부분을 만질 때마다 몸서리를 친다. 유리그릇을 씻어 말리고, 사과에 들러붙은 과즙을 조심스레 닦아내어 다시 하나씩 그릇에 담는다. 이 짓에만 대충 7분이 걸렸다. 그다음엔 스테인리스 스틸 조리대에 떨어진 가루설탕을 치우기 시작한다. 하지만 선반을 닦는데 기분 나쁜 냄새가 훅 끼친다. 행주 냄새를 맡아본다. 세균이 옴팡지게 들러붙어 죽은 꽃이 담긴 물 냄새가 난다. 도대체 얼마나 더 지독한 냄새가 나야 우리 집 사람들이 행주를 버려야겠다는 생각을 할까?

이미 넘치기 일보 직전인 쓰레기통에 행주를 처넣고 싱크대 밑에서 새 행주를 찾는다. 새 행주는 없다. 당연히 없지, 케이트. 새 행주를 사야 하는 네가 그동안 집을 비웠잖아. 쓰레기통에서 헌 행주를 다시 꺼내어 데톨을 한 방울 떨어뜨린 뜨거운 물에 담근다. 이제 에밀리가 아침에 가져갈 천사 날개와 후광만 챙기면 된다.

불을 끄고 계단을 막 오르려는데 불길한 생각이 든다. 폴라가 세인 스버리 파이상자를 보게 되면 희대의 민스파이 사기극이 육아도우미들 사이에 죄다 소문날 것이다. 이런, 염병할. 쓰레기통에서 다시 파이상 자를 꺼내서 어제 신문으로 둘둘 말아 팔에 끼고 현관문을 나선다. 좌 우를 두리번거리며 목격자가 없는지 확인하고 그 뭉치를 집 앞의 검정 색 쓰레기봉투에 후다닥 집어넣는다. 증거를 인멸하고서야 비로소 남 편이 있는 침실로 올라간다.

층계참 창문과 12월의 안개 너머로 보이는 초승달은 접이의자에 기 대어 앉아 런던을 굽어보는 것 같다. 달도 한 달에 한 번은 자리에서 일 어난다. 달에 사는 사람은 당연히 남자겠지. 달에 사는 사람이 여자라 면 결코 앉아 있지 않을 테니까? 글쎄, 앉기도 하려나?

☙

천천히 시간을 들여 이를 닦는다. 어금니 하나당 스물까지 센다. 욕 실에서 시간을 끌면 리처드는 잠이 들 것이고 그러면 섹스를 하지 않아 도 된다. 섹스를 하지 않으면 아침에 샤워를 하지 않아도 된다. 샤워를 생략하면 자리를 비운 사이에 잔뜩 쌓였을 이메일을 처리할 시간이 생 기고 어쩌면 출근길에 선물을 몇 가지 사놓을 수 있을지도 모른다. 크리스마스까지 쇼핑할 시간은 열흘밖에 남지 않았다. 이미 정확히 아홉 개의 선물을 샀지만 아직도 열두 가지를 더 사야 하고 아이들 선물을 넣을 양말도 사야 한다. 신속배송을 내세우는 온라인 장난감 쇼핑몰 퀵 토이는 아직도 감감무소식이다.

"케이트, 안 자?"

리치가 침실에서 부른다. 졸린 기색이 역력한 목소리다. 좋았어.

"당신한테 할 말이 있는데, 케이트?"

"잠깐만. 애들 잘 자는지 한 번 보고."

나는 계단을 올라가 위층으로 간다. 계단 가장자리 쪽 카펫이 너무 낡아서 결혼식 천막 밑에서 예식을 치르고 닷새 후에 볼 수 있는 말라 죽은 잔디 같다. 이러다 조만간 무슨 사단이 나지. 계단을 다 올라가 숨을 고르며 이 높기만 하고 좁아터진 런던의 집들을 저주한다. 애들 침실 밖에 서서 가만히 서로 다른 두 숨소리에 귀 기울여본다. 새끼돼지가 코를 고는 것 같은 아들의 숨소리, 새근새근 잠든 공주 같은 딸의 숨소리.

잠을 이룰 수 없을 때면(믿어 달라, 꿈자리가 뒤숭숭할 만큼 머리가 복잡해서 그렇지 그렇지 않았다면 꿈에서도 자고 싶을 만큼 나는 잠이 고팠다) 벤의 방에 살그머니 들어가 파란색 의자에 앉아서 그 애를 하염없이 구경하곤 했다. 우리 아기는 속력을 내는 버스에 뛰어오르려는 작은 사람처럼 잠자는 동안에도 온몸을 내던지는 자세다. 오늘밤 벤은 보이지 않는 막대를 움켜잡듯 작은 손가락을 동그랗게 말아 쥐고 두 팔을 뻗은 채 아기침대에 엎어져 잔다. 애지중지하는 꾀죄죄한 캥거루 인형을 뺨 옆에 두고서. 유난스러운 부모가 사다준 그 많고 좋은 인형들 중에서 우리 아기의 간택을 입은 인형은? 인형가게 재고떨이에서 건진 사팔뜨기 캥거루였다. 벤은 아직 피곤하다는 말을 못한다. 그래서 그냥 '루' 라고만 한다. 벤은 루가 없으면 잠도 못 잔다. 벤에게는 루가 곧 잠이기 때문이다.

나흘 만에 아들을 봤다. 3박 4일. 처음에는 조바심을 내는 고객과 안면이나 트려고 스톡홀름에 갔다. 그런데 직장상사 로드 태스크가 전화로 뉴욕의 기존 고객을 만나 내가 새 고객을 상대한다고 기존 고객에게 소홀해지지는 않을 거라는 믿음을 심어주라는 게 아닌가.

벤은 내가 없다고 원망하지 않는다. 그러기엔 아직 너무 어리다. 벤은 항상 할리우드 시사회에서 정신없이 손을 흔드는 팬처럼 나를 한량없이 기쁘게 맞아준다. 하지만 딸내미는 그렇지 않다. 다섯 살 에밀리는 샘도 많고 꾀도 많다. 에밀리에게 엄마의 귀가는 항상 타박과 응징에 들어갈 때가 됐다는 신호다.

"사실 폴라 아줌마가 그 얘기 읽어줬어요."

"난 아빠가 목욕시켜줬으면 좋겠는데."

월리스 심슨이 엘리자베스 여왕에게 푸대접을 받았다 한들 출장에서 돌아온 내가 딸내미한테 받는 구박만 할까. 그래도 나는 참는다. 속은 부글부글 끓지만 어쨌든 참는다. 나 스스로 이런 취급을 받아도 싸다고 생각하기 때문이리라.

부드럽게 코를 고는 벤을 두고 조용히 다른 방의 문을 밀어본다. 딸아이가 디즈니 신데렐라 조명을 받으며 자기가 좋아하는 대로 갓난아기처럼 알몸으로 자고 있다. 에밀리는 공주 옷이나 웨딩드레스 빼면 몸에 걸치는 건 다 싫어한다. 이불을 다시 잘 덮어주자 실험실의 개구리처럼 반사적으로 이불을 홱 걷어찬다. 에밀리는 아기 때부터 이불 덮기를 싫어했다. 하도 그래서 지퍼를 채우는 침낭을 사줬는데 그 안에서도 몸부림을 치면서 오래된 지도 귀퉁이에 그려진 바람의 신처럼 볼에 잔뜩 바람을 넣고 부루퉁한 얼굴을 하는 바람에 그냥 두 손 들고 침낭을 치워버렸다. 잠든 우리 딸의 두 볼은 보드라운 살굿빛이지만 그런 때조차도 그 애의 턱에서 단호함을 엿볼 수 있다. 지난번에 유치원에서 보낸 평가서에는 이렇게 쓰여 있었다.

"에밀리는 경쟁심이 매우 강하므로 지는 것도 편안하게 받아들이는 법을 배워야 합니다."

"누구 닮은 것 같지 않아, 케이트?"

리처드는 그렇게 말하고는 강아지가 밟혀서 깨갱대는 소리를 냈다. 남편은 요즘 들어 저런 소리를 자주 낸다.

작년에 에밀리에게 왜 엄마가 일하러 나가야 하는지 몇 번이나 설명을 해보려고 했다. 이제 그런 얘기도 납득할 만큼 아이가 컸다고 생각했기 때문이다. 이 집에서 계속 살려면, 네가 좋아하는 발레학원에도 다니고 방학 때 여행이라도 다니려면 엄마 아빠 둘 다 돈을 벌어야 해. 엄마는 자기가 잘 하는 일을 하면서 돈도 벌고 있어. 여자들이 남자들에게 지지 않고 일을 잘 해낸다는 건 정말 중요하단다. 나는 점점 더 열 띤 어조로─나팔소리와 합창이 울려 퍼지는 가운데 눈물 없이는 볼 수 없는 여성해방의 깃발이여─에밀리도 좀 더 커서 자기가 좋아하는 일을 하고 싶어지면 엄마 말을 이해하게 될 거라고 주장했다.

안타깝게도 자유주의 서구사회에서 이미 오래 전에 수립된 기회 균등의 원칙을 역설해봤자 다섯 살배기 아이의 원칙주의는 꿈쩍도 하지 않는다. 아이의 원칙에는 엄마가 신이다. 아빠는 기껏해야 그 신의 예언자밖에 안 된다.

아침에 출근하려고 할 때마다 에밀리가 똑같은 질문을 퍼붓는 바람에 나중에는 때려주고 싶을 정도로 성질이 난다. 그러고 나면 어떻게 내가 내 아이를 때려주고 싶어 할 수가 있나라는 생각에 출근길 내내 울고 싶어진다.

"오늘밤에는 엄마가 나 재워줄 거예요? 오늘밤 나 재워주는 사람은 엄마예요? 엄마 맞아요? 누가 오늘 나 재워줘요? 엄마예요? 맞아요?"

'아니'라는 말을 굳이 입 밖에 내지 않고도 전달하는 방법이 얼마나 많은지 아는가? 난 안다.

기억할 것 천사 날개. 계단에 새로 깔 카펫 견적. 토요일 점심에 먹을 라자냐 냉동실에서 꺼내놓기. 키친타월, 스테인리스스틸 광택제, 해리네 파티에 필요한 선물과 카드 구입. 해리가 몇 살이더라? 다섯 살? 여섯 살? 야무진 엄마들처럼 선물 서랍을 깔끔하게 정돈할 것. 크리스마스트리와 『텔레그래프』에서 추천한 근사한 조명 구입(셀프리지스? 해비태트? 가게 이름이 생각 안 나, 젠장). 도우미에게 줄 뇌물/선물(유로스타 티켓? 현금? DKNY?). 에밀리는 오줌싸개 아기인형을 원함(내 눈에 흙이 들어가고 말지). 남편 선물(와인 시음권? 아스널? 잠옷?). '더 로스트 가든' 인가 뭔가에 시댁 식구 모임 예약. 리처드에게 드라이클리닝한 옷 찾아오라고 할 것. 회사 파티에 입고 갈 옷은? 검정색 벨벳은 너무 작아. **이제부터 무조건 굶는다.** 연보라색 망사스타킹. 왁스 제모할 시간이 없으니 면도로 대신. 스트레스 해소용 마사지 예약. 무조건 빨리 받을 수 있는 걸로 잡을 것(중년의 조지 마이클처럼 보이기 시작). 골반저 근육 강화운동! 피임약 확보! 아이스케이크(로열 아이싱? 델리아 가게에 확인). 크랜베리. 파티용 미니소시지. 카드용 일반우표 40장. 에밀리 선생님 선물? 무슨 일이 있어도 시댁 식구들 만나기 전까지 루를 벤한테서 떼어놓는다. 쓸모없는 인터넷 장난감 쇼핑몰 퀵토이에 독촉하기. 자궁암 조직검사. 와인. 진. 뱅상토. 엄마한테 전화. 시몬 홉킨스의 '드라이어로 말리기' 거위 요리법은 어디에 뒀더라? 속 채울 재료는? 햄스터?

I don't know how she does it
직장

오전 6시 37분 "엎드으려 절하세, 엎드으려 절하세, 엎드으려 절하세에 구세주 났네!"

에밀리는 툭툭 치고, 잡아당기고, 그래도 안 통하자 결국은 크리스마스 캐럴까지 동원해서 나를 깨웠다. 에밀리는 침대 옆에 버티고 서서 자기 선물이 어디 있는지 묻는다.

"아이들의 사랑은 돈으로 살 수 없단다."

단 한 번도 애들한테 돈을 펑펑 써본 적이 없는 우리 시어머니 말씀이다.

나도 출장에서 아무것도 사오지 않으려고 해봤다. 하지만 히스로 공항에서 집으로 돌아오는 내내 안절부절못하다가 결국 택시기사에게 하운슬로에서 세워달라고 말하고는 토이저러스로 돌진했다. 시차만 해도 힘든데 애먼 데 신경 쓰느라 더 피곤해졌다. 이제 에밀리의 글로벌 바비 컬렉션은 차고 넘치는 수준에 이르렀다. 이 컬렉션이 파격적인 전시회가 되는 건 단지 시간문제다. 플라멩코 바비, AC 밀란 바비(축구복에 깜찍한 부츠), 허리를 뒤로 젖혀 자기 발가락도 핥을 수 있을 만큼 유연한 태국 새침데기 바비. 게다가 리처드가 클라우스 바비라고 부르는, 승마바지에 검정색 부츠를 신고 초점 없는 파란 눈과 심하게 튀는 금발이 도드라지는 바비도 있다.

에밀리는 새 선물을 감정이라도 하듯 유심히 관찰하더니 "엄마, 이 요정 바비가 마법의 지팡이를 휘두르면 아기예수님은 십자가에 매달리지 않을 거예요."라고 한다.

"에밀리, 바비는 아기예수님 이야기에 안 나와."

에밀리가 힐러리 클린턴처럼 고상을 떠는 태도, '당신보다 힘든 사람 여기 있거든'이라고 면박을 주는 태도를 취한다.

"그 아기예수님 말고요. 다른 아기예수님이 있다고요, 나아참."

아이는 한숨까지 쉰다.

출장에서 돌아왔을 때 다섯 살배기의 무엇을 돈으로 살 수 있을까? 사랑, 어쩌면 용서, 나아가 일종의 사면을? 엄마를 원망하는 마음이 신나게 선물을 뜯어보고 싶은 마음으로 무마되는 그 시간을 고스란히 사는 것이다(워킹맘이면서 선물로 아이들 마음을 달래지 않는다는 여자가 있으면 나와 보라고 그래). 에밀리는 이렇게 또 한 번 엄마의 배신—엄마가 일과 놀아났으니까 배신이다—을 상징하는 선물을 갖게 된다. 내가 어릴 적, 아빠가 다른 여자랑 놀아날 때마다 엄마의 팔찌에는 새로운 장식이 추가되었다. 내 나이 열세 살 때 아빠는 결국 집을 나갔는데 그 즈음에는 엄마가 팔을 들기가 힘들 정도로 팔찌가 묵직해졌으니 황금 수갑이 따로 없었다.

지금 침대에 누워 생각하니 그래도 엄마보다는 내가 팔자가 나은 것 같다(최소한 내 남편은 술꾼에 상습적 바람둥이는 아니니까). 그때 벤이 아장아장 침실로 걸어온다. 내 눈을 믿을 수가 없다.

"세상에. 여보, 얘 머리가 왜 이래?"

리처드는 이불 밖으로 고개를 내밀고 내년 1월이면 돌이 될 우리 아들을 생전 처음 보듯 빤히 본다.

"아, 폴라가 차고 옆에 데려가서 잘라줬어. 앞머리가 길어 눈을 찌른다고."

"애를 꼬마 히틀러로 만들어놨네."

"음, 머리는 금방 자라잖아. 그리고 내 생각도 그렇지만, 폴라 생각에 지난번 그 단발머리는 좀…… 요즘 아이들은 그런 머리 안 하잖아, 안 그래?"

"벤은 '아이'가 아니야. 아직 '아기'라고. 난 그 머리가 좋았어. 아기다운 머리였잖아."

최근 들어 남편은 화난 나를 달래는 표준 절차를 터득하게 된 것 같다. 핵전쟁이라도 터진 것처럼 고개를 숙이고 체념하는 자세랄까. 하지만 오늘 아침만은 자기도 슬쩍 욱하는 기분을 다스릴 수 없는 모양이다.

"그럼 국제전화로 미용사를 바꿔줬어야 해?"

"무슨 뜻으로 하는 말이야?"

"느긋하게 풀어줄 줄도 알아야 한다는 뜻이야, 케이트."

남편은 능숙한 동작으로 아기를 안아 올려 작은 콧구멍에서 흘러나온 누런 콧물을 닦아주고는 먼저 아침을 먹으러 내려간다.

오전 7시 15분 '직장─가정' 변환 기어를 너무 우악스럽게 바꾸면 정말로 머릿속에서 톱니바퀴 삐걱대는 소리가 날 때가 있다. 지금은 아이들 주파수를 다시 잡는 데 시간이 좀 걸린다. 애들에게 잘해야겠다는 마음으로 무장했기 때문에 처음에는 「사운드 오브 뮤직」의 줄리 앤드루스처럼 생기가 넘쳤다. 나는 테니스시합 같은 흥분을 안고, 뮤지컬 배우처럼 말을 건넸다.

"자아, 얘들아. 오느을 아아침엔 무얼 먹을까아?"

에밀리와 벤도 잠시 동안은 이 낯선 이의 친절에 비위를 맞춰준다. 하지만 벤이 더는 참지 못하고 유아용 의자에 올라서서 엄마가 맞는지 확인하듯 내 팔을 꼬집는다. 그 후 진력나는 30분 만에 원래의 짜증보따리 엄마로 돌아오자 아이들은 대놓고 안심하는 눈치다.

"지금 벌집 시리얼 먹고 있잖아. 그러니까 그냥 먹어! 안 돼, 과일맛 시리얼 없어. 아빠가 뭐라고 했건 안 돼."

리처드는 일찍 출근해야 한다. 고객과 함께 배터시 건설현장에 가야 한단다. 폴라에게 제대로 애들을 맡기고 갈 수 있을까? 가능하다. 7시 45분에 정확히 집을 나설 수만 있다면.

오전 7시 57분 드디어 폴라가 왔다. 오만 가지 핑계를 늘어놓을 뿐 진심으로 미안해하지는 않는다. 길이 막혀서, 비가 와서, 별의별 일이 다 이유가 된다. 아시죠, 케이트? 암, 알다마다. 도우미가 자기 마실 커피를 끓이고 내 메모를 보는 둥 마는 둥 들춰보는 동안, 나는 다 이해한다는 듯이 혀를 끌끌 차고 한숨을 쉰다. 폴라가 우리 애들을 봐준 26개월 동안 평균 나흘에 한 번꼴로 지각을 했다고 지적하면 말다툼이 나겠지. 그리고 그 말다툼의 여파는 우리 애들이 뒤집어쓰게 되겠지. 그러니까 안 돼. 분위기를 험악하게 만들지 마. 어쨌든 오늘은 아냐. 버스는 3분 후에 올 텐데 버스정류장까지 가는 데 8분이 걸린다.

오전 8시 27분 지각하겠다. 그것도 왕창 늦게 생겼다. 버스 전용차로가 꽉 막혔다. 버스는 포기다. 시티로드를 숨이 차도록 달려 핀스버리 광장을 건너간다. 들어가면 안 되는 잔디밭을 구두 굽으로 찍어 내리다시피 가로지르니 늘 그렇듯 "이봐요!" 소리가 들린다. 그 할아버지

31

는 잔디밭에서 뛰는 사람들에게 고함치는 게 일이다.

"이봐요, 아가씨! 잔디 밖으로 돌아서 가요! 다른 사람들 안 보여요?"

저렇게 고함을 치시니 민망하긴 하지만 이제 내가 슬슬 공공장소에서 '아가씨' 소리 듣는 걸 즐기는 게 아닌가 싶어 걱정된다. 서른다섯 살, 게다가 중력과 어린 두 자식이 자꾸만 아래로 끌어당기고 있으니 기분 좋은 말을 들을 때 즐길 줄도 알아야 하는 법이다. 게다가 이 지름길은 2분 30초를 단축시켜줄 것이다.

오전 8시 47분 런던에서 가장 오래되고 명망 있는 회사 에드윈 모건 포스터EMF는 브로드게이트에서 세인트 앤서니 레인으로 꺾어지는 모퉁이에 있다. 19세기 성채에 20세기 통유리 뱃머리가 튀어나와 있다. 항공기가 백화점을 들이받고 반대쪽으로 튀어나온 모양이랄까. 나는 정문으로 다가가면서 짧은 보폭으로 속도를 조금 늦추며 자체 복장검사에 들어간다.

구두가 짝짝이는 아닌가? 확인.

재킷에 아기 토한 게 묻지는 않았나? 확인.

치맛단이 속바지에 말려들어가지 않았나? 확인.

브래지어가 보이지 않는지? 확인.

오케이. 이제 들어간다. 대리석 홀을 사무적으로 성큼성큼 가로질러 경비원 제럴드를 휙 지나친다. 예전에 에드윈 모건 포스터 사옥 로

비는 은행처럼 보였지만 18개월 전 전면적인 개조를 거쳐 러시아 구성주의자가 펭귄을 위해 설계한 동물원 담장 속처럼 탈바꿈했다. 벽면은 온통 눈알이 빠질 것 같은 북극의 흰색으로 칠했다. 유일하게 흰색이 아닌 뒤쪽 벽은 30년 전 고모할머니 필리스가 좋아하시던 야들리 비누와 똑같은 청록색이다. 하지만 디자이너의 설명에 따르면 비전과 미래상이 넘치는 바다를 지향하는 색깔이란다. 확인되지 않은 액수지만 디자이너는 이러한 통찰의 대가로 75만 달러를 받았단다. 다른 사람들의 돈을 효과적으로 운용하고 그 대가로 돈을 버는 회사가 이래도 되나?

믿을 수 없겠지만 17층짜리 사옥에 엘리베이터가 달랑 네 대다. 직원이 430명이고 버튼을 제대로 누르지 않는 6명, 문을 잡아주지 않는 못된 놈 2명, 샌드위치 배달을 하는 로자 클렙까지 계산에 넣으면 대략 4분을 기다려 엘리베이터를 타든가 계단을 이용하든가 둘 중 하나다. 내 선택은 계단이다.

시뻘건 얼굴로 13층에 도착해서 곧장 로빈 쿠퍼클락에게 간다. 가는 세로줄무늬 양복을 입은 이 사람이 투자 부문 국장이다. 두 가지 냄새가 얼얼하게 맞부딪힌다. 내 쪽은 땀 냄새다. 하지만 국장은 흠잡을 데 없는 엘리트의 냄새에 윈체스터와 고급 차 월넛 계기반의 잔향까지 풍긴다.

국장은 키가 유난히 크다. 그는 많은 것을 타고났지만 그중에서도 큰 키로 사람을 내려디보면서도 상대가 초라한 기분을 느끼지 않게 하는 재주를 빼놓을 수 없다. 작년에 신문 부고란을 읽다가 그의 부친이 무공훈장을 받은 성공회 주교라는 사실을 알았지만 별로 놀랍지도 않았다. 국장에게는 뭔가 거룩하고 망가지지 않는 면이 있다. 약간은 그에게 놀림 받는 기분도 들지만 국장의 존중과 배려가 없었더라면 내가 회사생활을 견디지 못했을 순간들도 있었다.

"안색이 좋구먼, 케이트. 스키라도 탔나 보지?"

쿠퍼클락 국장의 입꼬리는 미소 짓듯 위로 올라가 있지만 그의 덥수룩한 회색 눈썹은 딜링데스크 위의 벽시계를 향해 있다.

7시에 출근했다가 잠깐 나가서 카푸치노 한 잔 마시고 왔다고 둘러대? 사무실을 흘끗 보니 내 어시스턴트 가이가 정수기 옆에서 능글맞게 웃고 있다. 망할. 가이와 나는 정확히 동시에 서로를 발견한 것이 분명하다. 모두 들으라는 듯한 쩌렁쩌렁한 외침이 고개를 숙이고 전화를 받기에 바쁜 트레이더들, 비서들, 유럽 전담 팀, 똑같은 보라색 셔츠 차림의 국제투자 팀까지 지나서 내 귀에 딱 꽂혔기 때문이다.

"벵트 버그먼이 보낸 서류, 책상에 있어요. 또 출근길이 순탄치 않았나 보네요, 캐서린."

'또'라니. 아예 칼에 독을 발랐군, 못된 애송이. 3년 전 유럽경영대학원을 통해 가이 체이스에게 자금을 지원할 때만 해도 이 친구는 공부벌레일 뿐 옷차림도 촌스럽고 위생관념조차 의심스러웠다. 그런 애송이가 진회색 아르마니 정장을 빼입고 '눈먼 야망의 대가Master's in

Blind Ambition*'가 되어 돌아왔다. 솔직히 말해 이 회사에서 내가 애 딸린 아줌마라는 사실을 좋아하는 사람은 가이뿐이다. 수두, 여름방학, 크리스마스 발표회…… 이런 게 다 내가 자리를 비운 사이에 가이가 눈부신 활약을 펼칠 기회다. 국장이 여전히 뭔가를 기다리는 표정으로 나를 보고 있다. 생각을 하자, 케이트. 머리를 굴려.

런던 시내에서는 지각을 해도 그럭저럭 넘어갈 수 있다. 이때 핵심은 변호사로 일하는 내 친구 데브라의 말마따나 '남자들도 하는 변명'을 내 놓아야 한다는 것이다. 회사 중역들은 애가 밤새 토했다든가 도우미가 무단결근을 했다든가(희한한 게, 부부가 함께 육아비용을 부담하더라도 실제 육아는 늘 아내의 몫이다) 하는 얘기를 들으면 아주 질색을 하면서 자동차와 관련된 변명은 순순히 받아들인다. "차가 고장났어요(혹은, 사 고가 났어요).", "그 꼴을 보셨어야 했는데. (거리 이름을 대고) 거기에 서 (뭔가 혼란스러운 사건을 둘러대며) 아주 난리가 났었다니까요." 둘 중 어느 쪽이든 잘 먹힐 것이다. 최근에는 자동차 경적도 남자들의 변명 거리에 추가되었다. 자동차 경적은 날카로운 소리라든가 즉각적인 예측 불가능성 같은 여성적 특징들을 띠고 있지만 남자들의 변명거리에 결부 되어 있으며 차를 차고로 끌고 들어가 고쳐야 할 사안이 된다.

"댈스턴 교차로가 얼마나 아수라장이었는데요. 웬 미치광이가 하얀

색 밴을 모는데, 신호등도 하나도 안 맞더라고요. 믿을 수 없을 정도였어요. 그래서 한참을, 그래요. 한 20분은 꼼짝 못했을걸요."

나는 금욕적인 도시인의 체념을 연기하며 자동차들의 행렬을 가리키듯 팔까지 뻗어 보인다. 국장이 고개를 끄덕인다.

"런던 시내에서 차를 몰아보면 지하철이 새삼 고마워지지."

아주 잠깐 말이 끊어졌다. 이 틈을 타서 국장의 아내 질 쿠퍼클락의 안부를 물어보고 싶다. 국장의 아내는 여름에 유방암 진단을 받았다. 하지만 쿠퍼클락 국장은 조기경보 시스템을 달고 태어나는 영국 남자의 한 부류인지라 개인적 질문을 차단하고 다른 방향으로 화제를 돌리는 데 선수다. 그래서 내 입에서 자기 아내 이름이 튀어나올 낌새가 보이자마자 이렇게 말한다.

"크리스틴에게 점심 예약하라고 할게요, 케이트. 중앙형사법원 지하를 개조해서 만든 식당이 있어요. 심문으로 살짝 구워삶은 증인이라도 내놓나? 재미있을 것 같지 않아요?"

"네, 그런데 저는⋯⋯."

"좋았어요. 나중에 얘기합시다."

피난처와도 같은 내 자리로 돌아가면서 평정을 찾는다. 그래, 이거다. 난 이 일이 좋다. 이 말이 곧이곧대로 들리지 않을 때도 있지만 사실 나는 일을 좋아한다. 내가 투자한 주식이 진가를 발휘할 때의 그 짜릿한 기분을 사랑한다. 공항에서 클럽 라운지를 이용할 수 있는 소수의 여성에 내가 낀다는 사실이 통쾌하고, 출장에서 돌아와 여행 중에 있었던 끔찍한 일들을 친구들과 재잘거리는 것도 즐겁다. 룸서비스를 부르면 램프의 요정처럼 달려오고, 하얀 면 시트의 널찍한 침대에서 늘 부족한 잠을 잘 수 있는 호텔도 너무 좋다(어렸을 때에는 혼자 자는 게 싫었다. 하지만 애가 둘이 되니 혼자 자는 게 소원이다. 가급적이면 12시간 연속으로). 무엇보다도 나는 일 자체를 사랑한다. 일을 잘하고 있다는 자부심, 인생의 다른 부분은 엉망진창이어도 일만큼은 내가 제대로 관리할 수 있다는 만족감에 신경세포들마저 꿈틀거린다. 숫자는 내가 시키는 대로만 하면서도 결코 이유를 묻지 않아서 좋다.

오전 9시 3분 컴퓨터를 켜고 네트워크 연결을 기다린다. 오늘따라 어찌나 연결이 느린지 직접 홍콩에 가서 피 튀기는 항셍지수를 알아보는 게 빠를 것 같다. 암호창에 '벤 팸퍼스Ben Pampers'를 치고 곧장 블룸버그 통신으로 가서 밤새 시장동향이 어떻게 변했는지 살핀다. 니케이는 별 움직임이 없고 브라질의 보베스파는 늘 그렇듯 격렬하게 삼바춤을 추고 있다. 다우존스는 중환자실에 누워 있는 회생불능 환자의 심전도 그래프를 방불케 한다. 그래, 바깥세상은 아주 춥지. 저 창 밖의 건물들을 뒤덮은 안개 때문만은 아니야.

나음에는 동화랑에 주목할 만한 변화가 없는지 확인하고 주소창에 다른 주소를 쳐서 주요 경제계 뉴스를 살펴본다. 채권중개인, 아니 전前 채권중개인 게일리 펜더에 대한 뉴스가 중요하게 다루어졌다. 게일리 펜더는 자신이 몸담았던 로렌스 허버트 사를 성차별로 고소했다. 남자 동료들이 자기보다 성과가 좋지 않은데도 더 많은 성과급을 받았다는 것이다. 헤드라인은 '얼음 여왕, 남자들에게 찬물을 끼얹다'였다. 언론에 등장하는 시티*의 여자들은 죄다 엘리자베스 1세 아니면 전직 스트립댄서다. 케케묵은 석녀와 창녀 이야기가 『월 스트리트 저널』에 숨겨져 있다.

개인적으로 난 항상 얼음 여왕이 되고 싶었다. 어쨌든 의상 정도는 살 수 있겠지? 흰색 모피로 가장자리를 두른 외투에, 굽이 종유석처럼 길고 뾰족한 구두를 신고, 거기에 잘 어울리는 곡괭이까지 들면 어떨까. 어쨌거나, 게일리 펜더 소송 건은 그런 류의 다른 이야기들처럼 끝날 것이다. 그녀는 눈을 내리깔고 묵묵부답으로 일관한 채 옆문으로 법정을 빠져나갈 것이다. 런던은 이의제기를 묵살한다. 사람 입을 막는 법을 아니까. 입에 50파운드짜리 지폐를 쑤셔 넣는 것도 대체로 효과가 좋다.

이메일을 확인한다. 출장 간 사이에 받은 편지함에 새로운 메일이 49통 도착했다. 일단 대충 훑어보면서 스팸메일부터 걸러낸다.

새로운 증권잡지 창간 무료구독? 휴지통.

---

* '런던의 금융중심가'를 뜻함.

제네바의 호숫가에서 국제화 학술대회도 참석하고 세계적인 요리사장 루이의 솜씨도 맛보세요. 휴지통.

인사과에서 새로운 회사 홍보 비디오에 출연할 건지 묻는다. 존 쿠삭을 침대에 묶어놓고 나 만의 비디오를 찍을 수 있다면 또 모르지.

재무부에서 정리해고당한 가엾은 이를 위해 카드를 쓸까(제프 브룩스가 자발적으로 하라고 했지만 이제 곧 압박이 들어오겠지). 예스.

가장 최근에 받은 이메일은 인사과장 셀리아 함스워스가 보낸 것이다. 내 상사 로드 태스크 부장이 오늘 점심시간에 수습사원 환영사를 하는데 들러줄 수 없냐고?

'오후 1시에 13층 강당에서 뵐 수 있다면 대단히 기쁘겠습니다.'

안 돼, 안 돼. 그럴 순 없어. 금요일까지 작성해야 할 펀드보고서가 무려 9부라고. 게다가 오늘 오후 2시 30분에는 아주 중요한 크리스마스 성극을 보러 가야 한단 말이야.

업무 관련 이메일을 털고 나면 진짜 중요한 이메일을 읽을 수 있다. 친구들 소식, 세계 각지에서 답지한 사탕처럼 달콤한 농담과 재미있는 이야기들. 우리 세대가 시간에 굶주린 세대라면 이메일은 군것질거리, 마음을 달래주는 음식이다. 친구들과 꼬박꼬박 주고받는 이메일에서 얼마나 힘을 얻는지 모른다. 우선 대학 때부터 제일 친하게 지내는 데브라가 있다. 데브라도 애가 둘이고 에디슨 포프에서 변호사로 일한다. 에디슨 포프는 잉글랜드 은행 맞은편이라 우리 회사에서 걸어서 10분

거리다. 하지만 그 회사에 데브라를 만나러 간 적은 없다. 가까이서 일하든 명왕성에서 일하든 얼굴 보기 힘들기는 마찬가지다. 그리고 캔디라는 친구가 있다. 걸쭉한 입담의 소유자요, 동료 펀드매니저이자 인터넷의 달인인 캔디는 본명이 캔디스 말레인 스트래턴이고 미국 뉴저지 주 로카웨이 출신임을 자랑스러워한다. 나의 든든한 동지이자 여성속옷계의 발전을 주도하는 멋진 여성이다. 내가 문학작품에서 가장 좋아하는 인물은 『뜻대로 하세요As you like it』의 로절린드다. 캔디가 가장 좋아하는 인물은 엘모어 레너드의 소설에 등장하는 '당신은 나를 개자식으로 오해하고 있어요.'라고 쓰여진 티셔츠를 입은 남자다.

캔디의 자리는 바로 저기 기둥 옆이다. 내 자리에서 고작 4, 5미터 거리인데도 하루에 몇 마디 주고받기가 어렵다. 하지만 컴퓨터 모니터에서는 옛날 사이좋은 이웃들이 그랬던 것처럼 늘 서로의 마음을 드나든다.

보내는 사람: 캔디 스트래턴, EMF

받는 사람: 케이트 레디, EMF

케이트,

Q: 유부녀가 혼자 사는 여자보다 몸무게가 더 많이 나가는 이유는?

A: 혼자 사는 여자는 집에 오면 냉장고를 열어보고 자러 간다. 유부녀는 집에 오면 침대에 먼저 들렀다가 냉장고를 열어보러 간다.

넌 어때? 난 방광염이래. 섹스가 과했나 봐. xxxx*.

보내는 사람: 데브라 리처드슨, 에디슨 포프

받는 사람: 케이트 레디, EMF

안녕,

스웨덴과 뉴욕은 어땠어? 가엾은 친구야. 우리 펠릭스는 탁자에서 떨어져서 팔이 네 군데나 부러졌어(팔에 부러질 데가 네 곳이나 있는 줄은 몰랐지). 악몽이 따로 없었다. 응급실에만 6시간 있었으니까. 루비는 어제 도우미 아줌마를 세상에서 제일 좋아하고 그다음은 아빠, 토끼, 오빠, 텔레토비, 엄마 순이라고 발표했어. 그래도 다 좋아할 만하다니 다행이지?

금요일 점심 약속, 알지? 취소하기 없음.

데브. xxxx.

보내는 사람: 케이트 레디

받는 사람: 캔디 스트래턴

잠깐이지만 편안한 나날을 보냈지. 스톡홀름을 찍고, 뉴욕으로 날아갔다가 해크니로 돌아왔어.

새벽까지 에밀리의 크리스마스 발표회에 가져갈 민스파이를 위조했어. 묻지도 말아줘.

게다가 폴 포트 뺨치는 독재자 도우미께서 아들 머리를 보기 싫은 나치

---

*인터넷용어로 '키스'를 뜻함.

처럼 잘라놨는데 불평도 못했어. 어쨌든 난 집을 비웠고 그건 엄마로서의 모든 권리를 포기했다는 뜻이잖아. 게다가 로드 태스크 부장에게 오늘 아이 발표회 때문에 조퇴한다는 소리를 해야 하다니.

'아이'나 '조퇴'라는 단어를 쓰지 않고 내 의사를 전달할 방법이 없을까?

케이트. xxxx.

추신: 섹스가 뭐다냐? 기억도 가물가물.

보내는 사람: 캔디 스트래턴

받는 사람: 케이트 레디

자기야, 현모양처 같은 헛소리는 그만둬. 다른 엄마들 눈을 똑바로 쳐다보고 '나 바쁜 여자야, 나 잘나가는 여자야.'라고 해. 그렇지 않으면 네가 죽을걸.

로드 태스크에겐 생리통 핑계를 대. 오스트레일리아 남자들은 영국 남자들보다 여자들만의 고충에 쩔쩔매는 경향이 있으니까.

나중에 봐. xxxxxx.

사무실 저쪽을 흘끗 보니 캔디가 건배하듯 음료수 캔을 들어 보이고는 호쾌하게 들이켠다. 최근까지 캔디는 콜라다이어트를 했다. 다이어트콜라든 그 밖의 콜라든, 무조건 콜라만 마시는 다이어트다. 그 결과 가슴은 풍만한데 몸매는 연필처럼 날씬해졌다. 덕분에 캔디는 많은 애인들을 만났지만 사랑도 많이 받지는 못했다. 캔디는 나보다 한 살 많은 서른여섯 살이고 독신녀가 체질적으로 잘 맞는다. 가끔은 눈치 보지 않고 더없이 신나는 일들을 즐길 수 있는 캔디가 부럽다. 퇴근 후에 한잔 하러 간다든가, 호기심 많은 다섯 살 꼬마를 동반하지 않고 주말에 목욕탕에 간다든가, 섹스의 결과 때문이 아니라 섹스 그 자체를 밤새 즐기고 퀭한 눈으로 출근을 한다든가. 캔디도 한 2년 전에 앤더슨에서 일하는 컨설턴트와 약혼을 했었다. 불행히도 독일연금기금에 대한 최종보고 때문에 죽도록 바빴던 캔디는 그 컨설턴트를 연속해서 세 번이나 바람맞혔다. 세 번째 바람 맞던 날, 캔디의 약혼자는 스미스필드의 한 식당에서 그녀를 기다리다가 우연히 옆 자리의 바트 병원 간호사와 안면을 트게 됐다. 캔디의 약혼자와 그 간호사는 8월에 결혼했다.

그래도 캔디는 카르티에 사가 생물학적 시계를 만들 때까지는 자기가 아이를 낳을 수 있느냐 없느냐에 연연하지 않고 살겠단다.

보내는 사람: 케이트 레디, EMF

받는 사람: 데브라 리처드슨, 에디슨 포프

내 친구 D.

오늘 아침에 왕창 지각을 해서 길게는 못 쓴다. 점심 약속은 절대 취소하지 않아.

왜 여자들의 진실한 변명보다 남자들의 거짓 핑계가 항상 더 잘 먹히는 걸까?

어이가 없어서. 케이트.

보내는 사람: 데브라 리처드슨

받는 사람: 케이트 레디

바보, 회사는 너에게도 인생이 있다는 걸 기억하고 싶어 하지 않는단다.

금요일에 봐.

D. xx.

나는 로드 태스크 부장에게 에밀리의 크리스마스 발표회를 보려고
조퇴한다는 말을 직접적으로 전하지 않기로 했다. 그보다는 업무상 이
메일에 아무렇지도 않은 척 추신을 덧붙여 말하는 게 낫다. 한 번 봐주
십사가 아니라, 당연한 사실을 통보하듯이. 지금 막 답장이 왔다.

보내는 사람: 로드 태스크

받는 사람: 케이트 레디

세상에, 케이티. 애가 벌써 그렇게 컸소?

천천히 잘 다녀와요. 그런데 5시 30분쯤에 회의가 있어요. 그리고 스벤을
다시 한 번 붙잡기 위해 스톡홀름에도 가봐야 할 거요. 금요일 출장 괜찮겠소?

힘내요. 로드.

안 돼, 금요일 출장이 괜찮긴 뭐가 괜찮아. 믿을 수가 없다. 어떻게 크리스마스 전에 또 출장을 보낼 수가 있지? 그러면 회사 크리스마스 파티에도 참석할 수 없고, 데브라와의 점심 약속을 또 취소해야 하고, 크리스마스 선물을 준비할 시간도 없다.

우리 사무실은 전체 공간이 트여 있지만 마케팅 부장실과 로빈 쿠퍼클락의 국장실만 별도로 독립되어 있다. 부장에게 항의하러 들어가 보니 아무도 없다. 천장에서 바닥까지 이어진 통유리 벽으로 바깥풍경을 잠시 바라보았다. 우리 사옥 바로 밑에 브로드게이트 아이스링크가 있다. 엇갈린 구조의 콘크리트와 강철 탑 한복판에 얼음접시가 덩그러니 놓여 있는 것처럼 보인다. 이 시각에는 초록색 운동복을 입은 키가 크고 가무잡잡한 사내 혼자 스케이트를 탄다. 처음에는 그 남자가 8자를 그리며 스케이트를 탄다고 생각했지만 아래쪽으로 길게 선을 그으며 타는 것을 보니 커다란 달러[$] 기호가 떠오른다. 안개가 흩어진 런던은 화염 속에서 세인트 폴 성당의 돔 지붕이 마법처럼 드러나던 대공습 당시의 모습을 방불케 한다. 반대 방향으로 돌아서면 불빛이 깜박거리는 카나리 워프 타워가 후끈 달아오른 외눈박이 거인처럼 보인다.

부장실에서 나오다가 셀리아 함스워스와 정통으로 부딪쳤다. 내가 그녀의 거대한 가슴에 튕겨 나갔을 뿐이라 둘 다 다치지는 않았다. 특성 배경의 영국 아가씨들은 쉰 살쯤 먹으면 젖가슴이 사라져버린다. 그 여자들에겐 소유지의 크기나 유서 깊은 가문에 따라 유방 혹은 가슴이 존재할 뿐이다. 젖가슴breasts은 복수로 쓰지만 가슴bust은 늘 단수다. 가슴에는 가슴골도 있을 수 없고, 어떤 출렁임도 있을 수 없다. 젖가슴은 "와서 즐겨요!"라고 말하지만 가슴은 놀이공원 범퍼카의 들창코처럼 "저리 비켜!"라고 말한다. 여왕에게 달린 건 가슴이다. 셀리아 함스워스도 마찬가지다.

"캐서린 레디는 늘 정신이 없군요."

셀리아 함스워스가 한 마디 한다. 셀리아는 사람을 운용하는 인사과 과장이지만 단연코 이 사옥에서 가장 사람 냄새가 나지 않는 인물이다. 자녀 없음, 매력 없음, 성격은 샤블리 와인처럼 냉랭함, 사람을 졸지에 쓸모없는 퇴물 만드는 재주가 탁월함. 내가 첫 애를 낳고 직장에 복귀했을 무렵, 우리 회사에서는 크리스 번스라는 헤지펀드 매니저가 2년 연속 사내 최고 수익을 달성하고 있었다. 그런데 그 자식이 내가 유축해 놓은 모유에 보드카를 부은 게 아닌가. 당시에 나는 회사에서 모유를 짜서 엘리베이터 옆 회사 냉장고에 보관하곤 했다. 데이비스 바에서 번스와 마주쳤을 때 어떻게 생후 12주밖에 안 된 아기에게 먹일 음식에 술을 넣을 수 있냐고 따졌다. 그자가 한 말은 "웃자고 그런 건데."였다. 나는 셀리아에게 가서 여자 대 여자로서 그 머저리를 어떻게 해야 한다고 생각하는지 물었다.

셀리아의 불쾌하다는 듯한 그 표정을 아직도 잊을 수가 없다. 빌어먹을 번스 때문에 그런 표정을 지은 게 아니었다. 셀리아는 그때 나에게 이렇게 말했다.

"여자들이 잘 쓰는 술수를 부리지 그래요."

셀리아는 내가 오늘 점심시간에 수습사원 오리엔테이션을 맡아줘서 기쁘단다.

"로드가 그러는데 당신은 잠꼬대로도 프레젠테이션을 할 수 있다더군요. 슬라이드 보여주고 샌드위치나 나눠줘요. 다 알죠, 케이트? 회사 강령 소개하는 것도 잊으면 안 돼요, 알았죠?"

재빨리 계산을 해본다. 오리엔테이션이 다과 포함 한 시간 정도 소요된다면 30분 안에 택시로 런던 시내를 돌파하고 유치원에 도착해야 발표회 시작 시각에 맞출 수 있다. 그 정도면 시간은 괜찮다. 수습들이 쓸데없는 질문만 하지 않는다면 가능할 것 같다.

ᏣᏣᏣ

오후 1시 1분 "여러분, 안녕하세요. 제 이름은 케이트 레디입니다. 13층에 오신 여러분 모두를 환영합니다. 13이라는 숫자가 불길하다는 사람들도 있지만 이곳 에드윈 모건 포스터에서는 그렇지 않습니다. 우리 회사는 영국에서 10위권 안에 드는 증권사이자 세계적으로도 자산 규모 50위권에 듭니다. 또한 지난 5년 연속 올해의 우수증권사로 뽑히

기도 했지요. 작년 한 해만도 3억 파운드 이상의 자금을 운용했습니다. 오늘 회사에서 비용을 아끼지 않고 맛있는 참치 샌드위치를 여러분들에게 나누어드릴 수 있는 이유도 그 때문이지요."

로드 말이 맞다. 난 이런 일은 자면서도 할 수 있다. 사실 지금도 잠꼬대를 하는 기분이다. 아직도 시차적응이 안 돼서 머리가 빠개질 것 같고 다리는 얼음물을 끼얹은 것처럼 뻣뻣하다.

"여러분은 벌써 '펀드매니저'라는 말에 익숙하실 거라고 믿습니다. 간단히 말해서 펀드매니저는 일류 도박사입니다. 전 세계 기업 실태를 연구하고, 상품의 시장 유통을 평가하며, 기수들의 기록을 확인하고, 최고라고 생각한 쪽에 뭉칫돈을 건 다음에는 그들이 첫 번째 장애물에 걸려 넘어지지 않기를 간절히 바라는 것이 저의 일이죠."

강당에서 폭소가 터진다. 지나치게 기꺼운 20대들의 웃음소리에서 올해 단 6명밖에 뽑지 않은 EMF의 수습사원이 되었다는 오만함과 어떻게든 눈에 들어야 한다는 절박함을 느낄 수 있다.

"만약 내가 돈을 건 경주마들이 넘어진다면 그 자리에서 안락사시킬지, 아니면 부러진 다리를 치료해주고 돌봐줄 만한 가치가 있는지 판단해야 합니다. 여러분, 잊지 마세요. 동정심은 값비싼 대가를 치를 수 있습니다. 그러나 동정심이 늘 낭비를 초래하는 것은 아닙니다."

나도 12년 전에는 수습사원이었다. 나도 꼭 이렇게 생긴 강당에 앉아서 켄트 공작부인처럼 보이는 것과 샤론 스톤처럼 보이는 것 중에 뭐가 더 나쁠까 생각하며 다리를 꼬았다 풀었다 했었다. 그해의 입사 동기 중에서 여자는 나밖에 없었다. 나는 남자들에게, 그것도 세로줄 무늬 털가죽 짐승들처럼 죄다 똑같은 무늬 양복을 입은 남자들에게 둘러싸여 있었다. 그들은 나 같지 않았다. 나는 가진 돈 40파운드를 탈탈 털어서 겨우 중저가 브랜드의 검정색 정장을 사 입었다. 그 옷을 입은 나는 울버햄튼의 장학사처럼 보였다.

올해의 신입들은 예년과 비슷해 보인다. 남자가 4명, 여자가 2명. 남자 수습들은 늘 뒤쪽에 구부정하게 앉아 있는데 여자 수습들은 으레 맨 앞줄에 똑바로 앉아서 펜을 들고 필요하지도 않은 메모를 열심히 하고 있다. 좀 지나면 어떤 친구들인지 감이 잡히겠지. 저기 짧고 까칠한 구레나룻을 하고 리암 갤러거Liam Gallagher *처럼 인상을 쓴 남자는 무정부주의자 분위기가 나는군. 오늘은 양복을 빼입었지만 영혼은 아직도 가죽잠바를 입고 있을 데이브라는 친구는 학생운동깨나 했을 것 같다. 노동자들의 투쟁을 위해 경제학서적으로 자신을 무장했겠지만 사람이 마실 것이 못 되는 르완다 커피를 사라고 주위 친구들을 정신적으로 협박하기도 했겠지.

지금 저 친구는 딱 2년만, 아무리 길어봤자 5년만 이 엿같은 런던의 직장생활을 해보겠다고 생각할 것이다. 어느 정도 돈이 모이면 인

---

* 영국 밴드 오아시스의 보컬리스트.

도주의적 활동을 시작할 거라고 다짐하겠지. 저 친구가 안됐다. 7년만 있어봐라. 노팅힐의 고층건물에서 두 아이 학비를 대고 명품 좋아하는 마나님을 데리고 살다 보면 데이브 저 친구도 우리처럼 품격 있는 시사주간지는 펴보지도 않고 텔레비전 드라마에만 푹 빠져 살게 될 것이다.

다른 세 명의 남자 사원들은 좀 사는 집 아들들인지 뽀얀 모범생 태가 난다. 줄리언이라는 친구는 목울대Adam's apple가 어찌나 툭 튀어나왔는지 사과주스를 짜도 될 것 같다. 대체로 여자 수습들은 확실한 성인여성이라는 느낌을 주는데 남자 수습들은 이제 겨우 소년티를 벗은 것처럼 보인다. 올해 EMF의 여자 수습 두 사람은 매우 상이한 여성성을 보여주고 있다. 한 명은 얼굴이 희멀건 중부 아가씨인데 동그란 얼굴이 상냥해 보이고 그쪽 계층 여자들이 즐겨 쓰는 벨벳 머리띠를 하고 있다. 클라리사 뭐라는 이름이었는데. 자기소개서를 슬쩍 보니 피터보로 대학에서 '근대학문' 학사학위를 받았단다. 이건 낙하산이다. 틀림없이 임원진 중 누구의 조카쯤 될 것이다. 굉장한 집안 연줄이 아닌 이상, 이런 학위로 우리 회사에 들어오기란 불가능하다.

나는 그 옆자리 아가씨에게 더 관심이 간다. 스리랑카에서 태어나고 자랐지만 영국 첼트넘 여자고등학교와 런던경제대학에서 공부했단다. 영연방제국*의 머나먼 후손이지만 깍듯한 예의범절과 완벽한 문법으로 구사하는 공손한 영어는 영국 본토인보다 훨씬 낫다. 고양이를 닮은 자세로 앉아 나뭇잎 모양의 눈으로 대모갑 안경 너머를 응시하는 모모 구메라트네는 참 예쁘다. 이 런던 증권가에서는 경호원을 대동하고 다녀야 하지 않을까 싶을 만큼 미인이다.

수습들도 나를 평가하고 있는 눈치다. 어떻게 생각할지 궁금하다. 금발 머리, 봐줄 만한 다리, 애 엄마라고는 믿지 않는 몸매. 내가 북부 출신이라는 것도 눈치 채지 못할 것이다(대학을 남부에서 다니면서 북부 사투리를 완전히 고쳤다). 날 좀 무서워할지도 모르겠다. 전에 리처드도 가끔 내가 겁난다고 그랬다.

"자, 여러분. 은행이나 주택금융조합 거래장에서 시력검사표 맨 아랫줄에 있는 것 같은 깨알만한 글씨로 적혀 있는 문구 보셨어요? '당신의 투자는 가치가 오를 수도 있고 내릴 수도 있습니다.'라고 되어 있죠? 그래요, 그게 내 일이에요. 내가 투자 대상을 잘못 고르면 가치는 하락하겠지요. 그래서 우리는 이 회사에서 그런 일을 당하지 않으려고 최선을 다하고 있고 대체로 성공을 거두었어요. 오늘 아침에도 나는 300만 달러 규모의 항공주를 팔았는데요. 이렇게 일을 하면서 우리의 결정이 연금도 못 받는 어느 시골 할머니에게 여파를 끼칠 수도 있다는 사실을 잊지 않으려고 노력합니다. 줄리언, 너무 걱정하지는 말아요. 수습기간에는 운용자금이 제한되어 있으니까요. 여러분은 5만 파운드

---

* 스리랑카는 과거 영국 식민지였으나 1972년 영연방에서 독립했다.

로 시작해서 실전감각을 익히게 될 거예요."

줄리언의 뺨이 주황색에서 딸기처럼 빨간색으로 변한다. 얼굴이 희멀건 여자 수습이 손을 번쩍 든다.

"왜 오늘 그 주식을 파셨는지 말씀해주실 수 있어요?"

"아주 좋은 질문이에요, 클라리사. 음, 나는 400만 달러어치 주식을 보유하고 있었어요. 주가는 계속 오르는 중이었지만 이미 꽤 좋은 수익률을 달성했지요. 게다가 업계 소식을 읽다가 항공사에 대한 좋지 않은 뉴스를 접했지요. 그러니까 펀드매니저가 하는 일은 주가가 하락하기 전에 고객의 돈을 빼내는 거예요. 저만 해도 언제 터질지 모르는 호재와 아닌 밤중의 홍두깨처럼 떨어질 수 있는 악재의 균형을 맞추기 위해 노력하고 있답니다."

내 경험상 우리 회사 신입에게 가장 큰 시험은 투자의 핵심을 이해하거나 주차카드를 확보하는 것이 아니다. 신입이 처음으로 회사 강령을 들었을 때 표정관리를 할 수 있느냐가 바로 그 시험에 해당한다. 지혜로운 회사생활의 5대 수칙으로 통하는 이 회사 강령은 김빠지는 헛소리다(무슨 가당찮은 논리로 20세기 말의 골수자본주의자들이 자전거조차 소유할 수 없었던 마오쩌둥 시대의 농민들처럼 구호를 외쳐야 한단 말인가?).

"우리의 5대 수칙은 첫째, 서로 끌어주고! 둘째, 서로 정직하며! 셋째, 최선의 성과를 내고! 넷째, 고객을 아끼며! 다섯째, 성공에 열성을 바친다!"

데이브가 웃음을 참으려고 남자답게 용을 쓴다. 착한 아이로군. 시계를 흘끔 보니…… 아이고, 빨리 출발해야겠다.

"자, 이제 질문 없으면……"

망할. 다른 여자 사원이 손을 든다. 최소한 남자들은 질문을 하지 않는다는 점에서는 믿어도 좋다. 남자들은 쥐뿔도 모르는 상황에서조차 질문을 하지 않는다. 지금 이 친구들도 그렇지만 나와 비슷한 위치에 오른 남자들은 더욱더 그렇다. 질문을 한다는 것은 세상에 아직도 자신이 모르거나 어쩔 수 없는 것이 있음을 인정하는 셈이니까.

"죄송합니다."

스리랑카 아가씨가 아직 저지르지도 않은 실수를 사과하는 말투로 입을 연다.

"제가 알기로는 EMF에서, 음…… 레디 씨. 여성의 입장에서 솔직히 말씀해주실 수 있을까요? 이 업계 일을 한다는 것에 대해 어떻게 생각하세요?"

"그래요, 이름이?"

"모모 구메라트네입니다."

"그래요, 모모. 우리 회사에는 펀드매니저가 60명 있는데 그중 여자는 단 3명뿐이에요. 우리 회사는 기회균등 정책을 펴고 있으며 여러분 같은 수습사원들이 잘해준다면 실질적으로도 그 정책이 결실을 거둘 거예요. 게다가 일본에서 자궁 밖에서도 태아를 키울 수 있는 수조를 개발하고 있다는군요. 구메라트네 양이 아이를 가질 준비가 될 즈음에는 완성이 되지 않을까요. 그렇게만 된다면 점심시간을 잠깐 이용해서 아이를 가질 수도 있겠지요. 틀림없이 우리 회사 사람들은 대단히 기뻐할걸요."

이 정도 해두면 더 이상 물어보지 않을 줄 알았다. 하지만 모모는 내 생각만큼 소심한 여자가 아니다. 그녀는 커피색 살갗을 붉게 물들이면서도 다시 손을 든다. 내가 오리엔테이션이 끝났다는 뜻으로 돌아서서 가방을 잡는 순간, 모모가 입을 연다.

"정말 죄송합니다, 레디 씨. 레디 씨도 자녀가 있으신지 여쭈어도 될까요?"

아니, 묻지 말아줘.

"네, 마지막으로 살펴봤을 때 두 아이가 있더라고요. 구메라트네 양, 나도 제안 하나 할까요? 질문할 때마다 '죄송합니다.'라고 하지 않아도 돼요. 이 건물 안에서 요긴하게 쓰이는 말들이 많이 있는데 '죄송합니다.'는 거기 안 들어가요. 자, 이제 됐으면 난 빨리 시장조사를 하러 가봐야겠어요. 승자를 콕 집어서 돈을 움직여봐야죠! 참석해주셔서 감사합니다, 여러분. 나중에 회사에서 만나면 아는 체해주세요. 지혜로운 회사생활의 5대 수칙을 잘 외우고 있나 시험해볼 거예요. 운이 좋으면 저의 개인적인 여섯 번째 강령도 아실 수 있을 거예요."

수습들이 나를 빤히 쳐다본다.

'여섯째, 일단 돈이 반응을 보이면 시티에서 여자가 이뤄낼 수 있는 성공의 상한선은 없다. 돈은 성별을 가리지 않는다.'

☙☙☙

오후 2시 17분 워버그 증권사 앞 택시정류장에서는 언제나 택시를 잡을 수 있다. 오늘만 빼고. 런던의 모든 택시기사들이 케이트 지각시키기 궐기대회라도 벌였나. 히스테리를 부리지 않고 보도에서 7분쯤 기다렸지만 결국 빈차 표시등을 끄고 달리는 택시 앞에 뛰어든다. 택시기사는 나를 피하려고 급히 핸들을 꺾는다. 나는 에밀리네 유치원까지 브레이크를 밟지 않고 달려준다면 요금을 두 배로 주겠다고 말한다. 뒷자리에서 이리 치이고 저리 치이면서 좁고 진저리나는 거리를 지나간다. 손목과 목에서 맥박이 귀뚜라미처럼 팔딱팔딱한다.

오후 2시 49분 에밀리네 유치원은 강당에 나무마루를 깔았다. 뾰족구두를 신고 뒤늦게 들어오는 워킹맘들을 만천하에 폭로하려는 음모가 분명하다. 가브리엘 천사가 성모 마리아에게 엄청난 소식을 전하는 바로 그 순간, 성모 마리아는 옆에 있는 당나귀 털가죽을 잡아당기기 시작하고 내 구두는 또각또각 요란하게도 울린다. 마리아 역은 제네비브로가 맡았다. 얘네 엄마가 극성엄마, 다른 말로 표현하자면 깐깐하고 콧대 높은 전업주부 엄마의 전형인 알렉산드라 로다. 극성엄마들은 자기 애가 주인공 역할을 맡게 하려고 치맛바람을 일으킨다. 정말이다. 조슈아라는 갭 폴로넥 셔츠의 저 꼬마가 여관지기 동생 역이라도 맡을 수 있었던 건 엄마가 임원회에서 한 자리 꿰차고 앉았기 때문이다.

극성엄마들은 호소한다.

"작년에 양 역할도 우리 애는 '완벽하게' 해냈죠. 하지만 올해 크리스마스에는 좀 더 어려운 역할에 도전해야 성취감이 들지 않겠어요?"

동방박사 세 사람이 아기예수께 바칠 선물을 들고 무대를 걸어간다. 숱 적은 빨간 머리 남자애가 두 여자애들에게 떠밀려 걸어가는 꼴이다. 갑자기 뒤쪽에서 끼이익 소리가 엄청 크게 난다. 모두의 시선이 여행가방과 서류가방을 들고 얼굴이 빨개져서 들어오는 한 여자에게 쏠린다. 에이미 레드먼의 엄마인 것 같다. 그 엄마가 미안해서 어쩔 줄 모르는 모습으로 뒤쪽 자리에 가서 앉는데 알렉산드라 로가 모두에게 다 들리게 "쉿!" 소리를 낸다. 나는 본능적으로 워킹맘 동지에게 연민을 품었지만 이제 내가 제일 늦게 온 엄마가 아니라는 사실을 깨달으면서 부끄럽게도 연민에서 감사로 넘어갔다(나는 다른 워킹맘들이 턱없이 고통받는 건 싫다. 진심으로 그건 싫다. 난 그저 우리 모두 비슷하게 실수를 한다고 생각하고 싶을 뿐이다).

다시 무대 위, 녹음기에서 구슬픈 소리가 흘러나오는 걸 보니 마지막 캐럴이다. 나의 천사는 뒷줄 왼쪽에서 세 번째에 있다. 에밀리는 이 세상에 태어난 그날도 그랬지만 오늘 성극에서도 검은 눈에 잔뜩 힘을 주고 있어서 이마에 잡힌 주름이 좀 놀란 아이처럼 보인다. 태어나자마자 분만실을 잠시 둘러보던 그 아이의 표정은 꼭 '아니, 말하지 마요. 내가 금방 알아낼 테니까요.' 라고 말하는 것 같았다. 더듬거리는 남자아이들 사이에서(한 명은 쉬야가 급한 것 같다) 망설이는 기색도 없이 또랑또랑 캐럴을 부르는 내 딸을 보니 가슴이 먹먹할 정도로 자랑스럽다.

왜 저 아이들이 무턱대고 불러 젖히는 「그 어리신 예수」가 킹스칼리지 합창단의 완벽한 공연보다 더 감동적으로 와 닿을까? 코트 주머니에 손을 쑤셔 넣어 손수건을 찾는다.

오후 3시 41분 뒤풀이 다과회에는 비디오카메라를 든 아빠들이 몇 명 있을 뿐 엄마들 일색이었다. 엄마들은 인생의 작은 빛들을 둘러싸고 파닥파닥 날아다니는 나방들 같다. 유치원 행사에 와보면 다른 여자들은 다 진짜 엄마들처럼 보인다. 나 자신이 엄마라는 이름에 걸맞은 나이가 됐다든가, 엄마로서 충분한 자격이 있다고 생각해본 적은 한 번도 없다. 무언극 배우처럼 과장된 몸짓으로 엄마 연기를 하는 기분이랄까. 그래도 내가 엄마라는 증거가 내 왼손을 꼭 붙들고 있고 자기가 썼던 후광을 나도 써보라고 조르고 있다. 에밀리는 엄마가 와줘서 안심하고 고마워하는 눈치다. 작년 크리스마스 발표회에는 간다고 그래놓고 마지막 순간에 참석을 포기했다. 협상이 심각한 국면으로 접어들어 부랴부랴 미국에 가야 했기 때문이다. 딸내미 마음을 풀어주려고 돌아오는 길에 뉴욕 색스 5번가에서 음악이 나오는 스노셰이커를 샀지만 그걸로 아이의 마음이 풀리진 않았다. 엄마 노릇을 제대로 하지 못한 순간은 아이의 기억에 남는다. 엄마 노릇을 제대로 했을 때는 아이의 기억에 남지 않는데 말이다.

슬쩍 빠져서 사무실에 전화를 걸고 싶은 마음이 굴뚝같지만 알렉산드라 로를 피할 방법은 없다. 그녀는 제네비브의 뛰어난 연기와 집에서 구워온 정통 독일식 크리스마스 쿠키에 대한 열렬한 찬사를 받는 중이다. 알렉산드라는 내가 가져온 민스파이를 한 개 집어 들고 위에 얹은 아이싱슈거에 손톱을 처박고는 '어머, 어머.' 소리를 연발하다가 판결을 내린다.

"꿩, 장, 한 민스파이네요, 케이트. 과일을 브랜디나 그라파에 재웠나요?"

"아, 그냥 이것저것 넣어봤어요. 알렉스, 아시잖아요."

알렉산드라가 고개를 끄덕인다.

"내년에는 다함께 슈톨렌Stollen*을 만들자고 할까 봐요. 어떻게 생각하세요? 괜찮은 레시피가 있나요?"

---

*독일에서 크리스마스에 먹는 케이크.

"아뇨, 괜찮게 만드는 마트는 알아요."

"하, 하, 하, 하! 멋지네요. 하, 하, 하!"

이렇게 글씨를 읽듯이 웃는 사람은 이 여자밖에 못 봤다. 달갑지 않은 기색의 테드 히스가 시야에 들어온다. 이제 곧 아직도 파트타임 근무를 하지 않느냐고 물어볼 것이다.

"그래, 요즘은 파트타임으로 일하나요? 어머, 아직도 풀타임이라뇨. 세상에나! 솔직히 어떻게 다 해내는지 모르겠네요. 클레어, 난 그냥 케이트에게 말하는 거예요. 케이트가 어떻게 다 해내는지 모르겠거든요. 클레어는 이해가 돼요?"

꩜

오후 7시 27분 에밀리는 천사 역이 부담이 됐는지 지쳐버렸다. 침대머리에서 동화책을 읽어주는데 애가 완전히 진이 빠져서 세 페이지를 그냥 넘겨도 모를 것 같다. 업무상 이메일을 써야 한다. 하지만 내가 동화책을 뛰어넘고 읽자 에밀리가 의심스러운 눈초리를 보낸다.

"엄마, 잘못 읽었어요."

"그래?"

"아기돼지가 캥거루 주머니로 쏙 들어가는 부분 뛰어넘었잖아요."

"어머, 그랬나?"

"괜찮아요, 엄마. 처음부터 다시 읽으면 돼요."

오후 8시 11분 텔레비전 옆 탁자의 자동응답기가 꽉 찼다. 메시지 재생 버튼을 누른다. 나의 배송문의 전화에 대한 퀵토이의 답변이 우물거리는 서부 사투리로 녹음되어 있다.

"죄송하지만 예상치 못한 주문 폭주로 인해 고객님이 주문하신 상품은 새해 전에 배송되기 어렵습니다."

세상에. 이 사람들 어떻게 된 거야?

그 다음에 들어와 있는 엄마 메시지가 녹음테이프 용량 대부분을 차지하고 있다. 기계사용에 익숙지 않은 엄마는 자동응답기에 메시지를 남기면서도 상대방의 대답을 기다리듯 한참 사이를 두면서 말한다. 엄마는 우리가 안 와도 알아서 크리스마스를 잘 보낼 수 있으니 걱정하지 말라는 말을 하려고 전화를 거셨단다. 엄마가 이런 식으로 안심을 시키는 게 어떤 면에서는 불평보다 더 무섭다. 엄마들이 오랜 세월에 걸쳐 연마한 회심의 원투펀치랄까. 죄책감으로 한 방을 먹고, 그다음에는 죄책감을 느꼈다는 사실을 후회하면서 또 한 방을 먹는다.

"에밀리와 벤에게 줄 책을 좀 부쳤단다. 리처드와 네 선물도 별것 아니지만 함께 보냈다. 마음에 들었으면 좋겠구나."

엄마는 으레 그렇듯이 이번에도 선물이 우리 마음에 들지 않을까 봐 걱정이다.

엄마의 힘없는 비난이 끝나고 행복한 크리스마스를 보내라는 질 쿠퍼클락의 목소리가 나오자 마음이 놓인다. 질은 올해는 카드를 보내지 못해서 미안하다고, 건강이 좀 좋지 않았다고, 그래도 담당의사가 영화배우 뺨치는 미남이라고, 사랑한다고, 시간 나면 전화해달라고 한다.

다정함이라고는 눈곱만큼도 느낄 수 없는 마지막 메시지의 목소리를 듣고서 잠시 이게 누군가 생각한다. 한때 브로커였던 친구 재닌이었다. 재닌은 작년에 남편 그레이엄의 회사가 주식시장에서 확 떠서 선박왕 오나시스 사촌의 소유였다는 '태비사'라는 요트를 구입할 정도로 부자가 되자 직장을 그만두었다. 재닌이 직장생활을 할 때만 해도 우리는 가정을 가진 여자로서 남자들의 세계에서 빗발치는 총알을 피해가며 산전수전을 다 겪은 사람들답게 전우애로 똘똘 뭉친 사이였다. 요즘 재닌은 첼시 피직 가든에서 오후 강좌를 들으며 계절별로 창가 화단을 멋지게 연출하는 법을 배우는 중이다. 재닌의 집에는 소파커버도 여름용과 겨울용이 따로 있어서 매년 딱 맞는 시기에 바꿔준다. 최근에는 푹신하게 속을 댄 사진첩에 가족사진을 넣어서 가죽 냄새와 만족의 냄새가 물씬 풍기는 객실 커피탁자 위에 두었다. 지난번에는 요즘 뭐하고 지내냐고 물었더니 "어머, 알잖아. 도예나 좀 하고 있어."란다. 아니, 내가 그런 걸 어떻게 알겠어. 내가 도예랑 언제부터 친했다고.

재닛은 우리가 송년 파티에 올 수 있는지 궁금해서 전화를 걸었단다. 귀찮게 해서 미안하다는데 전혀 미안한 목소리가 아니다. 오히려 파티 주최자로서 제대로 대접받지 못해 짜증이 나지 않았나 싶다.

송년 파티? 거실 탁자 위의 더미를 잠시 뒤집어 엎어본다. 탄두리 광고전단, 낙엽, 갈색 벙어리장갑 한 짝 따위를 치우고 나니 아직 열어보지도 않은 크리스마스 우편물이 뭉치로 나타난다. 봉투들을 대충 넘겨보니 그중 한 봉투에서 재닛의 꼼꼼하고 깨끗한 글씨체가 보인다. 봉투 안에는 재닛과 그레이엄 그리고 걱정이라곤 하나도 없는 그 집 아이들 사진을 넣은 카드가 있고 12월 21일에 저녁을 먹으러 오라는 초대장도 있다. 12월 10일까지 참석여부를 알려달란다.

나는 이런 일이 생길 때마다 항상 하던 대로 한다. 리처드를 탓하는 것이다(꼭 그이 탓이 아닐 수도 있지만 탓할 사람은 있어야 한다. 안 그러면 어떻게 사나?). 남편은 부엌 바닥에 무릎을 꿇고 앉아서 벤에게 마분지와 아마도 벙어리장갑의 나머지 한쪽으로 보이는 물건으로 순록을 만들어주고 있다. 나는 리처드에게 우리가 초대를 받았지만 참석할 수 없고, 참석을 못한다고 양해를 구할 시기조차 놓쳐버렸다고, 이러다 사회적으로 매장 당하겠다고 구시렁댄다. 갑자기 초대를 받을 때마다 고급스러운 가두리장식이 들어간 두툼한 크림색 편지지에 바로바로 답장을 써서 보내는 여자가 되고 싶어 몸살이 난다. 에밀리의 필통에서 꺼낸 잉크가 찔끔찔끔 나오는 옥색 볼펜 따위가 아니라, 만년필로 우아하게 답장을 쓰는 여자가 되고 싶다.

리치는 어깨를 으쓱한다.

"됐어, 케이트. 그러다 머리가 어떻게 될라."

아마 그렇겠지. 하지만 내가 선택이라도 할 수 있었으면 좋았을 텐데.

오후 11시 57분 욕실. 지구상에서 내가 가장 사랑하는 곳. 텅 빈 욕조에 기댄 채 오리 인형과 난파선을 치운다. 이미 모음들이 떨어져 나가 자음들로만 이루어진 크로아티아 명령어, scrtzchl!처럼 보이는 글자 스티커들을 떼어낸다. 딱딱하게 반쯤 말라붙어 올챙이나 뭐 그런 종류의 고약한 냄새를 풍기기 시작하는 바비 인형의 플란넬 옷도 떼어낸다. 그다음에 빨판이 달린 미끄럼 방지용 매트를 한쪽에서부터 걷어낸다. 하지만 구역질이 나서 바로 포기한다.

이어서 선반을 뒤져 긴장을 풀어주는 목욕용 오일을 찾는다. 라벤더, 해삼, 베르가모트가 들었다는 오일. 하지만 난 항상 긴장을 풀어주는 목욕용 제품을 찾는 데 실패하고 그저 잠깐의 거품목욕이나 낙으로 삼아야 할 신세다. 참을 수 없을 만큼 뜨거운 물을 욕조에 받는다. 물이 어찌나 뜨거운지 몸을 욕조에 담그는 순간 찬물로 착각할 정도다. 욕조에 기대어 악어처럼 코만 물 밖으로 내놓고 벌름거린다. 김이 부옇게 서린 욕조 옆 거울에서 재빨리 한 여자가 사라진다. 지금은 그 여자의 시간, 오직 그녀만이 시간이라고 생각한다. 좀 이상한 게 있어도 넘어가자. 그녀의 무릎 사이에서 연쇄살인범처럼 갑자기 떠오른 공룡캐릭터 스티커는 무시하자.

욕실은 아주 오래됐다. 도자기 욕조는 군데군데 금이 가서 청회색 핏줄이 퍼진 것처럼 보인다. 주방 개조에 돈이 너무 많이 들어서 위층은 거의 손을 못 댔다. 그래서 우리 집은 위로 올라갈수록 수준이 낮아진다. 주방은 디자이너브랜드 테렌스 콘란으로 힘을 줬지만 거실은 이케아, 욕실은 괴물딱지 곰팡씨에게 맡겼다. 하지만 콘택트렌즈를 빼서 눈이 잘 안 보이는데다가 촛불까지 켜놨더니 군데군데 허물이 벗겨진 욕실도 로마의 베스타 신전처럼 신비롭게 보이고 욕실 개조에 한밑천 들겠다는 걱정도 별로 안 든다.

내 손에서 거품들이 사라지면서 비늘 같은 불그스름한 반점들이 손가락 마디마다 드러난다. 반점은 이미 오른쪽 귀 뒤까지 점령했다. 우리 회사 의무실 간호사가 스트레스성 습진이란다.

"스트레스를 줄일 수 있는 방법이 없나요, 케이트?"

아, 글쎄요. 봅시다. 뇌 이식? 로또 당첨? 계단 밑에 널브러진 것들을 계단 위로 가지고 올라가야 한다는 사실을 이해하도록 우리 남편을 인간 개조하면 될까요?

계속 이렇게 살아갈 수 있을지 모르겠다. 하지만 멈추는 법도 모른다. 오늘 오리엔테이션에서 내가 스리랑카 아가씨에게 너무 심하지 않았는지 계속 마음에 걸린다. 모모 뭐라는 이름이었는데? 꽤 마음에 드는 인상이었다. 그녀는 나에게 정직하게 말해달라고 했다. 그래야 했을까? 우리 회사에서 살아남으려면 남자처럼 행동하라고 말했어야 했나. 그런데 여자가 남자처럼 행동하면 모두들 눈엣가시처럼 취급하고 어려워한다. 그렇다고 여자답게 행동했다가는 감정적이라서 힘들다는 말을 듣는다. 남자들은 자기들과 다른 것은 모두 다 힘들다고 한다. 글쎄, 모모도 차차 알게 되겠지.

내가 지금 아는 것을 모모 나이 때 알았더라면 과연 아이들을 낳았을까? 눈을 감고 에밀리와 벤이 없는 세상을 상상해본다. 그런 세상은 음악도 없고 번개도 없는 세상 같겠지.

다시 물속으로 들어가며 생각이 자유롭게 떠나가기를 바란다. 하지만 생각은 찰거머리처럼 내 머릿속에 착 달라붙어 있다.

기억할 것 폴라와 아이들 머리모양, 시간 엄수 등에 대해서 확고한 새 원칙을 잡을 것. 부장에게 고객에 대한 내 역할을 확고하게 다시 잡아달라고 말할 것. **요컨대 난 고객의 응급접대부가 아니다.** 임금 인상. 복창한다. 난 추가수당 없는 추가근무는 하지 않는다! 계단 카펫 견적 받기. 크리스마스트리와 장식조명 구입(존 루이스 백화점이나 이케아?). **남편** 선물(『현모양처가 되는 법』?), **시댁 식구들** 선물(치즈 배럴이나 『선데이 타임스』 광고정보지에 실렸던 고산식물, 그런데 그 광고 스크랩을 어디 뒀더라?). **애들** 선물 넣을 양말. 앨프 작은아버님 드릴 과일젤리. 여행용 사탕? 폴라에게 드라이클리닝 찾아달라고 부탁할 것. 개인쇼핑대행 서비스는 얼마나 들지? 골반저 근육 운동. 크리스마스케이크 아이싱(아니, 너무 늦었어. 그냥 다 된 걸로 사자). 빠른우편용 우표 30장. 벤과 인형 떼어놓기! 캥거루 인형 잊지 말 것! 빌어먹을 퀵토이에 전화해서 법적 조치를 취하겠다고 협박할 것. 기저귀, 젖병, 「잠자는 숲속의 공주」 비디오. 자궁암 조직검사!!! 염색 다시 하기. 햄스터?

I don't know how she does it

즐거운 크리스마스 휴가

　나는 30분 내에 나 자신은 물론 두 아이까지 씻기고 옷도 입혀서 집을 나설 수 있다. 시간대가 다른 5개 지역의 9개 통화를 동시에 취급할 수도 있고, 조용하지만 능률적으로 일처리도 잘 한다. 미 서부와 국제 전화를 하면서도 혼자 간단한 저녁을 차려 선 채로 먹을 수도 있고, 텔레텍스트에 나오는 상품 가격을 눈으로 훑어보면서 벤에게 『얼마나 사랑하는지 맞혀보세요』를 읽어줄 수도 있다. 하지만 내가 지금 택시를 잡아타고 공항에 갈 수 있을까?

　우리 회사는 경비절감 정책을 실시하는 중이라서 더 이상 히스로 공항까지 나를 차로 데려다주지 않는다. 내가 탈 차는 알아서 준비해야 한다. 어젯밤에 우리 동네 콜택시 회사에 예약했지만 오늘 아침에 택시는 코빼기도 보이지 않았다. 항의전화를 걸었더니 콜택시 회사 상담원이 정말 죄송하지만 아무리 빨리 택시를 수배해도 30분은 걸릴 거란다.

"이 시각이 한창 바쁠 때라서 그렇습니다, 손님."

누가 이 시각이 바쁘다는 걸 모르나. 그래서 어젯밤에 미리 예약을 했던 거 아냐.

상담원이 잘하면 20분 안에 빈차가 나올지 모르겠단다. 나는 이 모욕적인 제안에 펄쩍 뛰고는 쾅 소리가 나게 수화기를 내려놓는다. 하지만 곧장 후회가 밀려온다. 다른 콜택시 회사에 전화를 해보아도 빈차가 없기는 마찬가지요, 더 오래 기다려야 된다는 게 아닌가.

건물 앞 신발털이 매트에 들러붙은 꾀죄죄한 청동색 명함을 본 순간, 필사적인 심정이 된다. 한 번도 들어본 적 없는 콜택시 회사 명함이다. '페가수스 콜택시. 날개 달린 듯 신속한 서비스 보장.' 전화를 걸어보니 전화를 받은 남자가 바로 출발하겠다고 한다. 나의 안심은 오래가지 않았다. 우리 집 앞에 나타난 페가수스 콜택시의 운전기사는 아무래도 취한 것 같다. 보도 연석과 거의 45도 각도를 이루게 주차해놓은 니산 서니는 담배냄새와 마리화나 냄새에 푹 찌들어 있다. 나는 택시에 몸을 실었지만 이 안에서는 도저히 숨도 못 쉬겠다. 차창을 내려서 개처럼 고개라도 내밀어보려고 끙끙댄다.

"차창이 고장났는데요."

운전수는 유감스러운 기색도 없이 순순히 사실을 통보해준다.

"안전벨트는요?"

"그것도 고장입니다."

"불법이라는 걸 아셔야죠."

페가수스 운전기사는 실내 백미러를 통해 인생을 그렇게 모르냐는 듯한 측은한 눈으로 나를 쳐다본다.

아침에 택시가 오지 않은 것 때문에 초조해진 나는 리처드와 정말 어리석고도 어리석은 실랑이를 벌였다. 그이가 에밀리의 점심 도시락에 넣어놓은 폴라의 크리스마스 보너스 수표를 발견했기 때문이다. 그는 왜 내가 우리 가족 모두의 선물을 사는 것보다 더 큰 금액을 도우미에게 주어야 하는지 이해가 되지 않을 뿐이라고 했다.

나는 설명하려고 노력했다.

"폴라가 섭섭한 기분이 들면 일을 그만둘 테니까."

"그게 그렇게 대단한 일이야, 케이티?"

"솔직히 당신이 집을 나가도 그렇게 막막하진 않을걸."

"아, 알았어."

그런 식으로 함부로 말하지 말걸. 빌어먹을 피곤 때문이다. 사람이 피곤하면 그 당시에는 자기 기분대로 말했을 수도 있지만 마음에 없는 말까지 막 하게 된다. 그러고 난 후에 리처드는 식탁에 앉아 『건축 다이제스트』에서 뭔가 대단히 흥미로운 기사를 발견한 척하며 「밀회」의 마지막 장면에 나오는 트레버 하워드처럼 턱을 치켜들고 눈을 빛냈다.

내가 다녀오겠다는 인사를 하는데도 리처드는 돌아보지 않았다. 벤은 유아용 의자에서 일어나 안아달라고 낑낑대며 조르기 시작했다. 미안, 안 돼. 정장을 깔끔하게 차려 입었단 말이야. 게다가 벤의 꼬락서니란! 벤은 잼과 살구색 크림치즈로 범벅이 되어 있었다.

택시는 유스턴로드를 따라가며 가다 서다를 반복한다. 이 도로가 런던의 대동맥이라면 런던에는 심장으로 통하는 우회로가 있어야 한다. 런던 시민들은 속을 부글부글 끓이며 차 안에 앉아 있다.

택시가 일단 킹스크로스를 통과하고 나자 나는 우편물을 뜯어본다. 엄마의 크리스마스카드에는 잡지의 크리스마스 별책부록이 함께 들어 있다. 『요리 스트레스는 이제 끝! 마법의 크리스마스 요리 26선』이란다. 대충 책장을 넘겨보니 점점 더 믿을 수가 없다. 샬롯shallot*을 진한 단맛이 날 때까지 갈색으로 조리면서 어떻게 스트레스를 받지 않을 수 있단 말인가?

우리 차는 계속 서쪽으로 기다시피 전진하면서 고가도로를 지나 쫙 벌어진 틈니 모양으로 끝없이 이어진 붉은 벽돌 연립주택 지대를 통과한다. 내가 저런 집에서 살았던 어린 시절에는 크리스마스가 지금보다 훨씬 소박했다. 그 시절의 크리스마스는 트리, 껍질이 우둘투둘한 칠면조요리, 주황색 그물망에 든 귤, 야자수 배 안에 끈끈하게 들러붙어 있던 대추, 온 가족이 코미디 프로그램을 보면서 나눠 먹었던 커다란 깡

70

통 속 초콜릿. 부피가 큰 선물은 언제나 아래층 크리스마스트리 밑에서 임자를 기다렸고, 침대 맡에는 선물 때문에 모양이 이상해진 양말이 걸려 있었다. 하지만 모든 것이 변했듯 크리스마스도 확 변했다. 이제 「호두까기 인형」공연은 8월부터 예약해야 하고 켈리 브론즈도 빼놓을 수 없다. 난 처음에 켈리 브론즈라고 해서 「베이 워치」에 나오는 여자들 같은 육체파 여배우 이름인 줄 알았다. 알고 보니 켈리 브론즈는 크리스마스 때 먹는, 지금 유일하게 먹을 가치가 있는 칠면조 이름이었다. 그 칠면조를 사려면 일단 마트의 대기자명단에 이름을 올리기 위해 한 시간은 수화기를 붙들고 '통화중' 신호음을 들으며 버틸 각오를 해야 한다. 그다음에 칠면조를 집에 가져와서 내장을 빼고 속을 채운다. 우리 엄마가 보내준 별책부록을 보니 옛날에는 묵은 빵가루, 굵게 다진 양파, 세이지sage** 한 숟가락을 섞어서 칠면조 속을 채웠지만 요즘은 식상한 맛을 탈피하기 위해 버터에 볶은 포르치니 버섯, 붉은 쌀, 크랜베리를 넣어준단다.

1970년대에 요리의 맛을 따지기나 했는지 모르겠다. 단 것이라면 사족을 못 썼지만 그러한 갈망은 묘비 같은 색깔과 질감을 지닌 로젠게스 사탕을 빠는 것으로 충족되었다. 생각해보면 정말 우습지 않은가? 수백만 여성들이 가정주부의 역할에서 벗어나고 있는 이때에 갑자기 요

---

*유럽에서 주로 쓰는 양파의 일종.
**요리에 자주 쓰이는 허브의 일종.

리의 가치가 부각되고 있으니 말이다. 케이트, 네가 가장 잘 만들 수 있는 요리를 생각해봐. 혹시 부엌에서 요리를 할 기회가 있다면 말이야.

오전 8시 43분 페가수스는 히스로 공항으로 가는 '빠른' 우회로를 택한다. 비행기 이륙 시간은 1시간 22분 남았는데 우리는 아직도 사우스올 할랄 정육점* 거리 앞이다. 심장 뛰는 속도가 빨라진다. 내 발은 보이지 않은 액셀러레이터를 밟고 있다.

"이봐요, 좀 더 빨리 갈 수 없을까요? 꼭 시간 내에 도착해야 해요."

하얀 면 잠옷 같은 옷을 입은 젊은이가 어린아이만한 양을 어깨에 메고 우리 앞으로 휙 나선다. 운전기사는 급브레이크를 밟는다. 앞좌석에서 느릿느릿 한 마디가 돌아온다.

"지난번에 확인해봤는데 사람을 치고 가는 건 아직도 법으로 금지되어 있다는군요, 손님."

눈을 감고 마음을 진정시키는 데 집중한다. 이 시간을 효율적으로 사용하면 기분이 좀 나아질 것 같다. 휴대폰을 꺼내어 크리스마스 배송 지연에 항의하려고 퀵토이에 전화를 건다("언제나 즐거운 퀵토이!"란다).

"퀵토이를 이용해주셔서 감사합니다. 죄송하지만 지금은 모든 상담

---

* 이슬람교 식으로 도축한 고기만을 취급하는 정육점.

원이 통화중입니다. 상담이 끝나는 대로 바로 연결해드리겠습니다."

이럴 줄 알았지.

전화번호부에서 찢어온 페이지를 보면서 런던 북부 애완동물 가게마다 전화를 거는 작업에 들어간다. 새끼 햄스터가 전국적으로 동났다는 사실이 놀랄 일은 아니다. 그래도 월섬스토에 있는 가게에 한 마리가 남았을지도 모른단다. 관심 있냐고? 있다마다.

드디어 퀵토이와 연결이 됐는데 요령 없는 상담원은 자기네한테 내 주문 기록이 있다는 사실을 좀체 받아들이려 하지 않는다. 상담원에게 내가 퀵토이 주식을 잔뜩 가지고 있는 큰손인데 투자를 재고해봐야겠다고 말한다.

"그래요. 예상치 못한 주문 폭주로 배송에 문제가 좀 있었습니다."

상담원이 겨우 인정을 한다.

나는 주문이 예상치 못하게 폭주했다는 표현에 문제가 있다고 지적한다.

"아기예수의 생일이에요. 2000년도 넘게 축하해온 날이라고요. 크리스마스 하면 장난감이고, 장난감 하면 크리스마스죠. 뭐 생각나는 거 없나요?"

"상품권을 원하십니까, 고객님?"

"아뇨. 상품권은 필요 없어요. 내가 주문한 상품이 '당장' 배송되기만을 원할 뿐이에요. 그래야 우리 애들이 크리스마스 날 뭐라도 뜯어볼 수 있을 거 아녜요."

잠시 통화가 끊어지고 삐 소리가 나더니 저쪽에서 자기들끼리 하는 소리가 다 들린다.

"어이, 제프. 웬 잘나신 아줌마가 전화해서 골디락스 주방놀이 세트와 양치기 개 유모차를 당장 보내라고 난리도 아니야. 내가 도대체 뭐라고 해야 되는 거야?"

오전 9시 17분 히스로 공항에 도착하니 약간 시간이 남는다. 그래서 운전수에게 소리를 질러 미안하다고 말하려고 한다. 운전수에게 이름을 묻는다. 그는 의아한 듯이 대답해준다.

"윈스턴인데요."

"고마워요, 윈스턴. 길을 잘 골라서 와줬어요. 음, 난 케이트예요. 이름이 참 근사하네요. 윈스턴 처칠 할 때 그 윈스턴이죠?"

윈스턴은 뜸을 들이더니 이렇게 대답했다.

"윈스턴 실콧의 윈스턴입니다."

오전 9시 26분 꽉 막힌 출국장을 헤치고 나아가다 깜박 잊고 있던 일이 생각났다. 집에 전화를 걸어야겠다. 여기는 핸드폰이 안 터진다. 그러면 그렇지. 공중전화로 집에 전화를 걸었더니 연결이 안 돼서 동전만 3파운드 날리고 "브리티시 텔레콤을 이용해 주셔서 감사합니다." 소리만 들어야 한다.

결국 탑승창구 옆에 있는 신용카드 전화기로 겨우 통화에 성공했다. 해군 복장의 항공사 직원들이 그런 나를 물끄러미 바라본다.

"여보세요, 리처드? 무슨 일이 있어도 스타킹은 잊으면 안 돼."

"속옷 말이야?"

"뭐?"

"스타킹이라며, 케이티. 속옷 얘기하는 거야? 서스펜더와 검정색 레이스, 그 사이로 뽀얀 허벅지가 살짝 드러나는 그런 거? 아니면 산타클로스 선물 담는 양말 얘기하는 거야?"

"리처드, 술 마셨어?"

"그것도 괜찮은 생각인데 그래."

남편이 수화기를 내려놓는 순간, 나는 분명히 들었다고 맹세한다. 에밀리에게 풍선껌 씹을 거냐고 물어보는 폴라의 목소리를.

난 절대로 우리 딸에게 풍선껌을 주지 않는단 말이다.

보내는 사람: 케이트 레디, 스톡홀름

받는 사람: 캔디 스트래턴

고객은 펀드 실적이 조금 떨어졌다고 우리랑 거래를 끊겠다고 위협하고 있어. 우리 회사 자산관리 매니저들은 테니스선수 비외른 보리처럼 탁월한 베이스라인 플레이어라는 말도 안 되는 소리를 늘어놨지. 반짝했다 사라지는 풋내기들처럼 눈앞의 이익에 목매달다가 더 큰 손실을 입는 게 아니라 정확한 수치를 바탕으로 장기적이고 지속적인 성공을 추구한다고 했지. 그들도 수긍을 하는 것 같았어. 이유는 모르겠지만.

그 회사 중역회의실과 중역화장실을 수시로 들락날락하면서 개인화장실 문을 잠가놓고 월섬스토의 애완동물 가게에 핸드폰으로 전화를 걸었어. 사흘 전까지만 해도 에밀리가 산타 할아버지에게 쓴 편지에 햄스터는 나오지도 않았어. 그런데 느닷없이 햄스터가 '선물 1순위'로 껑충 올라온 거야.

스웨덴 고객들은 모두 낱말 맞추기를 잘못 풀었을 때 나올 것 같은 이름을 가졌어. 스벤 시외스트롬은 함께 점심을 먹는 내내 내 접시에서 청어절임을 덜어가면서 자기는 '더욱 가까워진 유럽연합'을 열렬하게 지지한다고 떠드는 거야.

스칸디나비아 반도에 딱 한 명 남은 컴맹이 나한테 걸렸어. 정말이야.

웩이다. 케이트. xxxx.

보내는 사람: 캔디 스트래턴

받는 사람: 케이트 레디

스벤, 다시 만날 수 있을까요?

스벤, 소중한 시간을 함께하지 않을래요?

계속해봐, 자기야. 기분이 좀 풀릴걸!

사랑해. 방광염녀가. xxx.

보내는 사람: 케이트 레디

받는 사람: 캔디 스트래턴

하나도 안 재미있거든요. 이보셔, 난 행복한 기혼여성이라고. 음, 어쨌든 기혼여성은 맞아.

보내는 사람: 데브라 리처드슨

받는 사람: 케이트 레디

방금 파이퍼플레이스 학교의 못돼먹은 비서에게 입에 담지 못할 모욕적인 일을 당했어(정확히 말하자면 모욕적인 말을 들었지). 알아, 나도 안다고. 이 미친 교육열을 어떻게 해야 한다는 거. 그래, 루비는 2002학년도 입학지원서를 낼 수는 있대.

"하지만 리처드슨 부인께 알려드려야 할 사항이 있는데요. 이미 대기자는 100명이 넘고 저희는 자매가 이 학교 출신인 경우에 우선권을 드리는 정책을 고수하고 있답니다."

너 혹시 폭탄 있냐? 자기가 뭐라도 되는 줄 아는 그런 여자들은 본때를 보여줘야 해.

넌 뭐 새로운 소식 없어?

보내는 사람: 케이트 레디

받는 사람: 데브라 리처드슨

난 아직 학교는 알아보지도 못했다. 에밀리를 어디 집어넣기라도 하려면 그 학교 교장에게 몸 로비를 해야 할지도…… 그보다 더 급박한 문제가 있어. 이틀 안에 벤이 인형을 떼게 해야 해. 시어머니는 인형이 악마의 도구인 줄 안다고. 집시 아니면, 담배를 입에 달고 살며 '애들을 비디오 앞에 무한 방치하는' 밑바닥인생들이나 인형을 사준다고 생각해. 요크셔 애들은 달리 뭘 한다고 생각하시는지.

에밀리에게 줄 햄스터를 찾았어. 암컷 햄스터들께서는 확실히 성질이 고약하고 자기 새끼를 물어뜯거나 잡아먹기도 한대. 왜 그럴까?

오전 2시 17분 눈보라. 영국행 비행기 이륙이 지연되고 있다. 런던에서 쇼핑을 할 수 있는 소중한 마지막 기회가 허공으로 날아가고 있다. 여기서라도 크리스마스 선물을 해결해보려고 스톡홀름 공항 내 상점들을 허겁지겁 돌아다닌다. 자연풍으로 말렸다는 순록고기와 「설경 속의 스웨덴 미소녀들」이라는 비디오테이프 중에서 남편은 어떤 걸 더 좋아할까? 아침 먹다가 TV 광고에서 본 조잡하고 지저분한 오줌싸개 아기인형은 아직도 사줄 마음이 없다. 그 대신 바비 비슷한 스웨덴 인형으로 타협을 본다. 건전하면서도 개성이 있어 보이고, 평화유지군 군복을 입은 걸로 봐서 사회민주주의자인가 보다.

✿✿✿

크리스마스이브, 에드윈 모건 포스터 사무실.

로드 태스크 부장이 내 자리 뒤로 와서 고양이에게 주사바늘을 찌르기 직전의 수의사처럼 내 어깨를 톡톡 두드렸을 때, 그러면서 나를 "우리 팀에서 가장 공헌도가 높은 팀원"이라고 추켜세웠을 때 나의 연봉협상이 어디까지 진행됐는지 알아차렸어야 했다. 바야흐로 때는 늦은 오후, 햇빛은 물러날 대로 물러나고 브로드게이트 상공의 하늘은 홍차처럼 우중충한 색을 띠고 있었다.

부장은 올해 보너스가 없다고 했다. 집수리를 마무리하고 기타 등등의 용도로 쓰려고 철석같이 믿고 있었던 보너스가 없단다. 부장은 모두가 힘든 때라고, 하지만 좋은 소식도 있다고 했다. 그 좋은 소식인즉슨, 회사에서 나에게 중요한 새 업무를 맡길 거란다.

"우리는 당신이 고객 응대에 적격이라고 생각해요. 케이티는 그런 일을 끝내주게 잘해내니까. 어쨌든 최고의 각선미를 가졌잖소."

부장은 키는 작지만 건장한 오스트레일리아 사람으로 남자들이 바텐더를 부를 때 내는 것 같은 목소리로 말을 한다. 시드니에서 커리어를 쌓기 시작해서 3년 반쯤 전에 우리 회사 마케팅부장으로 왔다. 영국 회사라는 샤프펜슬에 새로운 심을 좀 넣어보겠다고 데려온 인물이었다. 난 정말로 회사를 그만둘 때가 왔구나 생각했다. 부장은 내 눈을 똑바로 보고 얘기하지도 못하면서(내 키가 5센티미터는 더 크기 때문만은 아니다) 특정 신체부위를 특가상품이라도 되는 것처럼 이러쿵저러

쿵 입에 올리고 모든 회의를 "자, 가서 염병할 타이어들을 뻥 차줍시다!"라는 말로 마무리하는 습관이 있었다. 부장이 오고 몇 주 지나서 캔디가 그 말이 무슨 뜻인지 영국식으로 해석해달라고 했었다. 그는 잠시 당황해하다가 활짝 웃으면서 "고객의 돈을 마지막 한 푼까지 쥐어짜라!"는 뜻이라고 했다.

그래서 회사를 그만두려고 했다. 하지만 그 무렵 에밀리가 한창 미운 두 살 짓을 하고 있을 때여서 『걸음마 아기 길들이기』라는 책을 한 권 샀다. 나는 그 책에서 놀라운 계시를 발견했다. 한계를 모르고 늘 엄마를 시험에 들게 하는 철부지 떼쟁이 아이들을 다루는 노하우는 내 상사에게도 완벽하게 적용될 수 있었다. 나는 부장을 윗사람으로 보지 않고 다루기 힘든 사내아이를 살살 구슬리듯 대하게 됐다. 부장이 능글맞게 나오려고 할 때마다 재빨리 그의 관심을 다른 데로 돌리려고 최선을 다했다. 부장에게 바라는 사항이 생기면 꼭 부장이 스스로 생각해내서 그렇게 하는 것처럼 보이도록 유도했다.

어쨌거나 부장의 말로는 내가 오늘부터 샐린저 재단을 책임지고 떠맡아야 한단다. 재단은 뉴욕에 있고, 최고경영자 이름은 잭 아벨해머란다. 사업규모는 2억 달러, 나 같은 인재가 필요하다나. 당연히 크리스마스 휴가 동안에 포트폴리오를 숙지할 수 있을 거란다. 게다가 내 고객 중 일부를 넘겨받을 적임자를 부장이 찾을 때까지 기존 고객들도 계속 내가 관리하란다.

부장에게 아벨해머가 어떤 사람인지 묻는다.

"스윙이 좋더군."

"뭐라고요?"

"단거리코스는 연습이 좌우하지요."

"아, 골프 얘기군요."

"그럼 무슨 얘기를 하는 줄 알았소, 케이티? 섹스?"

엄밀히 따지자면 오늘 장이 마감해야 크리스마스 휴가가 시작되지만 사무실은 벌써 거의 텅 비었다. 비공식적이지만 점심식사에 반주도 곁들이고 알코올이 들어간 음료를 즐기며 어영부영 노는 중이다. 내 자리로 돌아와 보니 캔디가 창가 히터에 앉아서 내 의자 등받이까지 다리를 쭉 뻗고 있다. 캔디는 특이한 주홍색 블라우스에 보라색 그물스타킹을 신고 머리에는 금빛 반짝이까지 뿌렸다.

"좋았어, 내가 알아맞혀보지. 부장이 또 응가를 했으니까 똥꼬 좀 닦아달라고 하던?"

"미안한데."

나는 캔디의 발목을 잡아서 의자에서 내리며 말한다.

"사실은 일이 너무 잘 풀렸지 뭐야. 부장은 내가 고객관리 능력이 뛰어난 인재라고 생각한대. 그래서 회사에서 전적인 신임의 표시로 나에게 큰 재단 하나를 통째로 맡기시겠다나."

"아이고, 잘됐네."

캔디가 웃을 때마다 부러울 정도로 완벽한 미국인 특유의 치아가 드러난다.

"그렇게 보지 마."

"케이트, 이 바닥에서 전적인 신임을 따내면 항상 최소한 끝자리에 0 네 개가 따라오잖아. 너도 잘 알면서. 부장이 또 뭐래?"

대답을 할 겨를이 없다. 캔디가 얼른 손가락을 입에 대고 조용히 하라는 눈치를 주었기 때문이다. 이 동네에서 악명 높은 개자식 크리스 번스가 장시간의 점심식사로 배가 불룩해져서는 우리를 지나쳐 남자화장실로 들어갔기 때문이다. 번스는 코카인중독이라서 삐쩍 마른 것 같으면서도 부어 보인다. 그의 팬티 속 물건에 추호도 관심 없다고 정중하지만 단호하게 딱 잘라 말한 이후로 우리 사이의 성적 긴장감은 사라지고 피차 눈엣가시가 되었다. 어쩌다 그가 탐내던 거래를 내가 따내기라도 하면 살아 있는 폭탄에 불이라도 붙은 것처럼 조마조마해진다(번스 같은 남자들은 여자의 거절을 엄청난 모욕으로 받아들이고 제3세계의 부채처럼 어마어마한 이자를 붙여서 갚아줘야 한다고 생각한다).

캔디는 저만치 멀어지는 번스를 머리로 들이받는 시늉을 한다.

"회사에 이래저래 쓰레기가 너무 많이 굴러들어왔어. 저런 놈들을 위해 회사를 청소해주겠다고 나서진 않았냐?"

"내가 왜? 부장이 올해는 아무에게도 보너스를 주지 않았다더라."

캔디는 눈을 감고 한숨 쉬듯 미소를 짓는다.

"부장 말을 믿어? 케이트, 내가 너의 그런 점을 좋아하는 거야. 넌 메이너드 케인스 이후 최고로 명석한 여성 경제학자인데도 착취를 당하면서 은혜를 입고 있다고 착각한다니까."

"캔디, 메이너드 케인스는 남자야."

캔디가 도리질을 한다. 머리에서 떨어지는 반짝이가 빛을 받아 빛난다.

"아냐. 그는 동성애자였어. 난 알아. 여자들은 역사적으로 이름을 남긴 남자들에게 우리처럼 강한 여성적 측면이 있었다는 사실을 분명히 짚고 넘어가야 해."

오후 6시 9분 북부의 시댁에 가려면 차에 짐을 싣는 데만 두 시간이 걸린다. 리처드도 처음 한 시간은 기분 좋게 트렁크에 애들 살림살이를 퍼즐 맞추듯 하나하나 챙겨준다(루이 14세의 여행용 짐이 많았다 한들 우리 아들에게 비할쏘냐). 그러다 지붕 위에 뒤집힌 보트처럼 얹혀 있는 여행 가방을 열기 위해 열쇠가 필요한 순간이 온다.

"우리가 열쇠를 어디 뒀더라, 여보?"

욕설을 퍼부으며 집 안의 서랍이란 서랍을 다 열어보기를 10분, 마침내 리처드는 자기 재킷 주머니에서 열쇠를 발견한다.

리처드는 '지금 당장' 애들을 태우라고 말하지만 스페어타이어 옆에 젖병살균기를 분명히 챙겼는데 '한 번 확인만 해보겠다면서' 미친 듯이 짐을 도로 내리느라 20분이 지난다. 그다음에는 간간이 "망할!"이라는 추임새를 넣어가며 다시 미친 듯이 짐을 싣는다. 짐들이 점점 쌓이고 나중에는 앞좌석 아래, 뒷좌석 아래, 발을 들일 수 있는 공간에는 전부 다 짐을 밀어 넣는다. 쉽게 닦아낼 수 있는 기저귀 교환용 깔개, 쉽게 접었다 폈다 할 수 있는 휴대용 아기의자와 그 부속품, 쉽게 조립할 수 있는 진홍색 휴대용 아기침대, 턱받이, 토마스 그릇세트, 잠옷, 에밀리 담요(닳고 닳아 측은해 보이는 노란색 모직 담요). 우리는 어디갈 때마다 아이들을 재우는 데 필요한 인형들을 떼로 끌고 다닌다. 벤이 애지중지하는 루, 발레복을 입은 하마, 유명 정치가를 쏙 빼닮은 웜바트까지. 벤이 좋아하는 인형들이다(무슨 일이어도 시부모님께 이 인형들이 발각되어서는 안 된다). 에밀리에게 줄 깜짝선물 햄스터도 트렁크에 숨겨놓았다.

뒷좌석에서 우주선 발사를 기다리는 우주조종사들처럼 턱하니 안전벨트를 매고 있던 두 녀석들이 티격태격하더니 아예 대놓고 주먹을 휘두른다. 기운이 없어서—언제는 기운이 있었나?—크리스마스 아침에 주려고 했던 산타클로스 모양의 초콜릿 디스펜서를 꺼냈다. 은박지에 싸인 초콜릿 조각을 두어 개씩 나누어주는 방법으로 애들 입을 막는다. 그 결과, 15분 전까지 하얀 옷을 입고 있던 에밀리는 입 주위며 온몸이 초콜릿 범벅이 되어 점박이 강아지가 따로 없다.

1년 중 11달 반은 자식들의 외모에 무관심하기 짝이 없는 리처드마저 벤과 에밀리가 왜 갑자기 이렇게 지저분해졌느냐고 묻는다. 시어머니가 이 꼴을 보면 무슨 생각을 할까?

 휴대용 물티슈로 애들을 닦아준다. 앞으로 세 시간은 A-1 도로를 달려야 한다. 짐을 너무 많이 실어서 차가 배처럼 심하게 출렁거린다.

 "아직도 잉글랜드예요?"

 뒷좌석에서 의심스럽다는 듯한 목소리가 들린다.

 "응."

 "할머니네 집에 다 왔어요?"

 "아니."

 "할머니네 집에 다 온 거면 좋겠는데."

 해트필드를 지날 즈음에는 두 아이가 괴성을 지르고 훌쩍대는 소리가 그치질 않는다. 나는 「킹스 캐럴」 테이프를 카오디오에 넣고 남편과 함께 고래고래 노래를 부른다(내가 제시 노먼 파트를 부르면 리처드는 화음을 기막히게 잘 넣는다). 런던에서 130킬로미터쯤 떨어진 피터보로 근처에 이르렀을 때, 뭔가 찜찜하던 기분이 내 머릿속의 수많은 생각거리들을 헤치고 뚜렷한 윤곽을 드러내기 시작한다.

 "리치, 당신 루 챙겼어?"

 "내가 챙겨야 하는 줄 몰랐는데. 난 당신이 챙길 줄 알았지."

다른 집안들도 그렇듯 새톡 집안도 나름의 전통이 있다. 그 전통에 따라 나는 친정식구들을 위한 선물을 모조리 사야 하고, 우리 애들과 두 명의 대자, 대녀를 위한 선물도 사야 하며, 리처드의 선물은 물론, 시부모님, 시아주버님, 셰릴 형님 그리고 그 집 애들 셋과 앨프 작은아버님의 선물까지 챙겨야 한다. 작은아버님은 선물의 날Boxing day*이 되면 어김없이 매트록에서부터 차를 몰고 나타나신다. 럭비리그에 촉각을 곤두세우시고 속이 부드러운 초콜릿이나 쿠키를 좋아하시는 분이다. 반면에 리처드는 잊어버리지 않으면, 그리고 백화점이나 선물가게의 영업시간 연장을 감안하여 달랑 내 선물 하나만 사면 된다.

"그런데 우린 아버지 선물로 뭘 샀지?"

리처드는 요크셔로 차를 몰면서 그렇게 물어볼 것이다. 결혼한 부부에게 우리란 상대방을 가리키고 리처드가 말하는 우리는 결국 나를 가리킨다.

나는 포장지와 셀로판테이프를 사서 그 모든 선물을 하나하나 포장한다. 카드와 일반우표를 두둑하게 준비하는 일도 내 몫이다. 그 카드에 흐르는 세월을 위로하는 따뜻한 말과 새해에는 자주 보고 살자는 말

---

* 크리스마스 다음날.

(거짓말)을 써놓고 리처드의 서명을 위조하고 나면 결국 너무 늦어진 나머지 우체국에 줄을 서서 빠른우편용 우표를 다시 사야 한다. 그다음엔 셀프리지스 백화점 식품관을 전투적으로 누비고 다니며 시어머니가 좋아하는 플로렌틴 쿠키와 치즈를 사야 한다.

시댁에 도착하면 차에서 짐을 꺼내서 선물은 모두 트리 밑으로, 먹을 것과 마실 것은 부엌으로 옮긴다. 그러면 시댁 식구들은 한 목소리로 입을 모아 이렇게 말하는 것이다.

"어머, 리처드. 와인을 사오다니 고맙구나. 이렇게까지 애쓰지 않아도 되는데."

사람이 억울해서 죽을 수도 있을까?

자정미사, 로슬리의 세인트 마리 성당.

오늘밤에는 마을 녹지의 풀들이 꽁꽁 얼어붙어 음악적이기까지 하다. 우리가 섀톡 가의 오래된 방앗간에서 작은 노르만 양식 성당까지 걸어가는 동안 얼어붙은 풀들은 챙챙챙 소리를 냈다. 성당 안에는 긴 의자들이 놓여 있고 분위기는 음습하게 가라앉아 있는데 술기운도 조금 느껴진다. 1년에 단 한 번 성당을 찾는 술꾼들을 칭찬할 일은 없다만, 이렇게 남편과 나란히 서 있으니 내가 저들을 얼마나 좋아하며 심지어 부러워하기까지 하는지 실감난다. 침묵을 강요해도 굽히지 않는 소란스러운 태도도, 빛과 온기와 약간의 사람 냄새를 찾아서 여기까지

올 수 있었던 마음가짐도 좋게 보인다.

　나는 감상을 추스른다. 그러다가 「오, 작은 마을 베들레헴」의 한 소절에서 기어이 양쪽 장갑을 눈에 대고 눈물을 찔끔 훔치고 만다.

　"당신의 깊고 편한 잠 위로 별들이 조용히 지나가도다."

I don't know how she does it

크리스마스 날

오전 5시 37분 *요크셔 주 로슬리.* 밖은 아직도 캄캄하다. 우리 네 식구는 모두 한 침대에서 서로 엉겨 붙어 있다. 에밀리는 산타 선물에 반쯤 정신이 나가서 포장지를 뜯는다. 벤은 찢어진 포장지로 혼자 까꿍 놀이를 하고 있다. 나는 리처드에게 자연풍에 말린 순록 육포, 스웨덴 양말 두 켤레(연갈색), 닷새짜리 부르고뉴 와인시음권, 마지막으로 (장난삼아)『현모양처가 되는 법』을 선물한다. 나중에 시부모님은 나에게 얼룩을 쉽게 닦아낼 수 있는 리버티 날염 앞치마와『현모양처가 되는 법』을 선물할 것이다(물론 두 분은 장난삼아 하는 선물이 아니다).

리처드가 준 선물은 다음과 같다.

1. 아장 프로보카퇴르* 속옷. 검정색 새틴이 점점이 장식돼 빨간새

브래지어는 가슴을 감싸는 컵이 에스프레소 잔처럼 턱없이 작은데다가 중세의 성곽에 올라선 기사들처럼 젖꼭지가 톡 튀어나와 보인다. 서스펜더 겸 거들은 고기 잡는 그물로 만든 게 분명하다.

2. 내셔널트러스트** 회원증.

둘 다 PC(Please Change, 교환 부탁합니다) 품목 되시겠다. 에밀리는 나에게 근사한 여행용 자명종을 주었다. 알람을 맞춰놓으면 벨소리 대신 에밀리 목소리가 나온다.

"엄마, 일어나세요! 잠꾸러기 엄마, 일어나요!"

우리는 에밀리에게 햄스터(암컷이지만 이름은 '예수'라고 지었다), 자전거 타는 바비, 브램블리 헤지 인형의 집, 리모콘으로 움직이는 강아지 로봇, 그 밖에도 에밀리에게 필요도 없는 이런저런 플라스틱 나부랭이를 선물한다. 에밀리는 내가 스톡홀름 공항 면세점에서 번갯불에 콩 구워먹듯 사온 평화유지군 바비를 보고 좋아서 흥분한다. 폴라의 선물을 열어보기 전까지는 그랬다. 오줌싸개 아기인형이다. 내가 분명히 이건 안 된다고 했는데.

우리는 미처 포장을 하지 못한 애들 선물을 위층에 감춰놓느라 신경쇠약에 걸릴 뻔했다. 시부모님이 그 선물을 다 봤다간 도시인의 무분별한 과소비("돈을 아주 버려라, 버려.")와 물건 귀한 줄 모르는 요즘 아

---

*섹시한 디자인으로 유명한 속옷 브랜드.
**자연보호와 사적 보존을 도모하는 영국 시민단체.

이들의 세태("우리 때는 도자기 머리가 달린 인형이랑 오렌지 한 알만 받아도 좋아서 어쩔 줄 몰랐지.")에 기절초풍을 할 테니까.

조용히 숨길 수만은 없는 것들이 있다. 예를 들어 에밀리가 아침을 먹는 동안 「인어공주」에 나오는 모든 노래를 완벽한 가사로 불러 젖히고 DVD에는 특별수록곡까지 있다고 말하는데 애들에게 비디오를 어쩌다 한 번씩만 보여준다고 둘러댈 수는 없는 노릇이다. 아침식사 자리에서 나는 또 다른 갈등의 요소를 포착한다. 에밀리에게 소금을 가지고 놀면 안 된다고 타이르면서 생긴 일이다.

"에밀리, 할아버지께서 소금을 제자리에 두라고 부탁하셨잖아."

"아니, 난 부탁한 적 없다."

시아버지가 부드럽게 말한다.

"나는 내려놓으라고 지시했을 뿐이야. 그게 우리 세대와 너희 세대의 차이다, 케이트. 우리는 지시를 하지만 너희는 부탁을 하지."

잠시 후, 오븐 옆에 서서 스크램블드에그를 만드는데 시어머니가 안절부절못하는 눈치다. 내가 프라이팬에 이상한 거라도 집어넣을까 봐 영 미덥지 않은 모양이다.

"어머나, 아이들이 이렇게 퍼석퍼석한 달걀을 잘 먹니?"

"네, 저희는 항상 이렇게 해서 먹는데요."

"저런."

시어머니는 우리 식구가 뭘 먹고 사는지 늘 걱정이 늘어진다. 채소를 잘 먹지 않는 애들 입맛에 대해서도 그렇고, 하루 세 번 전채요리, 메인요리, 후식을 챙겨 먹이지 않는 나의 이상한 태만에 대해서도 그렇다.

"건강을 챙기고 살아야 한다, 캐서린."

그리고 시댁식구들을 만날 때마다 빠지지 않는 절차가 있다. 어머님은 나를 식품저장실 옆, 아프리카제비꽃이 피어 있는 구석으로 조용히 끌고 가서 이 말씀을 꼭 하셔야 직성이 풀리시나 보다.

"리처드가 마른 것 같구나, 캐서린. 네 남편 좀 여위지 않았니?"

시어머니의 '여위었다'는 말은 입에서 떨어지기가 무섭게 '비대한' 말이 되어버린다. 답답하고 숨 막히는 비난의 말 아닌가. 나는 눈을 감고 얼마 남지 않은 인내심과 있지도 않은 이해심을 총동원한다. 지금 내 앞에 서 있는 시어머니야말로 내 남편이 평생을 볼펜심처럼 호리호리한 몸으로 살아가도록 DNA를 제공한 장본인 아닌가. 그러면서 36년이 지난 이 시점에서 내 탓을 하다니, 이게 지금 말이 되나? 아내로서의 자격을 걸고넘어진다면 나도 가만히 있을 수는 없다.

"하지만 리처드는 살이 찌지 않는 체질이잖아요. 저랑 처음 만났을 때부터 삐쩍 말랐었죠. 그것도 제가 그이를 좋아한 이유였고요."

"걔는 늘 날씬했지."

시어머니도 인정한다.

"하지만 이제 그나마 남은 살도 다 빠진 것 같아서. 셰릴도 리처드가 차에서 내리는 모습을 보자마자 그러더구나. '리처드 서방님이 많이 여위 것 같지 않아요, 어머님?' 하고 말이야."

셰릴 형님은 내 손윗동서다. 회계사인 리처드의 형 피터와 결혼하기 전에는 형님도 핼리팩스 주택금융조합에서 꽤 잘나갔다. 하지만 1989년에 첫 아들을 낳고 그 후에 아들 둘을 내리 더 낳더니 내 친구 데브라 말마따나 전형적인 머피아Muffia*가 됐다. 머피아는 막강한 권력을 휘두르는 전업주부 엄마들의 조직패거리다. 셰릴 형님과 시어머니는 둘 다 남자들을 세심하게 건사해야 할 가축 다루듯 한다. 셰릴 형님이 나의 캐시미어 롤 넥이 브리티스 홈 스토어스에서 산 것인지, 리처드가 이층에서 혼자 아이들을 목욕시켜도 정말 아무렇지 않은지 물어보는 것도 시댁식구들을 만날 때마다 빠지지 않는 절차다.

피터 아주버님은 리처드처럼 집안일을 많이 도와주지 않는다. 지난 몇 년간 지켜보니 형님은 그러한 남편의 쓸모없음을 좋아할 뿐 아니라 심지어 조장하고 있다. 형님의 '내가 짊어져야 할 십자가' 운운하는 인생관에서 피터 아주버님은 아주 중요한 역할을 맡고 있다. 형님이 순교자 역할을 하려면 아주버님 같은 사람, 결혼생활을 통해 자기 속옷조차 알아보지 못하도록 훈련시킬 상대가 꼭 필요하지 않겠는가.

런던의 우리 집에서는 당연한 일들이 여기서는 극렬 평등주의로 받

---

*Mum과 Mafia를 합쳐서 만든 말.

아들여진다.

"왕창입니다!"

리처드가 잔뜩 부풀어 오른 기저귀를 들고 의기양양하게 웃으며 부엌을 지나간다. 기저귀에 첨가된 살구향이 구린내를 진압하려고 사투를 벌이고 있지만 힘에 부치는 모양이다. 리처드는 벤의 기저귀 분류체계를 세웠다. 조금 쌌을 때는 '탕 피*', 평균 수준이면 '똥거름', 몽땅 쏟아내서 물티슈가 일곱 장쯤 필요한 수준은 '왕창', 딱 한 번이지만 '크라카토아**' 가 나온 적도 있었다. 똥 많이 싼다고 뭐라고 할 수는 없다. 그래도 그리스 공항에서는 좀 그랬다.

"물론 우리 때는 남자들이 집안일에 손 하나 까딱하지 않았다."

시어머니가 주춤주춤 말을 꺼낸다.

"네 시아버지 같으면 기저귀 근처에도 오지 않을걸. 오히려 차를 몰고 1마일쯤 도망가면 모를까."

"리처드는 정말 자상해요. 그이가 없으면 전 이렇게 해낼 수 없을 거예요."

나는 조심스럽게 대답한다.

시어머니는 붉은 양파 한 개를 꺼내서 탕 소리 나게 4등분한다.

"남자들은 좀 돌봐줄 필요가 있단다. 섬세한 꽃처럼."

시어머니는 골똘히 생각에 잠긴 채 칼을 눕혀 양파에서 서서히 물이 배어나올 때까지 누른다.

"그레이비소스 좀 저어주겠니, 캐서린?"

셰릴 형님이 들어와 내일 술자리에 안주로 내놓을 치즈막대과자와 볼로방Vol au Vents**을 해동하기 시작한다.

시어머니와 형님이 부엌에서 재잘재잘 수다 떠는 소리를 듣고 있자니 외톨이가 된 기분이다. 나도 바로 옆에 같이 있는데 말이다. 이런 모습이 수백 년 동안 이어져왔을 것 같다. 여자들이 부엌일을 하면서 이심전심으로 이야기꽃을 피우고 남자들은 어쩔 수 없다면서 너그럽게 봐주는 모습이. 하지만 나는 머피아에 속했던 역사가 없다. 그러므로 머피아의 관습도, 암호도, 그들만의 특별한 악수 방식도 모른다. 나는 남자가—내 남편이—여자의 일도 해주기 바란다. 그러지 않으면 나도 남자의 일을 할 수 없기 때문이다. 그런데 여기 요크셔에서는 내가 잘 해내고 있다는 자부심, 우리 생활을 제대로 이끌어갈 수 있다는 현실이 되레 심기를 불편하게 한다. 가정이 원만하게 돌아가려면 윤활제가 필요하고 손이 많이 간다는 사실을 불현듯 깨닫기 때문이다. 그렇잖아도 나의 작은 가족이 계속 삐거덕거리고 브레이크에서도 끼익 소리가 나기 시작했으니까.

리처드가 기저귀를 버리고 다시 부엌으로 걸어온다. 두 팔로 내 허

---

* Tant pis, '할 수 없지' 라는 뜻의 프랑스어.
**세계 최대 규모의 화산폭발이 일어난 인도네시아의 섬.
**크림소스에 고기 따위를 넣어 만든 파이.

95

리를 감고 오븐 위로 번쩍 들어 올리더니 내 쇄골에 머리를 기댄 채 내 머리카락을 손가락으로 배배 꼰다. 벤도 꼭 이렇게 하는데.

"행복해, 자기?"

질문처럼 들리지만 사실은 대답이다. 남편은 이곳에서 행복한 것이다. 난 알 수 있다. 여자들이 부산하게 집안일을 하고, 맛있는 음식 냄새가 풍기고, 내가 5분에 한 번씩 전화를 붙들고 있지 않으니 그이는 행복하다.

"우리 리처드는 정말 가정적이지."

시어머니가 자랑스럽게 말한다.

나는 리처드에게 농담 반 진담 반으로 민스파이를 멋들어지게 구워내는 양갓집 규수와 결혼했더라면 좋았을 거라고 말한다.

"그래, 난 그러지 않았지. 그랬다간 심심해서 죽을 뻔했을걸."

리처드는 내 뺨을 살짝 쓰다듬고는 흐트러진 머리칼을 귀 뒤로 넘겨준다.

"민스파이가 필요하다면 가짜 민스파이도 만들어낼 수 있는 이렇게 놀라운 여자를 아는데, 뭐."

시댁에서 크리스마스 점심식사를 마치고 나자 난 그냥 텔레비전에서 해주는 영화 「타이타닉」이나 보면서 레오나르도 디카프리오에게 푹 빠져보고 싶다. 하지만 그러는 대신 벤을 졸졸 쫓아다니면서 회전 탁자에 올라가지 못하게 말리고, 스탠드 전선을 씹지 못하게 말리고, 아몬드슬라이스를 한 움큼 집어삼키지 못하게 말리느라 정신이 없다. 벤에게 아몬드슬라이스를 먹지 못하게 했을 때 예상되는 반응, 그로 인해 감수해야 하는 당황스러운 짜증("걔는 자기 자식 하나 건사하지 못해?")과 먹다가 목에 걸리더라도 아몬드를 주고 그로 인해 내 아들 목숨과 시부모님의 고급 카펫을 위태롭게 하는 사태 중에서 어느 쪽이 나을까.

벤이 잠깐 잠이 들자 겨우 한숨을 돌린다. 침대에 누워 노트북을 켜고 다른 세상으로 보낼 이메일을 작성한다.

보내는 사람: 케이트 레디, 요크셔 주, 로슬리

받는 사람: 데브라 리처드슨

사랑하는 내 친구 데브. 넌 어떻게 지냈니?

여긴 영국의 크리스마스 전통이 고스란히 살아 있단다. 소시지롤, 캐럴, 은근한 비난까지도. 시어머니는 인정머리 없는 시티의 못된 년(나)에게 방치된 불쌍한 아들을 챙기느라 바리바리 비상식량을 챙기고 계시지.

내가 늘 얼마나 애들 곁에 있어주고 싶어 하는지 너는 알 거야. 그래, 난 정말 그러고 싶어. 퇴근이 너무 늦어서 에밀리가 잠든 후에야 집에 들어올 때면 가끔 세탁물 바구니에서 애들 옷 냄새를 맡아봐. 애들이 너무 그리워서 그래. 누구에게도 이런 얘기는 털어놓은 적 없어. 그리고 오늘처럼 애들과 함께 지내보면 애들에게 얼마나 엄마가 필요한지 뼈저리게 느끼는 거야. 꾹꾹 참고만 있다가 긴 주말 내내 몰아서 사랑을 나누는 것 같다고 할까. 열정, 키스, 쓰라린 눈물, 사랑해요, 가지 마세요, 음료수 먹고 싶어요, 나보다 개를 더 좋아하면서, 재워주세요, 엄마 머리 참 예뻐요, 안아주세요, 엄마 미워요…….

진이 다 빠짐, 맛이 갔음, 휴식을 취하려면 가급적 빨리 다시 출근을 해야 할 듯. 자기 자식을 겁내는 나는 도대체 어떤 엄마일까?

로슬리에서, 너의 케이트.

xxxxxxx.

'전송'을 클릭하려다가 '삭제'를 눌렀다. 가장 친한 친구에게도 너무 많은 것을 고백한 감이 들 때가 있는 법이다. 심지어 자기 자신에게조차도.

선물의 날

그랬다, 우리는 선의 넘치는 이 절기를 꽤 잘 보냈다. 선물의 날 점심만 빼고. 선물의 날의 유래는 잊어버렸다. 어쨌거나 사랑하는 사람들을 한 명씩 초대해서 얼굴에 주먹을 날리고 싶은 기분과도 상관이 있지 않을까?

어쨌든 리처드는 전부 내 탓이고 자기는 잘못한 게 없다고 했다. 나는 노골적인 도발을 이유로 들어 반박했다. 시댁에 올 때마다 애들이 수류탄으로 돌변하는 것 같다. 언제 어느 때 핀이 빠져서 폭발할지 모른다. 요컨대, 언제 어느 때 시댁의 기다란 옥색 의자를 더럽히거나 로열 우스터 명품그릇세트를 넣어둔 그릇장 전체를 박살낼지 모른다는 얘기다. 남편과 나는 애들을 줄어라 쫓아다니며 떨어지는 장식품 따위

를 패색이 짙은 국가대항 시합의 외야수 뺨치는 솜씨로 가까스로 받아
내곤 한다.

오후 12시 3분 오늘은 시댁에서 매년 술자리를 갖는 날이다. 시어머
니는 나에게 견과류를 맡겼다. 조금 큰 애들이 먹을 캐슈, 피스타치오,
땅콩 따위를 준비하는 일이다. 시아버지는 북부에 운동용품 전문점 체
인을 소유하고 있다. 시아버지는 빳빳한 새 지폐를 오래된 것처럼 보이
게 만들려고 영국인다운 투지를 발휘하는 중이다. 새로 깐 도로에 일부
러 이끼가 자라게 하는 격이다. 아주버님과 남편은 이 집안에서 처음으
로 사립학교에 들어간 아들들이었지만 둘 다 일류대학에 합격했다.

나는 작은 크리스털 핑거볼에 견과류를 담는다. 나도 이곳에서 뭔가
할 일이 있다니 참으로 감사한 마음이지만 좀 더 복잡한 심경으로 가슴
한편이 따끔거린다. 아직 먹은 것도 없는데 속이 쓰린 것 같기도 하고.
시댁에서 크리스마스를 보내는 것 자체가 나에겐 고역이다. 여기, 비교
적 일반적인 가정에서 크리스마스를 보내고 있노라면 내 어린 시절의
크리스마스가 뼈아프게 떠오르기 때문이다. 제2라디오에서 해리 벨라
폰테가 부르는 「마리아의 사내아기Mary's Boy Child」를 듣기만 해도 나
는 그 시절로 돌아간다. 술집에서 돌아온 아빠는 비틀거리는 걸음으로
부엌에 들어가 사이즈도 맞지 않는 야한 속옷, 시장 친구에게 강탈하다
시피 들고 온 금시계 따위를 엄마에게 선물이랍시고 내밀었다. 아빠는

항상 영화배우처럼 방 안의 공기란 공기는 다 빨아들이며 등장했다. 줄리와 나는 숨을 죽인 채 소파 뒤에 숨어 엄마가 아빠를 다시 한 번 용서하기를, 그래서 우리 집도 지금 우리 시댁이 누리는 것 같은 평범한 크리스마스를 누릴 수 있기를 간절히 기도했다.

견과류를 조금 담아서 정원을 향해 프랑스식 창이 나 있는 L자형 거실로 들고 간다. 시아버지는 환한 얼굴로 내 팔을 잡고 골프친구 한 분을 소개한다. 60대쯤 되어 보이는 친구 분은 스포츠재킷에 빨간 셔츠를 입고 텔레비전 화면조정시간을 연상케 하는 넥타이를 맸다.

"제리, 내 며느리 캐서린일세. 유능한 직장여성이야. 결혼하고서도 자기 성을 그대로 쓰지. 아주 신식이야."

제리 아저씨가 관심을 보인다.

"그럼 출장도 다니고 그러나, 캐서린?"

"네. 미국에 자주 가고 또…….'

"출장 가 있을 때 남편은 누가 챙겨주누?"

"남편이 챙기죠. 리처드는 자기 일을 스스로 챙길 수 있어요. 애들도 챙겨주고요. 그리고 애들 돌봐주는 도우미도 따로 있어요…… 음, 그럭저럭 할 만해요."

제리 아저씨는 건성으로 고개를 절레절레 흔든다. 마치 믿기 힘든 역사적 사실—미노아 문명에 하수시설이 이미 갖추어져 있다든가—을 전해들은 것 같은 태도다.

"오, 그것 참 대단하군. 자네 아니타 로딕* 아냐?"

"아뇨, 전……."

"자네도 그 여자를 따를 거야, 그렇잖나? 그 머리모양을 봐. 그 나이
에 그런 머리를 할 수 있는 여자는 드물지. 몸매에도 군살이 전혀 없고.
그 사람들은 그때그때 삶의 흐름에 자신을 맡기지, 안 그런가?"

"누구 말씀이세요?"

"이탈리아 사람들."

"전 아니타 로딕이 이탈리아 사람인 줄은 몰랐어요**."

"그래, 그렇다네. 우리가 젊었을 때에는 마카로니치즈로 살찌기 전
의 클라우디아 카르디날레 같은 여자였지. 그런데 어떤 분야에서 일한
다고 했지?"

"펀드매니저예요. 연금이나 회사기금의 투자 같은……."

"내가 늘 하는 말이지만 브래드포드 빙리 은행이 제일 안전하지. 매
달 이자도 쳐주고 입출금이 자유로운 예금이 있거든."

"그거 괜찮겠네요."

"자네들은 영국이 그 골치 아픈 유로화를 쓰기 바라잖나?"

"아뇨, 그게……."

"캐서린, 자네는 모르겠지만 재무장관 때문에 이러다 우리가 독일마

---

* 영국의 사회운동가이자 바디숍의 창업주.
**아니타 로딕Anita Roddick은 실제로 이탈리아계 이민가정 출신이다.

르크를 화폐로 쓰게 생겼어. 도대체 우리가 독일을 전쟁에서 꺾고 얻은 게 뭔가? 자네가 대답 좀 해보게."

이런 대화에서 평소의 자기 모습이 튀어나오는 시점이 있다. 「에일리언」에서 존 허트의 가슴을 뚫고 외계인이 튀어나오듯 겹겹이 두른 포장지와 포화지방을 뚫고 끝내 나의 본색이 드러나고 마는 것이다.

"사실은요, 제리 아저씨."

목소리가 내가 의도했던 것보다 더 또랑또랑 울려 퍼진다.

"유로화 도입 문제는 조세수입의 불균형, 공급중식 개혁의 진전 여부, 그리고 국고 상태에 따라 결정될 거예요. 어쨌거나 세계 경제는 앨런 그린스펀과 연방준비제도이사회에 달려 있기 때문에 유럽보다는 미국에 초점을 맞추어 봐야 해요."

제리 아저씨는 자기가 잘 모르는 얘기가 나오자 당장 꼬리를 내리고 뒤로 빠진다.

"음, 어쨌든 만나서 즐거웠네. 리처드는 정말 운이 좋은 녀석이지? 이봐요, 바바라. 리처드가 장가는 잘 갔구먼. 캐서린은 수재들만 나간다는 퀴즈쇼에도 나갈 수 있었을 텐데. 든 것도 많은 머리에 작고 예쁜 얼굴까지 딸려 있으니 금상첨화요."

셰리주를 따른 텀블러를 들고 프랑스식 창을 넘어 정원에 나가자 찬 바람이 고맙게 느껴진다. 바위에 대충 걸터앉는다. 이봐, 케이트. 왜 하필이면 이런 날 선량한 노인네를 그렇게 몰아세웠니? 과시하려고? 정장만 갖춰 입은 맹한 금발 여자가 아니라고 보여주고 싶었던 거야? 그 아저씨는 악의가 없었어. 가엾은 제리 아저씨가 나라는 여자를 얼마나 별종으로 생각할까? 런던으로 돌아가면 회사 사람들도 나를 회사 밖에 또 다른 삶이 있다는 이유로 별종 취급하겠지. 그런데 난 여기서도 생활보다 직장에 더 매달려 사는 변태 취급을 받아.

어제 시어머니에게 에밀리는 브로콜리를 좋아한다고 말했다. 이 말의 사실 여부는 나도 모른다. 한편, 회사에 가서는 매일매일 하루 업무를 시작하기 전에 『파이낸셜 타임즈』의 칼럼을 읽는 행세를 한다. 하지만 내가 정말로 그 칼럼을 챙겨 읽었다간 에밀리와 버스를 타고 가는 13분 동안 에밀리의 맞춤법 실력을 테스트하고, 이런저런 수다도 떨고, 아이의 손을 잡아줄 수 없을 것이다. 나는 살아보겠다고 이쪽과 저쪽 모두에 거짓말을 하는 이중간첩이다.

오후 3시 12분 시아버지, 시어머니, 그 밖의 어른들과 그에 딸린 손자손녀들까지 온 식구가 젖소들 사이를 헤치며 들판을 거닐고 있다. 매서운 추위에 쇠똥이 얼어붙었다. 아이들이 얼어붙은 쇠똥을 밟자 아래쪽으로 구역질나는 초록색 액체가 스며 나온다. 하늘의 구름은 쇠수세미 같은데 문득 그 구름 사이로 스포트라이트처럼 햇살이 비친다. 맞은편 언덕에 비치는 그 따뜻한 햇살을 감상하려는 찰나, 내 핸드폰이 요란하게 울린다. 젖소들과 시어머니가 동시에 엘리자베스 테일러가 충격을 받은 연기를 할 때처럼 기다란 속눈썹을 치켜 올리며 눈을 커다랗게 뜬다.

"이 시끄러운 소리는 뭐니, 캐서린?"

"죄송해요, 제 핸드폰이에요. 여보세요? 네, 여보세요?"

어떤 남자의 목소리가 인공위성을 통해 데일스로 전해진다. 잭 아벨해머다. 부장이 연봉인상에 실패한 위로선물로 떠안긴 미국 고객 말이다. 당장이라도 버럭 하고 성질을 부릴 듯한 목소리다(양키들은 게을러터진 영국인들이 크리스마스부터 새해 첫날까지 일주일을 내리 쉰다는 사실을 믿지 못한다). 난 아직 아벨해머 씨를 만난 적이 없지만 자기는 이름값만으로도 평생 살 수 있으니 나보고 알아서 기어라라는 말투다.

"빌어먹을. 캐서린 레디 씨, 사무실에서 아무도 전화를 안 받더군요. 두 시간이나 전화를 걸어봤다고요. 토키 러버 회사에 무슨 일이 일어났는지는 알고 있습니까?"

"제가 깜박 잊고 있었던 것 같네요, 아벨해머 씨. 무슨 얘기인지 조금만 알려주시겠어요?"

시간을 벌자, 케이트. 시간을 벌어야 해.

우리 회사는 최근에 일본의 토키 러버 회사 지분을 아벨해머의 재단 자금으로 다량 매입했다. 그런데 그 거래를 성사시킨 천재는 토키 러버 회사가 아기침대 매트리스를 생산하는 작은 미국 회사를 소유하고 있다는 사실은 알지 못했다. 문제의 아기침대 메트리스는 영아돌연사를 유발할 소지가 있다는 과학자들의 연구보고가 나온 결과, 미국에서 완전히 퇴출됐단다. 젠장, 젠장, 젠장……

아벨해머의 말로는 어제 도쿄 주식시장이 개장하자마자 토키 러버의 주가가 15퍼센트나 떨어졌단다. 아주 푹 꺼졌구나. 지금 내 뱃속도 15퍼센트는 푹 꺼진 기분이다.

"그 주식은 당신네 회사의 강력추천 종목이었소."

엄청 딱딱거리는 말투다. 나는 아벨해머의 모습을 상상해본다. 뉴욕의 고층건물에서 우거지상을 하고 있을 은빛 머리의 거물을.

"이제 어떻게 할 거요, 레디 양? 내 말 듣고 있소?"

젖소 한 쌍이 대낮에 무서운 꿈이라도 꾸었는지 어슬렁어슬렁 다가와 내가 빌려 입은 방수코트에 탐색하듯 얼굴을 비벼댄다. 무슨 일이 있더라도 나의 거물고객에게 젖소가 나를 핥고 있는 중이라는 사실을 들켜선 안 된다.

"저, 아벨해머 씨. 지금은 어떤 일이 있더라도 반사적인 반응을 삼가야 합니다. 확실히 좀 더 자세한 분석을 하려면 며칠이 걸립니다. 당연히 우리 회사의 일본 전문 애널리스트들과 상의해야지요. 아시다시피 로이는 이쪽 분야에서 최고입니다(거짓말. 일본 전문 애널리스트는 롬 포드인데 코카인에 절어 산다. 최근에 파링던 로드에서 골라잡은 술집 댄서와 두바이로 날아가 신나게 즐기고 있을 것이다. 이 쓸모없는 자식을 침대 밖으로 끌어낼 확률은? 제로다). 대처방안을 충분히 숙고한 후에 다시 전화 드리겠습니다."

대서양 너머 아벨해머의 섬뜩한 침묵이 이어지는 가운데, 들판 너머에서 시어머니의 목소리가 대성당의 종소리처럼 또랑또랑하게 들려온다.

"정말이지 미국 사람들이란. 전통이라는 걸 몰라도 너무 몰라."

오후 7시 35분 집으로 돌아와 에밀리의 바지에 묻은 소똥을 닦아내는 중이다. 연보라색이고 골이 가는 코듀로이 바지다(폴라는 우리가 요크셔가 아니라 플로리다로 가는 줄 알았는지 얇은 옷들만 잔뜩 싸놓았다. 내가 직접 짐을 쌌어야 했는데). 셰릴 형님이 다용도실에 들어와서는 얼굴을 들이민다. 그 집 애들은 다림질이 필요 없는 갈색 폴리에스테르 옷을 입고 있다.

"이거 엄청 실용적이야."

오전 2시 35분 누군가가 우리가 누워 있는 침대를 내려다본다. 벌떡 일어나 더듬더듬 라이트 스위치를 찾는다. 시아버지다.

"캐서린, 호쿠사이 씨라는 사람이 도쿄에서 전화를 했다. 아주 급한 용무가 있는 모양이구나. 전화는 서재에 내려가서 받아주겠니?"

시아버지 목소리가 무서울 정도로 착 가라앉아 있다. 퍼붓고 싶은 말이 많지만 꾹 참는 눈치다. 잠잘 때 옷차림 그대로 비틀비틀 아버님

옆을 지나가는데 아버님의 은빛 눈썹이 꿈틀거린다. 복도의 거울을 보고서야 비로소 내 꼬락서니를 깨닫는다. 난 잠옷을 입고 있지 않다. 리처드가 크리스마스 선물로 준 아장 프로보카퇴르 브래지어와 팬티 차림이다.

오전 3시 57분 에밀리가 병이 났다. 너무 흥분했나 보다. 트위니스 초콜릿과 익숙지 않은 엄마의 보살핌이 너무 과했다. 토키 러버 사와의 통화를 막 끝내고 코를 고는 남편 옆에 다시 누우려는데 옆방에서 웬 동물이 쫓기는 꿈을 꾸듯 울부짖는 소리가 들리는 게 아닌가. 들어가보니 에밀리가 왼쪽 귀를 손으로 감싼 채 침대에 앉아 있다. 에밀리는 사방에 토했다. 잠옷은 물론, 이불(맙소사, 시어머니 이불이란 말이야), 담요, 양 인형, 하마 인형, 머리카락에까지 토사물이 엉겨 붙었다. 아이가 겁에 질린 표정으로 나를 쳐다본다. 에밀리는 자존심 구기는 일을 극도로 싫어하는 아이다.

"토할 것 같아요, 엄마. 나 또 토하지 않게 해주세요."

아이가 애원한다.

나는 에밀리를 안고 층계참을 지나 욕실로 간다. 예전에 우리 엄마가 나에게 해줬던 것처럼 아이가 변기를 마주보게 안고서 등을 계속 쓸어준다. 아이의 머리를 짚어보니 열이 내렸고 갑자기 아이의 배가 뻣뻣해지는 것을 느낄 수 있다. 속에 남은 것을 모두 게워내고 나자 좀 편해졌나 보다. 그다음엔 둘 다 옷을 벗고 조용히 함께 샤워를 한다. 에밀리의 머리칼을 빗어내며 크랜베리 들러붙은 것도 깨끗하게 떼어낸다.

새 잠옷을 찾아서 입히고 침대시트를 갈고 에밀리를 다시 눕힌다. 시댁 이불커버에서 러시안 샐러드의 잔재를 최선을 다해 떼어내고 욕조에 물을 받아 푹 담갔다. 그 후, 에밀리의 침대 옆 방바닥에 누워서 만약 아벨해머가 열이 뻗쳐서 샐린저 재단이 우리 회사와 거래를 끊는다면 손실액이 얼마나 될까 계산해본다. 2억 달러짜리 고객이랬지. 족히 몇 사람은 모가지를 당할 거야. 내 머리는 아직 염색도 못했는데. 그럴 시간이 있어야지. 어제 에밀리가 그려준 엄마 그림이 생각난다.

"와, 엄마가 예쁜 갈색 모자를 쓰고 있네?"

나는 감탄했다.

"아냐, 바보. 엄마 머리는 위는 갈색이고 아래만 금발이잖아."

갑자기 당황스럽게 어린애처럼 왈칵 눈물이 난다. 눈물이 두 뺨을 타고 흘러내려 귀 속으로 들어간다.

오전 8시 51분 잠에서 벗어난다. 납 장화를 신은 잠수부처럼 온몸이 무겁다. 에밀리는 아직 자고 있다. 이마를 짚어보니 열이 많이 내렸다. 아래층에 내려가자 부인복을 잘 차려 입은 시어머니가 샐쭉하니 입을 앙다물고 부엌 벽시계를 쳐다본다.

"캐서린, 쓸데없는 참견이라고 생가기 않았으면 좋겠나. 하시만 아래층에 내려오기 전에 가벼운 화장이라도 하면 어떨까. 네 남편이 여자들은 결혼하면 노력도 하지 않는다고 생각하면 좋겠니? 남자들이 그런 건 귀신같이 알아챈단다."

나는 시어머니에게 죄송하다고, 하지만 간밤에 에밀리와 늦게까지 있느라 잠을 거의 못 잤다고 말한다. 내게 향하는 시어머니의 눈빛을 느낀다. 그이와 맨 처음 이 집에 와서 인사를 드렸을 때의 그 눈빛이다. 가축시장에 끌려나온 어린 암소를 바라보는 듯한 눈빛.

"그래, 너는 한창 예쁠 나이에도 원래 안색이 좋지 않았지. 하지만 약간의 화장으로 놀라운 효과를 발휘할 수 있단다. 개인적으로 헬레나 루빈스타인의 어텀 본파이어 색상은 아무리 칭찬해도 부족하다고 생각해. 차 한 잔 하겠니?"

선물의 날 점심식사 자리에서 우리 집 가장 행세를 할 마음은 추호도 없었다. 어쩌다 보니 그런 얘기가 나와 버렸다. 우리는 새해 결심에 대해서 이런저런 얘기를 나누고 있었고 시아버지는 드라마 「콜디츠」에 나오는 버나드 햅턴처럼 단호하면서도 아쉬움 가득한 표정으로 새해에는 캐서린의 일이 좀 줄었으면 좋겠다고 했다. 시아버지 말씀은 충분히 사려 깊고, 다정하고, 나를 생각해주는 덕담이 될 수 있었다. 셰릴 형님이 콧방귀를 뀌면서 "애들이 엄마 얼굴이라도 알아보려면 그래야겠지요."라고 덧붙이지만 않았다면 말이다.

세상에나. 분명히 형님은 한 잔만 마신다던 와인을 연거푸 몇 잔이나 마신 상태였으니 내가 무시하고 넘어갔어야 했다. 하지만 사흘 내내 부족한 아내라는 모욕에 지친 나는 인내심이 바닥나 있었다. 그래서 입을 연 순간 "가족을 부양하는 입장에서는⋯⋯"이란 말이 튀어나오고 말았다. 이렇게 뱉어버린 이상 그 말을 끝맺을 수는 없었다. 식탁에 둘러앉은 이들의 경악하는 표정을 보자 돌연히 말을 중단하는 편이 낫겠다는 생각이 들었으니까.

시아버지는 안경을 바짝 당겨쓰고는 평소에 드시지도 못하는 방풍나물을 드시려고 했다. 시어머니는 내상을 입은 사람이 통증을 가라앉히듯 손으로 목을 지그시 눌렀다. 내가 가슴성형수술을 받았다거나 레즈비언이라거나 작가 앨런 베넷을 좋아하지 않는다고 선언했다 한들 이렇게 파란을 일으켰을까. 여기서는 이 모든 것이 자연의 섭리를 거스르는 일인데도.

그러는 동안에도 리처드는 내가 입 밖에 낸 말을 주워 담으려는 눈물겨운 시도를 하면서 친척들에게 끈끈한 포리지를 나누어주고 있었다. 나중에 우리 방으로 돌아와 런던에서 있을 긴급회의에 참석하려고 짐을 싸고 있을 때 리처드는 이렇게 말했다.

"케이트, 당신은 문제가 있어. 당신은 정확한 데이터를 제시하면 당신의 분석이 먹힐 거라고 생각하지. 하지만 사람들은, 특히 부모님들은 나이를 먹을수록 새로운 정보가 도움이 되기는커녕 두렵기만 해. 부모님은 당신이 나보다 더 많이 번다는 정보를 원치 않아. 특히 우리 아버지로서는 상상조차 할 수 없는 일이라고."

"그럼 당신은 어때?"

리처드가 자기 신발 끈을 내려다보며 말한다.

"음, 솔직히 말하면 나도 상당히 받아들이기 힘들었지."

12월 27일 오전 1시 6분 런던행 기차의 난방장치가 망가져서 텅 빈 객차의 차창이 몽땅 얼어붙었다. 마치 거대한 박하사탕을 타고 가는 기분이다. 나의 크리스마스 난민 동지들은 다들 술이 고픈가 보다. 가족이 없는지, 아니면 너무 많은 가족을 피해 도망치는 중인지 모르지만 모두들 외로우면서도 활기차 보인다.

나는 위스키 한 병, 베일리스 두 병, 티아 마리아 한 병이 든 미니어처 주류세트를 산다. 자리에 앉자 기다렸다는 듯이 가방 속의 핸드폰이 울린다. 로드 태스크 부장 번호다. 나는 조심스럽게 핸드폰을 귀에서 살짝 떼어놓고 전화를 받는다.

"그래, 우리가 어쩌다가 아기들이 죽을 수도 있다는 빌어먹을 매트리스를 생산하는, 그 빌어먹을 일본 기업의 주식을 대량매입하게 된 거요? 설명할 수 있소? 하느님, 맙소사. 케이티? 듣고 있소?"

나는 로드에게 통화를 하고 싶지만 소리가 자꾸 끊겨 들린다고, 이제 곧 열차가 터널에 진입한다고 둘러댄다. 전화를 끊는다. 두 번째 베일리스에 위스키를 섞다가 떠오른 생각이 있다. 누군가가 토키 러버가 폭락할 걸 알면서 나에게 덤터기를 씌우려고 샐린저 재단을 넘긴 게 아닐까. 순진했어, 케이트. 너무 순진했다고.

잠시 후 부장은 다시 전화를 해서 뉴욕에서 이를 가는 아벨해머와 우리 두 사람을 국제전화로 연결한다. 3500마일이나 떨어져 있는 고객에게 의례적인 사과와 다짐을 전하는 동안 내 입에서 하얀 김이 폴폴 솟아난다. 나는 장갑 낀 손으로 성에 낀 차창에 'RICH'라고 써본다.

"로또에라도 당첨되길 바라시나 봐요?"

승무원이 빈병을 치우러 왔다가 차창을 가리키며 리버풀 사람 말투로 말한다.

"네? 아, 돈 얘기가 아니에요. 사람 이름이에요. 남편 이름이 리치거든요."

🔖 기억할 것 새해 결심

건강하고 행복한 삶을 위해 직장과 가정의 균형을 잡는다. 한 시간 일찍 일어나 최대한 효율적으로 시간을 활용한다. 아이들과 더 많은 시간을 보내자. 나다운 모습으로 아이들을 대하는 법을 배우자. 리처드의 도움을 당연하게 여기지 말자! 즐기며 살자, 일요일 점심식사라든가 기타 등등. 기분을 풀어주는 취미생활은? 이탈리아어를 배운다. 런던에서 즐길 수 있는 공연 관람, 테이트 현대미술관 관람 등. 스

트레스 해소 프로그램 취소하지 말 것. 야무진 엄마들처럼 선물 서랍 정리를 시작

하자. 사이즈 10에 도전. 개인트레이너가 필요할까? 친구들에게 전화. 그들이 널

기억하길 바라며. 인삼, 불포화지방이 많은 생선을 먹고 밀가루 음식은 자제할 것.

섹스? 새 식기세척기. 헬레나 루빈스타인 어텀 본파이어 립스틱.

I don't know how she does it

모성법정 I

엄숙하고 긴장된 쉬쉬 소리가 오크 목재로 마감한 법정을 채운다. 피고석에 앉은 삼십대 중반의 금발 여자는 빨간 브래지어가 다 비치는 하얀 면 잠옷을 입었다. 여자는 지쳐 있지만 당돌해 보인다. 여자는 냄새를 맡은 사냥개처럼 고개를 들고 법정에 앉은 남자들을 쏘아본다. 하지만 이따금 오른쪽 귀 뒤가 가려워 긁어대는 그녀의 모습을 보면 당장이라도 눈물을 쏟을 것처럼 애처롭다고 생각해도 좋을 것이다.

판사가 망치를 내리친다.

"캐서린 레디. 그대는 워킹맘으로서 아이들의 엄마 노릇을 제대로 하지 못했다고 과잉보상을 한 죄로 오늘밤 이 모성법정에 섰습니다. 어떻게 답변하시겠습니까?"

"저는 무죄입니다."

검사가 자리에서 벌떡 일어난다.

"섀톡 부인, 저는 이것이 피고의 원래 이름이라고 알고 있습니다만. 실례지만 부인께서는 에밀리와 벤에게 크리스마스 선물로 무엇을 주었는지 이 법정에서 말씀해주실 수 있습니까?"

"아, 기억이 잘 나지 않습니다."

"기억이 나지 않는다고요."

검사가 조롱조로 말한다.

"하지만 아이들의 선물에만 약 400파운드를 쓴 것이 사실입니까, 사실이 아닙니까?"

"확실히 모르겠습니다."

"섀톡 부인, 아직 어리기 짝이 없는 아이 두 명 선물로 사, 백, 파, 운, 드입니다. 제가 알기로 부인은 분명히 에밀리에게 산타클로스는 자전거 타는 바비, 브램블리 헤지 인형의 집, 넣었다 뺐다 할 수 있는 물병이 달린 우리와 햄스터 그 세 가지 중 하나만 선물할 거라고 말해놓고서 그 세 가지를 몽땅 다 사주는 걸로도 모자라 뉴어크 외곽 주유소에 잠깐 들렀을 때 에밀리가 관심을 보인 비니베이비 인형까지 사주었습니다. 맞지요?"

"그렇습니다. 하지만 제가 이미 인형의 집을 사놓았는데 아이가 나중에 산타클로스에게 햄스터를 받고 싶다고 편지를 써서……"

"피고의 시어머니 바바라 새톡 부인이 에밀리가 브로콜리를 좋아하느냐고 물었을 때 피고는 아주 좋아한다고 답했지요. 사실은 아이가 브로콜리를 좋아하는지 어떤지 알지도 못하면서 말입니다."

"네. 하지만 시어머니에게 모르겠다는 말은 입이 찢어져도 할 수 없었습니다."

"왜죠?"

"엄마라면 당연히 알아야 하는 거니까요."

"큰소리로 말하세요!"

"엄마라면 당연히 알아야 한다고 했습니다."

"그런데도 피고는 몰랐지요?"

여자는 목이 죄어드는 기분이다. 침이라도 삼키려고 하지만 입 안이 바짝 말라 마치 코팅된 종잇장 같다. 그녀는 억지로 자신의 말을 삼켜야 한다면 바로 이런 맛이 나겠지라고 생각한다. 다시 입을 열기 시작하자 목구멍이 많이 부드러워졌다.

"때로는 애들이 뭘 좋아하는지 모르겠습니다. 제 말은, 애들이 좋아하는 건 매일매일, 심하게는 하루에도 몇 번씩 바뀐다는 뜻입니다. 벤은 생선이라면 질색을 했었지만 어느 날 갑자기…… 아시겠지요, 애들이 변할 때마다 그걸 다 알지는 못합니다. 하지만 시어머니께 제가 모르겠다고 말했다면 아마 시어머니는 제가 엄마 자격도 없다고 생각했을 겁니다."

검사는 길고 해쓱한 얼굴에 슬쩍 미소를 머금고 판사 쪽으로 돌아선다.

"피고는 난처한 상황에 놓이느니 거짓말로 피해가는 쪽이 낫다고 생각합니다. 이 점, 감안해주시기 바랍니다."

여자는 격렬하게 고개를 흔들며 판사에게 호소한다.

"아뇨. 아닙니다, 아니에요. 부당합니다. 존경하는 재판장님, 그건 난처하고 말고의 문제가 아닙니다. 저는 그렇게 볼 수 없습니다. 그것은 수치심, 그것도 자기 손이나 얼굴도 알아보지 못하는 무력한 이의 절박하고 동물적인 수치심입니다. 예를 들어, 제 남편 리처드에게 아이가 브로콜리를 좋아하는지 물어본다면 그이도 모를 겁니다. 하지만 남편이 모르는 건 모두가 당연하게 받아들이죠. 그런데 엄마가 그런 걸 모르면 뭔가 비정상적인……."

"확실히 그렇지요."

판사는 이렇게 대꾸하고는 '비정상적인'과 '엄마'라는 단어를 적더니 밑줄까지 긋는다.

"물론……."

여자는 너무 말을 많이 했다고 후회하며 재빨리 말한다.

"물론, 저는 아이들을 응석받이로 키우고 싶지 않습니다."

여자는 입을 다문다. 생각에 골몰한 것 같다. 아니, 그녀는 아이들을 응석받이로 키우고 싶다. 너무 절박하기에 그렇게라도 하고 싶다. 최소한 그런 방법으로라도 엄마가 곁에 있어주지 못한 데 대한 보상을 할 수 있으면 좋겠다. 자기가 한 번도 가질 수 없었던 것들을 아들딸에게 는 다 해주고 싶다. 하지만 법정에 있는 남자들에게 그런 말은 할 수 없 다. 중학교 입학식 때 다른 아이들은 모두 청회색 새 셔츠를 입고 왔는 데 이 여자 혼자 회색 저지 셔츠를 입고 갔다는 사실을 이 남자들이 어 떻게 알겠는가? 엄마가 옥스팜Oxfam*에서 운영하는 가게에서 사온 셔츠였다. 저들은 아무것도 모른다. 없이 산다는 게 뭔지, 이 남자들은 전혀 모른다. 하지만 여자는 안다.

그녀는 목청을 가다듬고 냉철하고 이지적인 접근을 시도한다. 그동 안의 경험으로 보건대, 남자들에겐 그렇게 나가야 씨알이라도 먹힌다.

"아이들이 좋아하는 것을 사주기 위해서가 아니면 왜 제가 그토록 열심히 일하겠습니까?"

판사는 반달 모양의 안경 너머로 여자를 본다.

"섀톡 부인, 우리는 철학적 사색 쪽에는 관심이 없습니다."

"음, 관심을 가지셔야 할 텐데요."

여자는 오른쪽 귀 뒤를 벅벅 긁으면서 대답한다.

"좋은 엄마가 되려면 아이가 어떤 채소를 좋아하는가를 아는 것보다 더 중요한 것이 있습니다."

---

* 영국의 빈민구호단체.

"정숙! 법정에서는 정숙하세요!"

판사가 말한다.

"리처드 새톡 씨를 불러오십시오."

'오, 안 돼! 제발 리처드는 불러오지 마. 설마 그이가 나한테 불리한 증언을 하진 않겠지? 아냐, 설마가 사람 잡으려나?'

새해 복 많이

월요일, 오전 5시 57분 "이이이제 세상을 엽니다. 이이이제 세상을 닫습니다. 세상을 열고 이이이이제 다시 닫습니다."

나는 거실 한복판에 다리를 벌리고 서서 팔을 머리 위로 번쩍 들고 있다. 양손에 든 공은 질척질척한 것이 꼭 거대한 문어대가리를 들고 있는 기분이다. 이 두 개의 공으로 머리 위에 원을 그리란다.

"이이이이이제 세상을 엽니다."

괴상할 정도로 기운이 넘치는 오십대 여자가 목에 크리스털이 박힌 체인을 두르고 나한테 이 짓을 하라고 지시하고 있다. 이 여자는 차에 치여도 별로 불쌍해 보이지 않는 동물들(쥐, 박쥐, 족제비 따위)을 보호하는 단체라도 꾸릴 것 같다. 페이는 새해부터 나이 스트레스해소 및

121

운동 집중 프로그램을 도와줄 개인트레이너다. 주노 헬스피트니스아카데미에 전화를 걸었다가 이 여자를 소개받았다. 개인트레이너 비용이 싼 편은 아니지만 임신 전 옷을 다시 입을 수 있다면 오히려 경제적이라는 판단이 섰다. 게다가 끊어놓고 가지도 못할 헬스클럽 회원권을 끊느니 이게 더 싸게 먹힐 것 같았다.

리처드가 한 말이 있다.

"당신이 헬스클럽 회원권을 끊어서 하게 되는 운동이 있다면 그 회원권이 든 지갑을 드는 것뿐일걸."

심하다. 심하지만 사실이다. 점심 먹고 틈틈이 수영이라도 해보겠다고 주로 가는 식당과 블랙 프라이어 중간 지점의 헬스클럽 회원권을 끊었지만 야금야금 빼먹다 보니 아무리 낮게 잡아도 수영장 이쪽 끝에서 저쪽 끝까지 한 번 완주할 때마다 47.50파운드를 지불한 셈이다.

어쨌거나 나는 몸에 쫙 붙은 분홍색 운동복의 신디 크로포드를 기대하고 있었는데 우리 집 문 앞에 나타난 사람은 두툼한 녹색 방수모직 코트 차림의 이사도라 던컨이다. 바람을 타고 날아온 도깨비 같은 나의 개인트레이너는 더글라스 허드가 외무부 장관을 지낼 때에나 입었던 것 같은 두 겹 케이프코트를 걸치고 있었다.

"페이라고 해요."

트레이너는 그렇게 말하고 메리 포핀스의 모자상자 같은 카펫가방에서 '치볼'이라는 것을 꺼냈다.

나는 천천히 치볼을 돌리며 끈기 있게 원을 그리는 짓 따위는 할 생각이 없었다. 그래서 다른 단계로 넘어가 뱃살부터 어떻게 좀 해보면 안 되겠는지 물었다.

"그게 말이죠, 제왕절개를 했더니 이 늘어진 뱃살이 빠지질 않더라고요."

페이는 나의 제안에 부르르 떨며 양치기 개 훈련을 받는 그레이하운드처럼 까탈을 부린다.

"나는 전인적인 접근법을 사용해요, 케티아. 케티아라고 불러도 되겠죠? 보세요, 일단 정신을 자유롭게 해방시킨 후에 비로소 몸으로 넘어갈 수 있어요. 서서히 다양한 부분들을 일깨움으로써 마침내 조화로운 대화를 끌어내는 거예요."

나는 페이에게 내가 발휘할 수 있는 조화로움을 최대한 끌어내서 말한다.

"사실은요. 제가 굉장히 바쁘답니다. 그러니까 그냥 어이, 복근. 너 아직 거기 있니? 하고 시작하면 너무너무 좋겠어요."

"바쁘다는 말은 할 필요도 없어요, 케티아. 당신 머리가 무거운 걸 보면 다 알 수 있으니까요. 정말 머리가 무거워도 너무 무거워요. 스트레스에 시달리는 불쌍한 머리죠. 그리고 목의 인대를 보세요. 힘 빼고! 힘 빼고! 힘을 쫙 빼주세요! 불쌍한 머리를 간신히 떠받치고 있어요. 그래서 결과적으로 허리 아래쪽에 심한 압력이 가는 거예요."

'기분을 풀어보겠다고 이런 사람들에게 돈을 쓰다니.'라는 생각이 들었다. 페이와 30분을 보내고 나자 다음 약속에는 시체 염하는 사람을 만나야 할 것 같은 기분이 든다. 이제 페이는 나에게 등을 똑바로 붙이고 누워서 팔을 머리 위로 쭉 뻗고 선반 위에 누워 있다는 상상을 해보란다. 나의 상상은 런던탑에 갇힌 반역자들의 입에서 비밀을 끌어내기 위해 시간당 25파운드를 받고 고문을 자행하는 개인고문관들에게로 날아간다. 페이의 말로는 이 운동이 내 척추를 바르게 펴줄 거란다. 자기가 이제껏 보아온 척추 중에서 내 척추만큼 서글픈 척추는 없단다.

"좋아요. 바로 그거예요, 케티아. 훌륭해요. 자, 이제 서서히 팔을 머리로 들어 올리면서 나를 따라하세요. 우리는 경쟁을 통해서 완전해지는 것이 아니다. 우리는, 경쟁을 통해서, 완전해지는 것이 아니다."

오전 7시 1분 페이가 떠났다. 정말로 견딜 수 없는 충동이 속에서 일어난다. 꿀땅콩 한 사발로 나 자신을 달랜다. 하루아침에 운동과 금욕을 동시에 감당할 수는 없다. 부엌 탁자에 앉아 있는데 문득 낯선 소리가 들린다. 메마른 마찰음과도 같은 슉슉 소리. 어디서 나는 소리일까 싶어 부엌을 둘러본다. 소리의 진원지를 파악하는 데 몇 초가 걸린다. 그래, 침묵이다. 정적이 내 귀에서 외치고 있는 것이다. 혼자서 그 정적을 음미하며 5분을 앉아 있으니 에밀리와 벤이 우당탕탕 문으로 들이닥친다.

크리스마스휴가를 보내고 나자 아이들의 욕구를 여실히 느낄 수 있다. 함께 보낸 시간으로 그동안의 결핍이 채워지기는커녕 아이들은 하나부터 열까지 돌봐줘야 하는 갓난아기들처럼 엄마의 관심을 갈구한다. 엄마의 존재를 누리면 누릴수록 엄마랑 얼마나 함께 있고 싶은지 자각한다고 할까(사실, 인간의 모든 욕구가 그렇지 않은가. 잠은 잘수록 는다. 식욕이 늘수록 허기가 빨리 진다. 섹스를 하면 할수록 욕정이 일어난다). 아직 우리 애들은 시간의 질이 중요하다는 원리를 깨닫지 못했다. 시댁에서 돌아온 후로 내가 집 밖으로 나서려 할 때마다 애들은 아빠가 감옥에 끌려가는 모습을 바라보는 「철도 위의 아이들」처럼 애처롭게 군다. 벤의 얼굴은 극심한 괴로움에 못 이겨 시뻘건 풍선처럼 변한다. 에밀리는 밤에 마른기침을 하기 시작했다. 계속 캑캑거리다가 기어이 병이 나고 마는 것이다. 폴라에게 그 얘기를 했더니 자기 딴에는 안심시킨답시고 하는 말이 '관심을 끌고 싶어서' 그러는 거란다. 폴라의 말투에서 살짝 의기양양한 기색이 엿보였다(엄마의 관심이 당연히 부족하다는 뜻이다).

그다음에는 에밀리의 조르기 공세가 이어진다. 그것도 마치 엄마를 시험하듯, 그와 동시에 엄마가 시험에서 실패하기를 바라기라도 하듯 가장 마땅찮은 때를 골라서 놀아달라고 조르는 것이다. 오늘 아침만 해도 그렇다. 병원 예약시간에 맞추려고 아등바등하고 있는데 에밀리가 와서 치맛자락을 붙잡고 매달린다.

"엄마, 내 작은 두 눈이 뭘 보게요? B로 시작되는 걸 보고 있어요."

"지금은 안 돼, 우리 딸."

"오, 제에에발요. B로 시작되는 거예요."

"아침Breakfast?"

"땡."

"토끼Bunny rabbit?"

"땡."

"책Book?"

"땡."

"엄만 모르겠어, 에밀리. 포기."

"비디오Bideo!"

"비디오는 B로 시작하지 않아."

"B로 시작하는 거 맞다요."

"'맞아요' 라고 해야지."

"B로 시작하는 거 맞아요!"

"아니야. 비디오는 V로 시작해. '밴van' 할 때 V. '화산volcano'의 V. '폭력적인violent'의 V. 에밀리, 네가 철자를 제대로 알았으면 엄청나게 시간이 절약됐을 거야."

"케이티, 애를 너무 다그치지 마. 우리 딸은 고작 다섯 살이야."

리처드의 말이다. 남편은 샤워를 마치고 아직 축축하게 젖은 머리로 내려와 지금은 시리얼 상자 뒷면에서 크루엘라 드 빌* 가면을 오려내는 중이다.

탁자 건너편의 남편을 째려본다. 리치가 내 편을 들어줄 리 없지. 남편은 연합전선을 표방하는 재주가 글러먹었다.

"글쎄, 내가 에밀리에게 가르쳐주지 않으면 누가 대신 해주는데? 이렇게 써도 되고 저렇게 써도 된다고 가르치는 선생들은 그렇게 해주지 않아."

"케이트, 이건 그냥 '내가 뭘 보게요' 게임일 뿐이야. 「백만장자 되기 퀴즈쇼」가 아니라고!"

나는 깨닫는다. 리처드가 날 미친 사람 취급하듯 아예 쳐다보지도 않는다는 것을. 눈가와 이마에 잡힌 주름으로 보건대 언제쯤 구급차를 불러야 하나 생각 중인 것 같다.

"케이트, 당신은 매사가 경쟁으로만 보이지?"

"리치, 매사는 경쟁이 맞아. 당신은 아직 모르고 있었나 봐. 누군가는 마로니에 열매 부수기 게임에서 내 열매를 노리고 있지. 누군가는 더 예쁜 한정판 바비를 달라고 조르고, 누군가는 내 무능을 증명하기 위해 나의 가장 중요한 고객을 빼가려고 해."

나는 식기세척기에서 그릇을 꺼내며 페이를, 그녀가 가르쳐준 괴상

---

* 「101마리 달마시안」에 나오는 악녀.

한 주문을 생각한다. 뭐라고 했더라? '우리는 경쟁을 통해서 완전해지는 것이 아니다.' 그 여자 보고 우리 회사에 와서 그 주문을 외워보라고 해. '우리는 경쟁하지 않으면 길가에 나앉는다. 완전히 새 된다.'

"엄마, 비디오Bideo 봐도 돼요? 제에에에발요, 엄마. 비디오 보게 해주세요."

에밀리가 조리대의 화강암 상판에 올라 앉아 바비 슬라이드 한 장을 내 머리카락에 갖다댄다.

"엄마가 몇 번을 얘기해야 해? 아침밥 먹으면서 비디오 보면 안 된다고 했지! 그리고 비디오는 B가 아니라 V로 시작한다니까!"

"케이트, 심각하게 하는 말인데 당신에겐 여유가 필요해."

"아니, 리처드. 나한테 필요한 건 헬리콥터야. 아침에 병원 예약해놨는데 이미 10분은 늦을 것 같아. 그러면 오스트레일리아에 걸어야 하는 국제전화도 그 이상으로 지연되겠지. 메모판에 페가수스 콜택시 전화번호가 있어. 그 번호로 택시 좀 불러줘. 니산 서니를 모는 이상한 기사 말고 다른 사람 보내달라고 해."

ᏊᏊᏊ

리처드는 나보다 좋은 사람이다. 누구라도 그렇게 말할 수 있다. 하지만 고통이나 쓰라린 경험에 관한 한 내가 리처드보다 한수 위다. 나는 힘겨운 경험에서 배운 것을 비수처럼 품고 있다. 왜 나는 남편처럼 에밀리를 마냥 받아주지 못하나? 남편처럼 애들을 키웠다간 우리 애들이 현실을 너무 모르고 자라게 될까 봐 겁이 나서 그런가 보다. '나 먼저'가 아니라 '먼저 하세요'가 통하는 세상은 분명히 더 살기 좋고 정이 넘치는 곳이겠지만 내가 지금까지 일하고 살아온 세상은 그런 곳이 아니었다.

리치는 어린 시절을 행복하게 보냈다. 행복한 어린 시절이란 행복한 어른이 되기에 딱 좋은 준비과정, 까놓고 말하자면 유일하게 알려진 학습과정이다. 그러나 어린 시절을 행복하게 보냈다고 불굴의 추진력과 성공가도가 보장되진 않는다. 가난과 냉대, 버스정류장에서 비를 쫄딱 맞으며 기다려본 경험이야말로 성공의 밑거름이다. 이를테면 남편은 정말 딱할 정도로 꾀를 부릴 줄 모른다. 좀 불쌍해 보이는 고객에게 지불대금을 깎아주는 일은 한두 번이 아니다. 게다가 얼마 전에는, 첫 아이 출산 이후로 늘 가장 큰 사이즈의 닥스훈트 그림 갭 티셔츠를 입고 잠자리에 드는 아내에게 야한 속옷을 선물했다는 점만 보아도 리처드의 낙관주의가 얼마나 한계를 모르는지 알 수 있다.

애들이 있으니까 그렇지. 그는 아빠, 나는 엄마다. 케이트와 리처드, 우리 두 사람 본연의 모습으로 돌아가는 시간은 늘 바쁜 생활에 떠밀려 사라진다. 섹스는 이제 그 밖의 문제, 이를테면 주차권 확보나 새로 계단에 깐 카펫 문제보다 뒷전이다. 에밀리가 갓 세 살이 됐을 때 임나 아빠가 부엌에서 키스하는 광경을 본 적이 있다. 그 애는 마치 하인이 포르투갈산 와인을 몰래 마시는 광경을 목격한 빅토리아 여왕처럼 착 가라앉은 목소리로 말했다.

"그런 거 하지 마요. 속이 메슥거려요."

그래서 우리는 그만두었다.

ⱺ⅋ⱺ

오전 8시 17분 일부러 얘기를 했는데도 페가수스 콜택시는 또 그 니산 서니를 보냈다. 뒷좌석은 당장 버섯 농장을 차려도 좋을 만큼 눅눅하다. 허벅지와 엉덩이에 힘을 빡 주고 니콜 파히에서 산 회색 모직 치마를 들어 올려 가급적 곰팡이에서 멀찍이 떨어져 앉으려고 애쓴다.

기사에게 병원으로 가는 지름길이 있을까 물었더니 대답 대신 갑자기 라디오 볼륨을 확 높인다. 음악소리가 어찌나 쩌렁쩌렁한지 내 광대뼈가 다 울리는 것 같다(이런 음악을 갱스터 랩이라고 하는 건가?).

크리스마스 전에는 윈스턴이라는 이 기사와 통성명이라도 하고 친하게 지내보려 했지만 이제 더는 이야기를 나눌 마음이 없다. 하지만 내가 병원에 도착해서 뒷좌석 문을 열려고 애쓰는데 윈스턴이 뒤를 돌아보더니 담배 찌든내를 확 풍기며 이렇게 말하는 것이다.

"저곳에는 손님을 치료할 만큼 강력한 것들이 있었으면 좋겠네요."

뭐야, 왜 이렇게 뻔뻔해? 무슨 뜻으로 하는 말이야? 산부인과 전문의를 만나 1년치 경구피임약을 받으러 병원에 들어가서도 사정은 나아지지 않는다. 닥터 돕슨이 컴퓨터에 내 이름을 입력하자마자 내가 무슨 사악한 CIA 지명수배자라도 되는 양 모니터에 녹색 비상등이 깜박깜박한다.

"아, 새톡 부인. 아직 자궁암 조직검사를 받지 않으셨네요. 언제부터더라…… 마지막으로 검사 받으신 때가 언제죠?"

"음, 4년 전에 한 번 받았는데 병원 측에서 슬라이드를 깨뜨렸죠. 그러니까 제 말은, 슬라이드가 운반 중에 파손됐으니 다시 한 번 병원에 들러달라는 편지를 받았어요. 하지만 어쨌든 저는 분명히 검사를 받았었고 지금 몹시 바쁘답니다. 그래서 말인데, 그냥 피임약만 처방해주시면 안 될까요?"

"4년 동안 다시 검사를 받으러 올 시간이 없었단 말입니까?"

닥터 돕슨은 사람의 모습을 한 바셋하운드 같다. 사람을 돌보는 일을 업으로 삼은 사람들과 개들의 공통점이라고 할 수 있는 저 촉촉하고 애절한 눈망울이라니.

"네, 시간이 없었어요. 예약을 하려면 전화를 걸어서 언제 연결이 될지 하염없이 기다려야 하잖아요."

닥터 돕슨의 손가락이 내 의료기록 중간쯤에 있는 날짜를 가리킨다.

"그리고 한 번은 예약을 취소하지도 않고 안 오셨네요. 작년 3월 23

일요."

"타이완이군요."

"네?"

"그때 타이완에 있었어요. 병원이 문을 여는 동안 그쪽은 한밤중이라서 취소 전화를 하기 힘들었어요. 드레이턴 레인 병원 접수계에서 혹시라도 호기심이 동해 전화를 받아줄지도 모른다고 기대하면서 한 시간씩 전화기를 붙잡고 있을 순 없었다고요."

닥터 돕슨은 벌집 모양 시리얼을 연상시키는 베이지색 넥타이를 불안하게 자꾸 잡아당긴다. 아무것도 모르는 게 명백해 보이는데 입으로는 "알았습니다, 알았습니다."를 연발하면서.

"글쎄요, 자궁암 조직검사를 하지 않고 다시 1년분 경구피임약을 처방하는 것은 좋지 않다고 생각합니다, 새톡 부인. 아마 들으셨겠지만 정부는 모성보건에 매우 적극적으로 나서고 있거든요."

"정부는 제가 셋째를 낳기 바란다는 뜻인가요?"

의사는 서글프게 고개를 가로젓는다.

"그런 뜻은 아니겠지요. 정부는 단지 여성들이 간단한 검사를 통해서 생명을 위협하는 무서운 병을 예방하도록 장려하는 겁니다."

"글쎄요, 셋째를 낳는다면 전 정말 죽을지도 모르겠네요."

으악, 내 입에서 이런 말이 튀어나왔다니 믿을 수 없어. 어쩌자고 이런 말을 하는 거야, 케이트?

"그렇게 흥분하실 필요는 없습니다, 섀톡 부인."

"난 흥분하지 않았어요."

지나치게 날카로운 목소리가 튀어나온다.

"미안하지만, 전 그저 몹시 바쁜 사람이고 더 이상 출산을 원치 않아요. 그러니까 제발 피임약을 처방해주세요."

닥터 돕슨은 볼펜 똥이 뭉쳐 있는 낡은 볼펜으로 천천히 주의 깊게 뭐라고 적는다. 글씨를 쓸 때마다 볼펜 똥이 번져서 글씨가 뭉개진다. 의사가 나에게 다른 증상은 없는지 물어본다.

"아픈 데는 없어요."

"잠을 잘 주무십니까? 어때요?"

오늘 아침 6시에 사이코 같은 트레이너가 다녀간 후 처음으로 미소를 지을 수 있을 만큼 얼굴 근육이 풀렸다.

"이제 막 이가 나기 시작하는 11개월짜리 아기가 있어요. 이런 상황에서 잠을 잘 자긴 어렵지 않겠어요?"

닥터 돕슨도 나처럼 미소를 짓는다. 하지만 경계심 어린 입가의 주름, 미소를 감싸는 뒤집힌 쉼표 같은 주름이 보인다. 그의 표정이 아마도 오랜 고통을 의미할 거라는 생각이 든다. 의사만큼 오랫동안 고통을 지켜본 사람이 어디 있겠는가? 별의별 괴로움을 다 보았을 것이다. 어쨌거나, 닥터 돕슨은 나보고 언제라도 필요하면 찾아오란다. 아무 때라도 괜찮단다. 간호사에게 전화를 넣어서 지금 당장 지긋잇 조직검사를 받을 수 있게 해주겠단다.

"물론 10분 정도는 내실 수 있겠죠?"

물론 그럴 수 없다. 하지만 어쩌랴.

ᐕᐕᐕ

오전 9시 6분 에드윈 모건 포스터 사무실. 지각을 했고 화장실이 급해 죽을 지경이다. 기다려야 할 것 같다. 수요일까지 12명의 매니저들과 상의해서 펀드보고서 7부를 제출해야 한다. 일본 토키 러버 실책 건에 대한 브리핑도 수요일까지다. 로드 태스크 부장이 내 자리로 득달같이 달려와서 회사에서 잘리고 싶지 않으면 수요일까지(왜 또 수요일이야) 뉴욕에 가서 잭 아벨해머에게 오럴 섹스라도 해주고 오란다. 정말로 오럴 섹스라는 표현을 썼는지는 확실치 않지만 분명히 '무릎을 꿇고'라는 말은 했다.

보내는 사람: 케이트 레디

받는 사람: 캔디 스트래턴

끝내주게 하루를 시작했지. 자궁암 조직검사를 받았어. 「오즈의 마법사」에 나오는 깡통맨하고 섹스하는 기분이더라. 그 빌어먹을 조직검출기를 고무로 사용감 좋게 만들 순 없나? 그러면 나처럼 딱한 여자들이 일주일에 두 번이라도 검사를 받으러 갈 텐데 말이야.

16분 지각했는데 가이가 내 책상에 앉아서 "케이트가 언젠가는 꼭 도착하겠죠." 따위의 말을 모든 사람들에게 지껄이고 있더라. 어미곰처럼 으르렁대며 "누가 감히 내 자리에 앉아 있어!"라고 호통치고 싶었지. 하지만 아무 말도 하지 않았어. 저 못된 애송이 녀석이 바라는 대로 해주고 싶진 않았으니까.

게다가 뉴욕으로 날아가서 고객을 '달래야' 해. 잭 아벨해머를 만난 적은 없지만 벌써 싫어졌어.

보내는 사람: 캔디 스트래턴

받는 사람: 케이트 레디

친애하는 데스데모나, 간교한 가이 '이아고' 체이스를 조심하시오. 절대로 손수건을 잃어버리면 아니 되오*. 그 자식은 네 자리를 차지하려고 이를 악문 나머지 잇몸이 시릴 거다.

추신: 뇌 없는 허수아비나 겁쟁이 사자하고는 섹스를 해봤다만(토요일 밤, 노부) 깡통맨하고는 못해봤네. 에이블 해머Able Hammer**라니 그쪽하고는 조짐이 좋다, 애.

---

*셰익스피어의 비극 『오셀로』에서 데스데모나가 잃어버린 손수건으로 이아고가 그녀를 함정에 빠뜨리기 때문에 나온 말.
**아벨해머Abelhammer의 이름에서 철자를 약간 바꾼 말장난.

보내는 사람: 케이트 레디

받는 사람: 데브라 리처드슨

크리스마스에서 살아남았다니 축하한다. 난 살아남았는지 죽었는지 모르겠다(내가 어떻게 알겠니?). 펠릭스가 무릎을 다치고 루비는 중이염을 앓았다니 유감이다. 아이들과 함께 보내는 휴일을 의미하는 단어로 a) 휴일 b) 휴식 c) 즐거움을 뜻하지 않는, 뭔가 좀 참신한 말 없을까?

헬리데이helliday*는 어때?

케이트. xxxxx.

오후 2시 35분 유럽팀 회의에 들어가려는 순간, 폴라가 전화를 걸었다. 에밀리가 크리스마스 때 앓았던 가벼운 유행병에 자기도 옮은 것 같단다. 그래서 오늘 일찍 퇴근을 해도 괜찮은지 묻는다. 속마음은 이렇다. 절대로 안 돼. 물어보고 말고 할 것도 없는 문제잖아. 2주간 쉬다가 오늘 처음 출근했잖아. 하지만 입에서는 이런 말이 나온다. 어머, 물론이지. 세상에, 목소리가 정말 안 좋네.

리처드네 회사에 전화를 건다. 영국 핵연료를 위한 평화의 탑인가 뭔가의 설계회의에 들어가 있단다. 최대한 일찍 퇴근해서 애들을 좀 봐달라고 부탁하는 긴급메시지를 남겼다.

---

* '지옥hell'과 '휴일Holiday'의 합성어.

오후 8시 12분 겨우 집에 도착하니 에밀리가 잠자리에 들 시각이다. 현관에서 리처드와 맞닥뜨렸다. 아직 새 주차권은 받아놓지 못했지만, 애들은 둘 다 머리를 감겼단다. 오늘 아침에 '내가 뭘 보게요' 놀이를 하면서 신경질적으로 굴었던 일을 보상하고 싶은 마음이 간절하다. 우리 딸은 더없이 다정하고 나긋나긋하게 내 머리칼을 자기 손가락에 칭칭 감는다.

"엄마는 트위니스 친구들 중에서 누가 제일 좋아요?"

"잘 모르겠는데, 예쁜 우리 딸."

"마일로가 제일 커요."

"그래. 오늘 유치원에서는 뭐 했니?"

"아무것도 안 했는데요."

"오, 뭔가는 했겠지. 오늘 뭐 했니, 에밀리?"

"내 작은 두 눈이 뭘 보게요? W로 시작되는 걸 보고 있지요."

"창문Window?"

"땡."

"벽지Wallpaper?"

"땡."

"음…… 그럼 뭘까? 아이고, 궁금해라. 녹음기Wecorder(원래는 recorder)?"

"와! 맞았어요! 엄마는 정말 똑똑해요."

"엄마도 열심히 노력하고 있어요, 우리 딸. 정말로 노력하고 있어."

꼭 기억할 것 감사편지. 크리스마스트리 분해해서 청소부 아저씨들이 보지 못하게 쓰레기봉투에 잘 넣을 것. 청소부들이 크리스마스트리는 수거하지 않으니까("그건 우리 일이 아닙니다."). 에밀리 유아활동수업 등록하기(한 분기에 94파운드란다. 우주 조종사 훈련 프로그램에 등록해도 이보다는 싸게 먹히겠다). 에밀리 새 발레 레오타드(분홍색 말고 파랑색). '무거운 머리'를 봐줄 접골사 찾아볼 것. 엄마께 전화. 동생에게 응답전화. 이번에도 전화하지 않으면 피붙이들과도 인연을 끊은 인정머리 없는 년이 되는 건 시간문제. **염색!** 여권만기. 아, 안 돼. 잘나가는 친구들에게 갱스터 랩이 뭔지 물어볼 것. 그런데 잘나가는 친구가 없구나. 그럼 잘나가는 친구를 사귀자. 아래층 물탱크 수위조절장치는 리처드에게? 토요일과 수요일에 아이 봐줄 사람. 신문대금 내기/지난 신문 읽기. 도우미 소개업체에 전화해서 폴라가 아직도 아픈지 물어볼 것. 끝내주는 쿵푸 개봉작 보기—제목에 호랑이가 앉아 있고 용은 존다고 했던 것 같은데?* 벤 손톱 손질해주기. 이름표 달기, 치과예약, 주노 아카데미에 전화해서 영혼을 넉넉하게 키우기보다는 뱃살을 확 줄여줄 트레이너를 요청할 것. 벤의 생일에 쓸 텔레토비케이크는 어디서 사지? 골반저근육 운동. 도서관에 「백설공주」 비디오 반납! 에밀리 초등학교 입학원서 **지원준비.** 에밀리에게 다정하

---

* 「와호장룡Crouching Tiger, Hidden Dragon」을 잘못 기억한 것.

고 참을성 많은 엄마가 되자. 아이를 욕구결핍에 찌든 사이코패스로 키우지 않으려면. **계단 카펫 견적.** 질 쿠퍼클락에게 전화. 사교생활—일요일 점심 초대. 시몬과 커스티? 앨리슨과 존? 중간방학 계획. 벌써? 벌써가 아니지. 일요일에 '제다'라는 애가 수영파티를 연다고 함. 제다라는 애가 남자애인지 여자애인지 알아둘 것. 화장실에 좀 더 자주 갈 것. 잭 아벨해머를 만날 준비.

잇몸앓이

화요일, 오전 4시 48분 벤의 방에서 비명소리가 들린다. 공포영화를 방불케 하는 소리다. 오늘밤만 세 번째, 아니 네 번째인가? 이미 진통제는 복용한도까지 다 먹였다. 어쩌면 내일 아침 「월드 뉴스」에 잠 좀 자보겠다고 아이를 약물중독에 빠뜨린 괴물 엄마로 내 얼굴이 나올지도 모른다. 부서진 밤, 되돌릴 수 없이 깨진 밤이라는 표현은 참으로 그럴싸하다. 침대로 기어들어가 누워봤자 이미 잠이라는 퍼즐은 조각들이 반쯤 달아나버려서 도로 맞추기 글러먹었다. 혹시나 벤이 혼자 잠들지도 모른다. 제발 아이가 다시 잠들게 해주세요. 항상 이 무렵이다. 어렴풋한 미명이 어둠을 밝히기 시작할 무렵, 신과의 절박한 홍정이 오가기 시작한다. 오, 하느님. 그냥 저 아이가 곤히 잠들게 해주신다면 저는 앞으로…….

앞으로 어떡할 건데? 앞으로 좋은 엄마가 될게요. 앞으로 다시는 불평하지 않을게요. 지금부터 제가 죽는 날까지 잠을 누리는 순간순간을 소중히 여길게요.

아니, 벤은 잠들지 못할 것이다. 아까의 비명소리가 '엄마, 거기 있죠?'를 시험 삼아 묻는 수준이었다면 지금은 파바로티가 최고성량으로 토해내는 아리아도 무색할 정도다(「네순 도르마Nessun Dorma」가 '아무도 잠들지 말라'는 뜻 맞지?). 책에는 이럴 때 아이를 그냥 울게 내버려두라고 되어 있는데 벤은 아직 그 책을 읽을 줄 모른다. 아기들이 내처 40분을 울고 나면 제풀에 잠잠해진다는 속설도 벤에겐 안 통한다. 책에 따르면 벤에겐 애착 문제가 있는 것 같다. 내 생각에 벤은 낮에는 엄마가 없어도 밤에는 자기를 안고 달래줄 수 있다는 사실만은 파악한 것 같다.

마음은 침대를 박차고 나가고 싶은데 몸은 불만에 가득 찬 십대처럼 좀체 앞으로 나가지 않는다. 리처드는 옆에 똑바로 누워 두 손을 가슴에 모은 채 큰소리로 숨을 몰아쉬며 자고 있다. 아기처럼 잘도 잔다(아기가 잘 자기는, 이 빌어먹을 표현은 어디서 나왔담?).

계단을 올라가는데 다리가 뭐에 묶인 것처럼 말을 잘 듣지 않는다. 층계참 창문 너머로 우리 집 정원 건너편 집들의 테라스와 겁에 질린 초점 없는 눈 같은 창문들이 보인다. 누구는 벌써 일어나서 부엌 불을 켰다. 성냥불처럼 노란 빛이 부엌을 밝힌다. 유리창은 그 안에 사는 사람들의 재력을 숨김없이 보여준다. 런던 북동부에 위치한 이 지역에는 나 같은 경제계 종사자들이 대거 이사를 와서 습기를 제거하고 빅토리아 시대의 잔해를 벗겨내는 일에 매달리고 있다. 이 동네 집들은 창을 가리지 않는다. 이 동네 사람들은 비싼 돈을 주고 복원한 덧창을 좋아하는 반면, 좀 더 가난한 이웃들은 깨끗한 커튼이나 베일처럼 살짝 비치는 망사 따위로 그들의 개인적 공간을 가린다. 1970년대에 우리 같은 젊은 부부들은 빅토리아 양식의 오래된 시설을 뜯어내기 바빴다. 벽난로, 코니스, 모서리마다 고양이발이 달린 욕조 따위를 현대성이라는 이름으로 폐기했던 것이다. 그러나 이제는 더 새로운 종류의 현대성을 내세워 그러한 실내장식을 복원하고자 돈을 쏟아 붓는다(우리 세대가 부모 세대보다 집을 꾸미고 개조하는 데 더 많은 돈을 쓰는 것이 우연의 일치일까? 집에 머물 시간은 점점 더 줄어드는데 프랑스제 크롬 수도꼭지를 달고 떡갈나무 마루판을 바닥에 깔기 위해 죽어라 돈을 벌고 있다. 이제 집은 언젠가 우리가 주역으로 오르기 위해 준비하는 일종의 무대세트가 된 것 같다).

위층에 가보니 벤이 아기침대 창살을 잡고 마구 흔들어댄다. 활짝 벌어진 입에서 침이 주르르 흘러 턱 끝에서 번지점프를 하듯 잠옷바지 가랑이로 떨어지고 그 자리가 어둠 속에서도 알아볼 수 있을 만큼 번들거린다.

"안녕, 우리 아가. 지금이 몇 시인데 이 난리니, 응?"

나는 벤을 번쩍 들어올린다. 엄마를 상봉한 기쁨에 사로잡힌 아들은 새로 난 앞니를 엄마 목에 시험해본다. 아야야.

아들을 원한 적은 없다. 에밀리를 낳고 나서 왠지 내 몸에서는 계속 그런 아이만 낳을 것 같은 생각이 들었다. 어쨌거나 나 자신도 딸이나 하나 더 낳았으면 하는 마음이 컸다. 예쁘고, 독립적이고, 시계처럼 오밀조밀한 딸아이를. 작년 이맘 때 여직원들끼리 점심을 먹는데 캔디가 "아들 낳는 배가 이렇게 크던데"라는 말을 했었다. 그때 나는 배가 너무 나와서 다른 사람들과 함께 자리에 앉을 수가 없어서 와인바 지배인이 의자를 따로 가져와야 했다. 우리는 모두 웃었다. 초조하고 반항적이지만 약간은 의기양양한 웃음이었다. 로마 제국시대의 종말이 임박했음을 간파한 켈트족의 웃음이랄까. 그로부터 사흘 후, 나는 분만실에서 내 아들을 안았다. 그랬다, 아들이었다! 아주 작지만, 어엿한 남자가 되어야 한다는 거창하고 믿기지 않는 사명에 직면한 아들. 나는 그 애와 사랑에 빠졌다. 단박에 사랑하게 되었다. 그 아이는 엄마를 충분히 누릴 수 없었다. 그건 지금도 마찬가지다.

우리 아기가 갑자기 무거워졌다. 유연한 몸뚱이가 부쩍 남자다워졌다. 허벅지도 권투글러브처럼 탄탄하면서도 불룩하다. 나는 벤을 파란 의자로 데려가서 손을 잡고 우리가 제일 좋아하는 노래를 흥얼거리기 시작한다.

"라벤더의 파란색 딜리딜리, 라벤더의 녹색, 내가 왕이 되면 딜리딜리, 너는 여왕이 될 거야."

엄마들은 수백 년이나 이 노래를 불렀지만 여전히 이 가사가 정확히 무슨 뜻인지 아는 사람은 없다. 자장가를 불러주는 것은 모성애 그 자체와도 같다. 어둠 속에서 본능적으로 이루어지는 어떤 것, 비록 그 목적은 뚫어지게 분명하지만 말이다.

벤의 몸 구석구석에 긴장이 풀리는 것을 느낀다. 아기우주복 속의 몸뚱이가 해변의 모래처럼 이리 쓸렸다 저리 쓸렸다 하더니 마침내 내 가슴에 축 늘어졌다. 때를 딱 맞게 포착해야 한다. 풋잠이 들었다가 깊은 꿈속으로 완전히 빠져 들어가는 순간을 짐작해야 한다. 살그머니 일어나 아기침대 쪽으로 다가간다. 아기가 완전히 잠들기 전에는 마지막 순간까지 내려놓으면 안 된다. '됐다. 할렐루야! 드디어 해냈구나.'라고 생각한 순간, 벤이 눈을 번쩍 뜬다. 벤의 아랫입술이 잠시 파들파들 떨린다. 「카사블랑카」에서 릭이 옛 애인 일자를 알아본 순간의 입술 떨림과 비슷하다. 벤의 입술이 떨리며 O자를 그리더니 다시 허파를 쩌렁쩌렁하게 울려 비명을 질러댄다.

(아기들은 절대 의심을 거두지 않는다. 공정성을 무시하기로는 폭군을 뺨친다. 안아주고 달래줬다고 잠시 쉬는 시간을 주는 법도 없고, 어둠 속에서 오래오래 돌봐주었다고 가석방을 허락하는 법도 없다. 백 번 울어서 백 번을 다 달려갔어도 백한 번째에 소홀하면 당장 군법회의에

끌려가는 탈영병 신세다.)

"괜찮아, 괜찮아요. 엄마 여기 있어요. 괜찮아요, 엄마 계속 여기 있어요."

우리는 다시 파란색 의자로 되돌아가고 나는 벤의 손을 잡고 처음부터 다시 재우기 의식을 시작한다.

오전 5시 16분 벤이 드디어 뻗었다.

오전 5시 36분 에밀리가 나에게 『꼬마 바빠 양』을 읽어달란다. 안될 말씀.

오전 7시 45분 폴라가 많이 좋아졌다면서 오늘 다시 출근했다. 하느님, 감사합니다. 금요일 벤의 생일에 쓸 텔레토비 케이크를 준비해달라고 부탁한다. 아, 양초도 있어야지. 무설탕교 광신도 엄마들이 있을 경우를 대비해서 비스킷은 조금만 준비하자(작년에는 앤절라 브런트가 건포도를 심판에 부쳤다). 폴라는 버킹엄 궁에서 가든파티를 차려도 될 만큼 엄청난 금액을 달라고 하지만 감히 이의를 제기할 수는 없다.

오전 8시 27분 기진맥진한 채 브로드게이트에 도착해서는 스타벅스의 더블에스프레소 두 잔을 사서 보드카 원샷 하듯 들이컨다. 수면부족에 시달리는 사람들은 일종의 최면 상태, 그야말로 초현실적인 이미지가 머릿속에 떠다니는 비몽사몽 상태로 지낸다는 기사를 어디선가 읽었다. 아마 데이비드 린치의 영화 속에 갇혀 사는 상태와 비슷하겠지. 부장이 더 이상 진저리나는 오스트레일리아 악당으로 보이지 않고 눈도 깜짝하지 않고 미친놈처럼 웃어젖히는 데니스 호퍼처럼 보이기 시작하는 이유도 나의 수면부족으로 설명될 수 있을 것이다. 머리를 열심히 쓰고 있다는 인상을 주기 위해 서랍 속에 넣어두었던 낡은 안경을 꺼내 쓰고 앉아 있다. 그리고 건성으로 해도 제일 표나지 않는 일, 행여 실수를 해도 가장 덜 문제가 될 법한 일을 고른다. 뭘 사고파는 일만 아니면 괜찮을 것이다. 이메일이 29통 도착했다. 그중 첫 번째 이메일은 아무리 봐도 믿기지 않는다.

보내는 사람: 잭 아벨해머, 샐린저 재단

받는 사람: 케이트 레디, EMF

캐서린,

휴가 때 발생한 문제가 원만히 해결되어 얼마나 안심이 되는지 모릅니다. 분명히 그쪽에게도 힘든 시간이었겠지요.

토키 러버의 찢어지지 않은 콘돔 특허 소식은 대단한 호재입니다. 주가도 너끈히 회복됐고요. 위기상황에서 당신이 보여준 침착한 태도에 경의를 표합니다. 이번 주 목요일에 뉴욕에 오시면 함께 축배를 들 수 있겠지요? 회사 근처에 가재요리를 끝내주게 하는 곳이 생겼답니다.

그럼 안녕히, 잭.

보내는 사람: 캔디 스트래턴

받는 사람: 케이트 레디

코니 앤드 바로에 가서 한두 병 퍼마시고 풍기문란 및 빌어먹을 전략회의 불참죄로 체포되면 어떨까?

너 오늘 완전히 넋 빠진 사람처럼 보여.

C. xxxxx.

보내는 사람: 케이트 레디

받는 사람: 잭 아벨해머

풍기문란은 굳이 술을 마시지 않아도 가능함. 일주일 내내 잠이나 퍼졌으면 해.

사랑과 키스를 보내며, 케이트. xxxxxx.

보내는 사람: 케이트 레디

받는 사람: 캔디 스트래턴

비상! 너 방금 내 메일 받았어?

보내는 사람: 캔디 스트래턴

받는 사람: 케이트 레디

무슨 메일?

보내는 사람: 케이트 레디

받는 사람: 캔디 스트래턴

술 마시고 풍기문란을 일으키니 어쩌니 하는 메일. 빨리 말해줘. **급해!**

보내는 사람: 캔디 스트래턴

받는 사람: 케이트 레디

자기야, 미안. 어떤 운 좋은 다른 계집애한테 보냈나 보다.

보내는 사람: 케이트 레디

받는 사람: 캔디 스트래턴

사실은 뉴욕의 고객에게 보내버렸어. 난 이제 죽었다. 장례식에 화환은 정중히 사양합니다.

보내는 사람: 캔디 스트래턴

받는 사람: 케이트 레디

세상에, 지금 당장 다시 메일을 보내.

친애하는 고객님, 저하고 이름이 똑같은 추악하고 못된 쌍둥이 자매가 고객님께 말도 안 되고 불쾌한 메일을 보낸 겁니다. 제발 그 메일은 무시해 주세요.

어쨌거나, 너무 걱정하지 마. 아벨해머는 미국인이잖아. 안 그래?

우리 미국인들은 유머감각이 부족하다는 점을 명심하렴.

오후 3시 23분 팀장들이 모두 부장실에 모여 전략회의를 시작했다. 내 눈꺼풀은 눕히면 저절로 눈이 감기는 인형 눈꺼풀처럼 자꾸만 아래로 내려온다. 그나마 내 잠을 깨우는 유일한 수단은 잭 아벨해머가 나를 성희롱으로 고소할지도 모른다는 생각뿐이다. 양키들은 '부적절한 행동'에 몹시 예민하다. 그는 아직 답장을 보내지 않았다. 아까의 이메일을 매력적인 영국인의 기행奇行 정도로 여겨주었으면 하는 바람은 저물어가는 햇살처럼 힘을 잃고 있다. 이 한낮의 악몽에 정신이 팔려 셀리아 함스워스가 손을 내미는 것도 몰랐다. 그녀가 앙상한 손가락을 뻗어 오늘 아침 벤이 깨문 자리를 가리킨다. 오늘 아침 일인데 전생의 전생처럼 까마득하게 느껴진다.

"목에 이거 뭐예요, 캐서린?"

"아, 그거요. 아이가 깨물어서요."

두어 명의 남자들이 페리에를 홀짝거리며 기분 나쁘게 키득키득 웃는다. 셀리아는 백설공주에게 독사과를 건네는 계모처럼 싸늘하게 비소를 짓는다. 잠시 양해를 구하고 화장실로 가는데 캔디가 따라온다. 어슴푸레한 화장실 불빛으로도 거울을 통해 어린 뱀파이어가 내 목 중간에 남긴 애정의 표시를 볼 수 있다. 파운데이션을 발라본다. 소용없다. 파우더도 발라본다. 젠장, 물린 자국이 부글부글 끓어오르는 에트나 화산을 비행기에서 내려다본 것 같다.

캔디가 투슈 에클라 컨실러를 들고 와서 내 목에 톡톡 발라준다.

"이야, 만만디 리처드가 키스마크도 남기니? 끝내준다, 얘."

"그런 거 아냐. 젖니 나느라 몸살을 앓고 계신 아기님 작품이야. 사랑하는 서방님은 밤새 쿨쿨 주무셨지. 하마터면 내가 깨물어서 깨울 뻔했다만."

৩৩৩

다시 부장실이다. 나의 남자동료들께서는 그들이 제일 좋아하는 일, 회의를 하고 있다. 이 회의가 잘 굴러간다면, 요컨대 회의로 시간을 충분히 잡아먹는다면 저들은 그 보상으로 내일 한 번 더 회의를 할 수 있을 것이다. 운이 좋으면 그 회의는 진전을 보지 못하고 3차, 4차, 5차 회의로 이어질 것이다. 시티에 처음 수습사원으로 발을 내딛었을 때만 해도 회의는 의사결정의 한 과정이라고 생각했다. 그러나 머지않아 회의는 자기과시 경기장이요, 시티는 야생동물 프로그램의 고릴라 사육

장이라는 것을 알게 됐다. 자기 자리를 보전하려는 남자들의 행태를 지켜보노라면 가끔은 가슴을 두들기고 몸에서 이를 잡는 행동을 설명하는 다큐멘터리 내레이션이 바로 내 귓전에서 들리는 것 같다.

"여기, 도시 정글의 심장부에서 미국에서 온 유인원 찰리 베인스가 싸움에서 부상을 입은 우두머리 로드 태스크에게 접근하는 모습을 봅시다. 찰리의 자세를 보세요. 연장자 수컷들에게 인정받기를 간절히 바라는 아첨 어린 태도가 잘 드러나지요……."

내가 아는 한, 여기서 일하는 여자들은 이런 종류의 정치적 행동을 참아내지 못한다. 명백한 이유에서 여자들은 화장실에 함께 가서 볼일을 보고 거시기를 털거나 일이 잘 안 됐다고 퇴근 후 술집에 쪼르르 쫓아가 살랑살랑 아첨을 할 기회가 없다. 까놓고 말해, 그럴 기력이 어디 있나? 우리는 착하고 열심히 공부하는 여학생으로서 학창시절을 보냈고 지금도 그때처럼 우리가 최선을 다하고 시간을 엄수해서 일처리를 하면,

a) 그에 상응하는 보상을 받을 것이요,

b) 7시에는 집에 도착할 수 있다고 믿는다.

그런데 보상은 없다. 칼퇴근도 불가능하다.

재킷 주머니에서 휴대폰이 부르르 진동한다. 문자메시지가 도착한 것이다. 확인 버튼을 누른다. 캔디가 보낸 문자다.

문제: 전구를 가는 데 필요한 남자들은 몇 명이게요?

정답: 한 명. 전구를 들고 지구가 자전하면서 저절로 끼워지기를 기다리면 된다.

쿡 하고 웃음이 터지는 바람에 캔디를 제외한 모든 사람의 마뜩찮은 시선을 받았다. 캔디는 찰리 베인스가 내놓은 조직개선방안인가 뭔가에 열심히 메모를 하는 척한다.

월례보고서 검토가 한없이 이어진다. 나는 다시 잠과의 사투에서 밀리다가 문득 부장의 컴퓨터에 아직도 크리스마스용 화면보호기가 떠 있는 것을 보았다. 모니터에서 눈사람이 눈보라 속으로 차츰 사라진다. 저렇게 눈에 푹 파묻히면 얼마나 편할까, 아무것도 없는 저 차가운 세상으로 빠져 들어가면 얼마나 기분이 좋을까. 남극탐험대의 오츠 대장이 생각난다.

"잠깐 나갔다 오겠어요. 나중에 봅시다."

"지금 막 자리로 돌아왔잖아요, 케이트."

부장이 몽블랑 펜을 나를 향해 다트처럼 겨누고 있다.

내가 큰소리로 혼잣말을 했나 보다. 쓰레기봉투를 걸치고 거리를 방황하는 미친 여자처럼 피해망상에 찌든 자기만의 세상 얘기를 중얼중얼했나 보다.

"미안해요, 로드. 오츠 대장이 한 말이에요. 그 사람이 한 말을 인용한 거예요."

부장실에 앉아 있던 펀드매니저들의 눈동자가 일제히 나를 향한다. 탁자 맨 끝에 부장 옆에 착 달라붙어 있던 나의 어시스턴트 가이의 콧구멍이 내가 곧 창피를 당하리라는 냄새를 맡고 좋아서 벌름거린다.

"오츠 대장 아시죠."

나는 부장에게 상기시킨다.

"스코트의 남극탐험대에서 죽을 걸 알면서도 스스로 나갔던 사람요*."

"전형적인 영국 미친놈이지. 의미 없는 자기희생. 그런 걸 뭐라고 부르죠? 명예?"

부장은 코웃음을 친다.

이제 모두가 나를 쳐다보고 있다. 내가 이 상황을 어떻게 모면할지 궁금한 것이다. 어이! 머리는 응답하라, 머리는 응답하라. 내 신호가 잘 들리는가?

"로드, 사실은요. 남극탐험대가 그렇게 나쁜 경영모델은 아니에요. 우리가 제일 죽 쑤고 있는 펀드에 그 모델을 적용해보면 어때요? 우리 자금이 조금씩 새어나가는 그 펀드 말이에요. 최악의 펀드는 눈보라 속으로 걸어가게 할 필요가 있을지 몰라요."

---

*오츠 대장은 병에 걸린 자기 때문에 동료들이 남극탐험에 실패할까 봐 잠시 나갔다 오겠다고 말하고 스스로 죽음을 택했다.

비용절감이라는 제안에 로드의 눈이 못된 돼지 눈처럼 빛난다.

"흠. 나쁘지 않군요, 케이티. 나쁘지 않아요. 조사해보게, 가이."

눈들이 저쪽으로 돌아간다. 하마터면 위험할 뻔했다.

오후 7시 23분 녹초가 되어 집에 기어들어왔더니 폴라가 씩씩거린다. 도우미의 불만은 바다안개처럼 급작스럽고 그보다 갑절은 위험하다. 폴라가 지금 부엌을 치우고 있다는 점을 보건대 심각한 불만으로 짐작된다. 내가 지금 정말로 하고 싶은 건 와인 한 잔을 두고 소파에 퍼질러 앉아 드라마 「이스트엔더스」를 보면서 내가 아는 캐릭터들이 아직도 살아 있는지 확인하는 거다. 마지막으로 그 드라마를 본 게 작년 6월이니까 지금쯤 앨버트 스퀘어에서는 왕조들이 몇 개 무너지고도 남을 시간이 흘렀고 필 미첼은 죽은 동생의 전처들과 최소한 둘 이상의 사생아들을 낳았겠지. 하지만 나는 드라마를 보는 대신 오늘 하루의 일을 극도로 면밀하게 짚어봐야 한다. 우선 영양이 풍부한 에밀리의 점심도시락을 칭찬해주고 내일까지는 꼭 이름표를 구해놓겠다고, 전혀 어려운 일이 아니라고(사실은 그렇지 않지만) 약속한다. 그 다음에 어떤 탤런트가 얼마 전에 아이를 낳았는데 그 얘기가 폴라가 보는 잡지 『헬로!』 최신호에 장장 7쪽에 걸쳐 나왔더라는 빤한 연예뉴스로 공략해본다.

두 번의 출산으로 나의 단기기억은 형편없이 망가졌지만 유명인들의 아기 이름을 즉각적으로 떠올리는 희한한 능력이 생겼다. 이를테면 데미 무어와 브루스 윌리스의 아이들(루머, 스카우트, 탈룰라)이나 피어스 브로스넌의 아이(딜런, 캐서린 제타 존스와 마이클 더글러스 커플의 첫 아이와 파멜라 앤더슨의 둘째 아이 이름도 딜런이다) 이름을 안다고 내 일에 직접적인 도움이 될 리는 없다만 그래도 폴라와의 관계에서 몇 번의 위기를 넘기는 데에는 요긴했다.

"요즘은 딜런이라는 이름이 인기인가 봐요."

폴라가 말한다.

"맞아요, 하지만 우디 앨런과 미아 패로의 딸아이를 생각해봐요. 걔 이름도 딜런이었는데 결국 자기 이름을 바꾸고 싶다고 했잖아요."

폴라가 고개를 끄덕인다.

"그 커플은 다른 애들 이름도 이상하게 지었잖아요?"

"새첼!"

"맞아요, 그 이름이었어요."

폴라가 웃는다. 나도 따라 웃는다. 연예인들의 바보 같은 짓거리를 두고 이러쿵저러쿵하는 것이야말로 대중들의 커다란 즐거움이다. 폴라의 불만이 저만치 사라졌나 싶은 순간, 나는 어리석게도 나의 행운을 패대기치고 말았다. 폴라에게 텔레토비 케이크를 구했는지 물어본 것이다.

"제가 모든 걸 다 기억하는 사람은 아니거든요."

폴라는 이렇게 말하고 보이지 않는 검은 망토를 두르듯 매몰차게 돌아서서 나간다. 현관문의 진동이 멈추기도 전에 그 불만의 이유를 부엌 조리대에서 발견한다. 런던의 육아도우미들이 얼마나 돈을 잘 버고 대단한 특혜를 누리는지 다룬 기사가 잘 보이게끔 『이브닝 스탠다드』지가 쫙 펼쳐져 있다. 도우미들이 최고급 차량, 맞춤형 건강관리, 헬스클럽 회원권, 해외여행, 승마까지 누린단다.

승마? 폴라가 내 차를 쓰고 나는 버스를 타고 다녀도 좋다고 생각한 적도 있었다. 어쨌든 무슨 일이 있어도 이제 돈을 더 쥐어짜려는 압박에 넘어가지 않겠다. 우리 집은 이미 절대한계에 도달해 있단 말이다.

오후 8시 17분 남편에게 폴라의 월급을 올려줘야 한다고 말한다. 어쩌면 승마 교습까지 시켜줘야 할지도 모른다는 말까지. 그러자 리처드는 발끈하고 성질을 내면서 우리가 폴라 대신 내주는 세금과 건강보험까지 따지면 사실상 폴라 월급이 자기 월급보다 더 많다고 지적한다.

"그게 누구 잘못인데?"

내가 말한다.

"무슨 뜻으로 하는 말이지?"

"아무 뜻도 없어."

"나는 그 뜻을 알겠는데 말이지."

저녁시간 내내 우리는 불과 몇 센티미터 거리에서 조용히 분을 삭이며 식탁에 앉아 있다. 리처드가 스파게티를 만들고 아보카도와 토마토 샐러드를 곁들여 상을 차렸다. 조심스럽게 애들 얘기를 꺼내기 시작해서 벤의 엄청난 식욕, 에밀리의 새로운 메리 포핀스 집착증에 대해 떠들다 보니 슬그머니 남편이 다시 좋아지려고 한다. 그때 리처드가 포크로 스파게티를 말아 올리면서 오늘 오후에 페스토를 만들었다는 얘기를 아무렇지도 않은 듯 툭 던지는 게 아닌가. 이건 감탄할 만한 일이지만 동시에 내 사기를 끔찍하게 떨어뜨리는 일이기도 하다. 나로서는 참을 수가 없다.

"어떻게 페스토를 만들 시간이 다 났어? 접시도 직접 만든 거야? 다음엔 도예에 취미를 붙이겠네. 도대체 왜 우선 처리해야 할 일부터 하지 않는데? 가령, 새 주차권 확보는 어때?"

"새 주차권은 이미 차에 뒀습니다. 사모님께서 바쁘신 와중에 잠깐이라도 시간을 내주신다면 보실 수 있을 겁니다."

"오, 우리는 둘 다 이상적인 남편인 것 같네. 그렇지?"

남편이 의자를 밀고 일어서자 금속이 나무에 긁히는 소리가 난다.

"나 그만둘래, 케이트. 당신은 이걸 도와줘 저걸 도와줘 부탁을 해놓고서 정작 당신이 하라는 대로 하면 나를 깔보지."

이 말은 뭐라고 반박할 수가 없다. 너무나 폭력적인 말이라는 생각도 들고 말로 풀 수 있는 얘기가 아니라는 생각도 든다. 여자들은 종종

나도 아내가 있었으면 좋겠다고 농담을 한다. 그런데 그게 농담이 아니다. 우리도 모두 아내가 필요하다. 하지만 우리가 남편이 주부 역할을 전적으로 떠맡아주기 바랄 거라고 생각한다면 큰 오산이다.

"케이트, 우리 얘기 좀 하자."

"나중에, 리치. 나 목욕할 거야."

෨෨෨

아직도 목욕용 오일을 못 샀다. 세탁물 건조 선반 아래서 오래된 라벤더 배스솔트 한 봉지를 찾았다. '긴장을 풀어주고 활기를 더해준다.'고 한다. 여기에 벤의 유아용 거품목욕제를 첨가하니 욕조 속의 물이 교복 색깔 같은 남색으로 변한다.

델 것처럼 뜨거운 파란 물에 들어가 제일 좋아하는 읽을거리를 들고 욕조에 등을 기댄다. 솔직히 말하자면 나의 유일한 읽을거리다. 반들반들한 코팅지에 영국 전역의 매물 사진이 수록된 제임슨의 『영국 부동산 가이드』는 그 어떤 소설보다 흥미진진하다. 이를테면 이곳 해크니의 우리 집 가격으로 코츠월드에 가면 과거의 방앗간이었던 건물을 개조한 넓은 주택이나 피블셔에 있는 아주 작은 성을 살 수 있다(그런데 피블셔가 어디더라? 되게 멀 것 같다). 사진들도 근사하지만 내가 진짜 좋아하는 건 사양설명이다. 18쪽에 실린 버크셔의 한 주택은 천장을 원통형으로 마감한 서재가 딸려 있고 정원에는 잘 자란 과실수들이 그득하다. 그런데 원통형 마감 천장은 어떤 거지? 뭔지는 모르겠지만 마음에 든다. 게다가 잘 익은 과실수라니! 나무판으로 마감한 서재를 거니는 내 모습을 상상해본다. 그곳에서 전통적인 부엌장과 최신식 조리기구가 조화를 이루는 시골풍 주방으로 건너가는 길에는 갓 꺾은 꽃을 담은 커다란 화병이 있겠지. 나는 고급 오븐 옆에 서서—그 오븐은 요리용이 아니라 과시용이다. 요리는 보통 보급형 오븐으로 충분하다—정원에서 딴 사과로 만든 젤리를 병에 담고 날짜를 써서 붙이는 거다. 그동안 아이들은 우묵하게 들어가 있어서 아늑하고 예쁜 벽지로 꾸민 놀이공간에서 기분 좋게 놀겠지.

'케이트의 포르노 잡지.' 리처드는 내가 침대 밑에 끼워놓은 제임슨 부동산 정보지를 볼 때마다 그렇게 부른다. 그이가 제대로 봤다. 잡지에 실린 사진은 내게 시각적 쾌락을 선사하고 군침을 삼키게 한다. 현실로 만들기 위한 어려운 과정을 거치지 않고도 안락한 삶을 잠시 소유하게 해준다. 진짜 우리 집에서 우울하면 우울할수록 나의 부동산 탐욕은 거세어진다.

남편을 생각하니 페스토 실랑이가 생각나고 내가 한 말이 마음에 걸리기 시작한다. 그이가 너무 자상하고 상식적인 사람이라서 나는 자꾸 그 반대가 되어가는 것 같다. 왜 그럴까? 남편은 내가 도우미에게 너무 ○냐○냐한다고, 고용인에게 이렇게 후한 임금과 근무조건을 어렵

하는 경우가 어디 있겠느냐고 한다. 남편은 폴라가 켄트 출신의 똑똑한 25세 아가씨이고 우리 애들에게 잘하기는 하지만 한 푼이라도 더 쥐어짜려는 사람이라고 생각한다. 업무로 정해진 일 이상을 부탁하면 일부러 양말이 줄어들게 세탁을 하는, 그런 여자라고 말이다. 또한 우리 집이 너무 폴라에게 휘둘린다고 생각한다. 다 맞는 말이다. 하지만 리처드는 나만큼 육아를 치열하게 고민하지 않는다. 남자들은 애 키우는 문제를 지갑과 결부지어 생각하지만 여자들은 자궁으로 느낀다. 전화기는 무선 시대로 넘어갈 수 있지만 엄마와 아이를 잇는 끈은 결코 끊어지지 않을 것이다.

내가 바라보는 폴라는 내가 없는 그 많은 시간을 우리 애들과 보내는 사람이다. 우리 애들을 사랑하고 예뻐하기를, 애들에게 뇌수막염 증세가 보이면 제일 먼저 알아차려주기를 바라야 할 상대다. 폴라가 집안을 난장판으로 내버려두고 퇴근을 해도, 애들 그릇과 어른 그릇이 섞여 있다는 이유로 치사하게 식기세척기를 돌리지 않는다 해도, 장을 보고 영수증을 잃어버렸다면서 거스름돈을 슬쩍 속여도 나는 야단을 치지 않을 것이다.

우리 세대 워킹맘의 문제가 아랫사람을 다룰 줄 모르는 거라고들 하는데, 천만의 말씀이다. 우리 세대 워킹맘의 문제는 우리가 아랫사람이라는 거다. 엄연히 보수를 지불하면서도 조금만 집안일을 도와줘도 머리가 땅에 닿도록 굽실거리고, 어떻게든 고용주 태를 내지 않으려고 발버둥을 친다.

처음에 복직할 때에는 에밀리를 놀이방에 맡겼었다. 놀이방은 우리 집에서 걸어서 10분 거리였고 원장이라는 명랑하고 쾌활한 스코틀랜드 여자도 인상이 좋았다. 그러나 나는 차츰 괴로워지기 시작했다. 조그만 아기방에 들어찬 아기침대가 12개나 되었다. 처음에 둘러봤을 때에는 이만하면 아늑하다고 스스로를 설득했지만 매일매일 그곳에 에밀리를 맡길 때마다 루마니아 가정식 고아원이 생각났다. 모이라 원장에게 옆방의 조금 큰 애들이 저렇게 시끄럽게 구는데 아기들이 잠을 어떻게 자느냐고 물어본 적이 있었다. 원장은 어깨를 으쓱하며 이렇게 말했다.

"아, 나중엔 다 익숙해진답니다."

게다가 놀이방에는 벌금이 있었다. 6시 30분 이후에 아이를 데리러 가면 처음 10분간은 10파운드, 그 이후는 50파운드를 추가로 냈다. 난 늘 6시 30분보다 늦게 데리러 갔다. 지하철역에서부터 놀이방까지 단거리육상선수처럼 전력질주를 할 때마다 부끄러움이 배 안의 쓸개즙처럼 출렁거렸다.

에밀리는 30명의 다른 아이들과 함께 지내면서 병이란 병은 다 옮아왔다. 처음 맞는 겨울에는 10월부터 이듬해 3월까지 감기를 달고 살았다. 그 조그만 코가 늘 시퍼런 콧물로 꽉 막혀 있었다. 놀이방은 오만가지 세균을 키우는 주제에 정작 아이가 아프면 놀이방에 보내기 말라고 깐깐하게 나왔고 그렇다고 비용을 빼주지도 않았다. 회사에서 전화기를 붙들고 고객에게 연락하는 척하면서 도우미알선업체를 알아보거나 친구들에게 제발 도와달라고 애원하던 그때가 떠오른다(난 원래 도와달라고 부탁하는 성격이 아니다. 빚진 것 같은 기분은 딱 질색이다). 그러다가 어느 괴로운 아침, 열이 펄펄 끓는 에밀리를 크로치엔드에 사는 어떤 엄마(초보맘 모임에서 알게 된 사이)에게 맡겨야 했다. 그날 저녁에 에밀리를 데리러 갔더니 그 엄마는 에밀리가 계속 울다가「잠자는 숲 속의 공주」비디오를 보여주니까 좀 진정하는 것 같더라고 했다. 그날 우리 딸은 처음 문장으로 된 말을 했다고 한다.

"집에 가고 싶어."

하지만 난 내 딸이 그런 말을 하는 자리에 있어주지 못했고, 그 애가 간절히 가고 싶어 한 집에도 없었다.

그러니까 안 돼. 폴라가 이상적인 도우미는 아니겠지. 하지만 이상적인 게 뭔데? 엄마가 집에 눌러앉아 아이들이 자랄 때까지 자기 인생은 접어두는 것? 그렇게 할 거야? 아니, 할 수는 있어? 그렇게 할 수 있다고 생각한다면 날 몰라도 너무 모르는 거야.

욕조에서 나와 벌겋게 습진이 일어난 손, 무릎 안쪽과 귀 뒤에 수분 크림을 발라준다. 가운을 걸치고 서재로 가서 잠들기 전 마지막으로 이메일을 확인한다.

보내는 사람: 잭 아벨해머

받는 사람: 케이트 레디

캐서린, 내가 술을 같이 마시자고 했는지 기억은 나지 않지만 풍기문란이라니 기대되는군요. 하지만 일주일 내내 잠만 자는 건 무리입니다. 스케줄을 다시 짜야 할 테니까요. 그럼 오이스터 바에서 볼까요?

사랑을 담아, 잭.

사랑? 거물 고객이? 아! 어떡하니, 케이트. 이제 네가 무슨 짓을 저질렀는지 알겠지.

꼭 기억할 것 벤 손톱 깎아주기. 크리스마스 감사편지? 크리스마스트리를 왜 수거하지 않는지 의회에 탄원서 보내기. 부장 앞에서 빌어먹을 가이를 창피주고 누가 상사인지 똑똑히 보여줄 것. 핸드폰 문자 보내는 법 배우기. 벤 생일―텔레토비 케이크 준비. 발레 레오타드(파란색 아니고 분홍색!). 선물―춤추는 팅키윙키냐, 지능계발에 좋다는 나무장난감이냐? 춤추는 팅키윙키랑 나무장난감 모두 사주자. 에밀리 신발/학교/읽기교육. 엄마한테 전화. 질 쿠퍼블락에게 전화. 동생에게 응답전화 꼭! 왜 줄리가 나한테 그렇게 꽁해 있지? 런던에서 그 끝내주는 개봉작을 안 본 사람은 나밖에 없겠지―마법의 호랑이, 연기 뿜는 용이라고 했던가? 중간휴가(언제/어디로)? 친구들 초대해서 일요일 점심 먹기. 잠가 바질을 사서 우리 집만의 페스

토를 만들 것. 요리강습(리스 요리학교나 뭐 그런 데). 여름휴가 안내서. 햄스터 예수

의 놀이공. 계단 카펫 견적? 전구, 튤립, 립밤, 보톡스?

I don't know how she does it

잭을 처음 본 순간

오전 7시 3분 벤과 마주치지 않으려고 아래층 화장실에 숨어서 서류가방으로 얼굴을 가리고 있다. 바로 옆 부엌에서 리처드가 벤에게 아침을 먹이는 중이다. 나도 부엌으로 들어가고 싶지만 나 좋자고 고작 몇 분 있어주다가 울며불며 매달리는 애를 떼어놓고 나가는 건 옳지 않은 것 같다(육아서적에는 애들이 만 2세쯤 분리불안을 극복한다고 나오는데 엄마들의 분리불안에는 나이고 뭐고 없다). 애가 아예 엄마를 못 보는 게 낫다. 그래서 이렇게 세탁물바구니에 앉아 회색 보풀뭉치가 마녀의 커튼처럼 창 아래로 늘어지는 꼴을 보고 있다는 것이다(우리 집 청소를 하는 후아니타 아줌마는 높은 곳을 극도로 싫어해서 허리 높이 이상은 청소를 못하신단다). 욕실 공사하는 인부에게 추가금액 지불을 서

절한 탓에, 가림판의 인어공주 모자이크 타일은 반만 붙어 있다. 그래서 인어가 상반신은 있는데 꼬리가 없다.

닫힌 문 너머로 부릉부릉 소리가 들리고 곧이어 벤이 음식을 잔뜩 묻힌 입으로 코미디배우 시드 제임스처럼 킬킬대는 웃음소리가 들린다. 리처드가 시리얼을 가득 담은 숟가락으로 자동차 흉내를 내면서 아이 입에 떠먹여주는 모양이다. 밖에서 페가수스 콜택시 도착을 알리는 경적소리가 난다.

남의 집도 아닌 내 집에서 도둑처럼 살금살금 빠져나오는데, 길 건너에 주차된 볼보에서 비난조의 '우우후' 소리가 들린다. 앤절라 브런트, 이 동네 머피아의 왕초다. 얼굴이 구식 포드차를 닮았다. 삼각형 두 개골에 훔쳐보기 좋아하는 두 눈이 툭 뛰어나와 있어서 꼭 헤드라이트 같다. 앤절라는 지독히도 개성이 없다. 오전 7시에 이 여자가 왜 밖에 나와 있지? 아마 다비나를 일본어학원 새벽반에 데려다주고 오는 길이겠지. 앞으로 30초 안에 이 여자는 분명히 에밀리 학교가 정해졌는지 물어볼 거야.

"안녕하세요, 케이트. 정말 오랜만이죠? 에밀리 학교는 정하셨나요?"

5초! 네, 앤절라가 자신이 보유한 치맛바람 세계기록을 갱신했습니다. 동네 공립학교를 생각 중이라고 말하고 싶은 유혹에 빠진다. 운이 좋으면 이 여자가 그 말을 듣고 이 자리에서 당장 심장발작을 일으킬 텐데.

"세인트 스티븐 초등학교에 아직 가능성이 있어 보여요, 앤절라."

"정말요?"

두 번만 놀라면 헤드라이트가 튀어나오겠다.

"하지만 그러다 열한 살 때 어디 괜찮은 데 넣을 수 있겠어요? 이번에 나온 세인트 스티븐 학교 교육청보고서 읽어봤어요?"

"아뇨, 전······."

"공립학교에 들어간 학생들은 18개월 후에 사립학교 학생들에 비해 학업성취도가 2.4년 뒤지고 만 9세에 이르면 그 격차가 3년까지 벌어진다는 거 아세요?"

"저런, 안타까운 얘기로군요. 글쎄, 우리 부부는 파이퍼플레이스 쪽을 알아볼 건데 약간 압박감이 드네요. 있잖아요, 저는 에밀리가 아직 어릴 때에는 행복하게 지내는 게 최고라고 생각하거든요."

행복이라는 말에 앤절라는 방울뱀과 마주친 말처럼 흠칫한다.

"글쎄요, 파이퍼플레이스에서 중등교육과정에 들어가면 모두들 거식증에 걸린다고 하던데요."

그녀는 밝게 웃으며 말한다.

"그래도 교육과정이 골고루 균형 잡혀 있어서 애들을 다재다능하게 교육시킨대요."

굉장하군. 우리 딸은 세계 최초로 통통한 거식증 환자가 되는 건가?*

---

* '다재다능한well-rounded' 이라는 단어에는 '통통한' 이라는 뜻도 있다.

40킬로그램도 안 되는 몸무게로 옥스퍼드에 들어가 병원 침대를 박차고 일어나 PPE(철학, 정치학, 경제학)를 공부하는 걸로 눈부신 첫 발을 내딛겠지. 그다음에는 한 6년 직장생활을 하다가 아기를 낳고, 가정과 일을 동시에 꾸리기 힘드니까 퇴사를 하고, 커피숍에서 일본어를 유창하게 구사하는 전업주부 다비나 브런트와 세인트 폴 학교 입학요건을 해석하면서 아침 시간을 보내겠지. 세상에, 이 여자들 왜 이러는데?

"미안해요, 앤절라. 가볼게요. 비행기를 타야 하거든요."

콜택시의 일그러진 문틀에서 문짝을 열려고 아등바등하는데 앤절라가 마지막 일격을 날린다.

"있잖아요, 케이트. 파이퍼플레이스를 심각하게 고려하는 중이라면 이 심리학자에게 전화를 걸어봐요. 다들 이 사람에게 도움을 받아요. 면접을 치를 때 제대로 대답하는 법, 제대로 그림 그리는 법을 가르쳐줄 거예요."

나는 택시 뒷좌석에 찌든 달콤한 마리화나 냄새를 고마운 마음으로 들이마신다. 그 냄새가 나를 좀 더 여유롭던 시절, 아이들이 세상에 태어나기 전, 무책임이 거의 의무나 다름없던 시절로 데려가준다.

"제대로 그린 그림은 어떤 건데요, 앤절라?"

브런트 여사가 웃는다.

"아, 당연히 상상력이 넘치는 그림이죠. 하지만 상상력이 '과해도' 곤란하답니다."

세상에, 앤절라 브런트와 대화를 나누고 나니 나 자신이 얼마나 한심하게 느껴지는지. 앤절라의 엄마로서의 욕심이 독감바이러스처럼 나한테 번지는 기분이다. 그 욕심과 싸우려고 애쓰고, 불쌍한 푸아그라 거위를 억지로 살찌우듯 아이들에게 꾸역꾸역 지식을 주입하지 않아도 아무 문제 없다는 믿음을 고수하려고 애쓰지. 그러다 어느 날 면역체계가 약해지면 펑! 앤절라처럼 학교별 실적보고서와 읽기 점수 평균과 심리학자 전화번호를 들고 있게 되는 거다. 진짜 병이 뭔지 알아? 결국은 나도 에밀리를 거식증 고등학교에 보낼지 모른다는 것. 경쟁에 미친 학교교육에 대한 두려움이 아이가 뒤처질지도 모른다는 두려움, 아이가 뒤떨어지면 그건 엄마 책임이라는 두려움에 지고 말 테니까. 해가 다르게 경쟁이 시작되는 시기가 앞당겨진다. 실제로 우리 자치구의 어느 유치원은 한 벽이 인상파 화가들의 작품으로 도배가 되어 있다. 엄마들은 돈으로 사랑을 살 수 없다는 말을 마지못해 인정하면서도 돈으로 모네의 작품은 살 수 있으며 자기들은 그 정도면 만족한다고 생각한다.

지치고 피곤한 워킹맘들이 딸들을 스트레스를 가르치는 교육기관에 집어넣는다. 이보다 더 이해 안 가는 일이 있을까. 스트레스stress. 성공 success. 심지어 이 두 단어는 운까지 딱딱 맞는다.

오전 9시 28분 "저 사모님은 왜 저런대요?"

"네?"

윈스턴이 백미러를 통해 나를 눈여겨보고 있다. 검은색으로 보일 만큼 진한 갈색 눈동자에 웃음기가 배어 있다.

"앤절라요? 아, 나도 몰라요. 애들 인생이 자기 인생이라고 생각하는 욕구불만에 찌든 초조한 도시 아줌마죠. 오럴 섹스를 충분히 즐기지 못해서 그럴 거예요. 원래 그렇죠, 뭐."

윈스턴의 웃음소리가 택시 안에 울린다. 깊고 모호한 웃음소리가 나의 가슴 아래 명치를 울리자 잠깐이지만 마음이 안정된다.

공항으로 가는 길은 여전히 많이 막힌다. 덕분에 얼마 후에 있을 잭 아벨해머와의 곤혹스러운 만남을 상상해볼 시간은 차고 넘친다. 어젯밤에 로드 태스크 부장은 나랑 이야기를 하다가 이런 말까지 했었다.

"잭이 당신이랑 만난다고 아주 흥분해 있나 봐요, 케이티."

"그린스펀이 금리를 0.5퍼센트 인하했기 때문이겠지요."

나는 대충 그렇게 얼버무렸다. 사랑과 키스는 말할 것도 없고, 고객에게 풍기문란과 침대에서의 일주일을 다짐하는 메일을 보냈다는 말은 입이 찢어져도 직장 상사에게 할 수 없었다.

난 긁지 않고는 못 사는 모양이다. 어젯밤에서 새 샴푸로 머리를 감앉는데 알레르기 반응이라도 일어난 건가? 아니면 혹시 페가수스 뒷좌석에 서식하는 하등생명체 때문인가? 지독히 낡은 이 택시는 쉽사리 늪지처럼 수많은 무척추동물들의 번식지가 될 수 있을 것 같다.

반면에 택시에 울려 퍼지는 음악은 인류의 발달에서 가장 고차원적인 단계를 느끼게 한다. 웅장한 트럼펫 소리, 타악기의 당김음 리듬은 「랩소디 인 블루」를 연상시킨다.

"이 음악. 거쉰인가요, 윈스턴?"

윈스턴이 고개를 젓는다.

"라벨인데요."

내 콜택시 기사가 라벨을 듣는다고?

후버 공장을 지나갈 무렵부터 음악이 느려진다. 이렇게 애달픈 음악은 처음 듣는다. 중간쯤부터 플루트가 합류해서 피아노 선율을 숨결처럼 감싸준다. 눈을 지그시 감으니 바다 위를 나는 한 마리 새가 눈앞에 아른댄다.

샐린저 재단 뉴욕 사무실.

오후 3시 '무시무시한 아벨해머'의 사무실에 도착해서까지도 머리가 지끈거린다. 월스트리트 센터에서 모퉁이만 돌면 바로다. 뉴욕에는 가이와 함께 왔는데, 이 자식은 전혀 시차를 느끼지 않나 보다. 오히려 가증스러울 정도로 빠릿빠릿하게 굴며 나스닥의 변동 상황을 자기 맥박보다 더 환하게 꿰고 있다.

나는 일부러 아벨해머 앞에서 돋보이지 않을 법한 의상을 골랐다. 섹시한 구석은 조금도 없는 디자인, 색상은 진회색, 치마는 무릎 아래까지. 시칠리아 과부나 신을 법한 구두. 「사운드 오브 뮤직」에서 커튼을 잘라 애들 옷을 만들기 전의 마리아처럼 촌스러운 모습이다.

영하 2도 정도의 싸늘한 회의용 말투를 고수하겠다는 결심은 잭 아벨해머가 등장한 순간 녹아내렸다. 회색 머리의 브룩스 브라더스 양복을 입은 위풍당당한 사내를 상상했는데 내 앞에 나타난 남자는 좀 나른해 보이지만 머리를 짧게 친 운동선수 타입이다. 나이는 나랑 얼추 비슷할 것 같고, 웃을 때는 입보다 눈이 먼저 조지 클루니 같은 눈웃음을 슬쩍슬쩍 흘린다. 어떡해. 어떡해.

'무시무시한 아벨해머'가 입을 연다.

"아, 케이트 레디 씨. 당신이 보내주시는 그 많은 숫자들이 얼굴을 갖게 되어 정말로 기쁘군요."

휴. 나는 샐린저 재단에 지난 6개월간의 펀드 실적에 대해 최신보고를 올린다. 만사가 순조롭게 풀리는가 싶다가 잭 밑에 있는 여자 컨설턴트—「X 파일」의 스컬리 요원 같은 빨간머리—가 우거지상을 하고 안경을 콧등 위에서 밀며 말한다.

"일본에 대한 기대수익이 그렇게 낮은데 왜 일본 투자비중이 높은지 물어봐도 될까요?"

"아, 아주 예리한 질문이군요. 가이, 당신이 대답하는 게 좋겠어요."

우아하게 어시스턴트에게 답변을 떠넘기고 나는 의자에 앉아 등을 기댄다. 못된 애송이 녀석이 진땀을 흘리며 쩔쩔매는 모습을 감상하려고 말이다. 무심코 핸드폰을 확인한다.

폴라 포츠가 케이트 레디에게 보낸 문자메시지가 있습니다.

에밀리 귀가조치

유치원에서 머릿니 옮았음

가족 전체가 약을 써야 함

케이트도요!

힘내요.　ー폴라

문자를 읽으면서도 믿을 수가 없다. 콜로라도 딱정벌레가 대서양을 건너 전파됐듯이 머릿니가 나한테 붙어서 미국까지 따라왔다고? 잠시 양해를 구하고 회의에서 나온다. 화장실로 돌진이다. 중역 화장실의 초록빛 조명 때문에 멀미가 날 것 같지만 머리채를 들어 올리고 점검해본다. 그런데 머릿니가 어떻게 생겼지? 가르마 근처에 하얗게 뭉쳐 있는 서캐가 보이지만, 그냥 비듬일 가능성도 있다. 미친 듯이 머리를 박박 빗는다.

아벨해머와의 저녁식사가 미리 잡혀 있으니 취소란 있을 수 없다.

급히 해충을 박멸해야 한다고 말할 수야 없지 않은가.

브로디스 시푸드 레스토랑.

오후 7시 30분 저녁식사 내내 메리 여왕처럼 꼿꼿한 자세로 식탁과 일정 거리를 두고 앉아 있었다. 머릿니들이 빨빨거리다가 고객의 클램차우더 수프로 주르르 떨어지는 상상을 하면서.

"호텔까지 모셔다드릴까요, 케이트?"

잭이 묻는다.

"음, 네. 하지만 약국에 잠시 들러도 될까요. 뭘 좀 사야 해서요."

잭이 부연설명을 기대하듯 눈썹을 치켜뜬다.

"샴푸를 사려고요. 머리를 감아야 하거든요."

"지금요? 지금 당장 머리를 감고 싶습니까?"

"네, 머리에서 런던을 털어내고 싶네요."

좋았어. 상상력을 풍부하게, 하지만 과해서도 안 된다니까.

아벨해머와 놀아나면 안 되는 이유

1. 할로윈 이후 다리 제모를 하지 못했으니까

2. 하바드 경영대 출신의 스포츠머리에 머릿니를 옮길 수도 있으니까

3. 회사의 주 고객, 고로 프로답지 못한 짓

4. 난 유부녀잖아

그런데 순서가 이래도 돼?

생일

금요일, 오전 6시 2분 오늘이 우리 아들 첫 돌인데 난 아직도 히스로 공항 상공에 있다. 착륙이 많이 지연되고 있다. 시야가 확보되지 않은 데다가 항공노선이 너무 많이 몰려 있단다. 높게 이는 파도는 닿을 것도 같은 어정쩡한 고도에서 53분째 이러고 있으니 내가 초조해지지 않겠는가. 조금이라도 높은 자세를 취하려고 구두를 벗고 담요 아래로 집어넣은 다리가 저리다. 저기 보이는 비행기들은 안개 속에서 서로 속삭이는 것 같다.

기내방송으로 기장의 목소리가 나온다. 싹싹하게 "저는 피트라고 합니다."를 외치는 그런 부류다. 가슴이 철렁한다. 이런 순간에 조종사 이름이 피트라면 좀 미덥지 못하잖아? 조종사 급구, 이름은 로저 카터,

웨이브리지 출신, 공군 중령, 영국본토항공전과 아가디르 위기에서 활약했던 베테랑, 「내일의 세계」의 레이먼드 박스터와 친구 먹을 정도의 인물은 되어야지. 필요하다면 한 손을 자신의 팔자수염에 묶은 채로도 우리를 지상으로 무사히 데려가줄 수 있는 인물. 있잖아요, 전 꼭 살아야 합니다. 전 엄마라고요.

기장은 비행기를 스텐스테드 쪽으로 돌리겠다고 한다. 연료가 점점 줄어들고 있다나. 걱정할 필요는 없단다. 암, 없어야 하고 말고. 오늘은 우리 아들 생일이란 말이야. 난 안전하게 착륙해서 텔레토비 케이크를 확보해야 해. 그리고 내 아들의 첫 돌을 맞아 폴라가 자기가 좋아하는 카키색 그런지룩을 입히기 전에 내가 좋아하는 와인색 코듀로이 팬츠와 은은한 크림색 셔츠를 입힐 거라고. 내가 죽다니, 말도 안 되는 소리다. 우선 리처드는 절대 딸에게 생리에 대한 설명을 직접 해주지 못할 위인이다. 그러면 임무를 인계받은 시어머니는 에밀리에게 '개인적 위생'에 대해 간단히 설명한 후에 생리대라고 부르는 물건을 건네주겠지. 시어머니는 성기를 '그 부문'이라고 부를 것이다. "네 시아버지와 난 그 부문에 문제가 없단다, 고맙구나."라고 말할 때의 그 부문 말이다 (인생이라는 거대하고 보편적인 상점에서 그 부문은 여성용 투피스 코너와 가전제품 코너 중간쯤에 있을 것 같다). 안 돼, 안 돼. 그럴 순 없어. 난 살아야 해. 난 엄마란 말이야. 전에는 죽음이 정말로 문제가 되지는 않았다 물론 전에두 가급적이면 피하고 싶긴 했디. 허지만 이이가 생긴 후로는 사방에서 커다란 낫을 든 죽음의 사자가 무표정한 얼굴을 들이밀 것 같고 나는 그 사자의 일격을 피하기 위해 점점 더 펄쩍펄쩍 뛰어오른다.

"괜찮으세요, 손님?"

여기 흐릿한 객실 조명에서 보니 스튜어디스의 얼굴에서 눈이 시리도록 새하얀 치아와 립스틱을 칠한 입술밖에 안 보인다. 편지 넣는 구멍만 뻥 뚫린 우편함 같다.

나는 그 하얀 치아를 향해 대답한다.

"사실은 오늘이 우리 아기 첫 돌이에요. 아침식사 시간까지는 집에 도착했으면 좋겠네요."

"아, 최선을 다할 것을 약속드립니다. 물을 좀 드릴까요?"

"스카치를 타주세요, 고마워요."

୧୧୧

스텐스테드 공항.

오전 8시 58분 연료를 보충했는데도 비행기는 여전히 활주로에 있다. '폰티우스' 빌라도, 아니 파일럿은 자기 잘못이 아니라고 주장하며 다시 히스로 공항으로 돌아가야 한단다. 아, 그저 굉장하다는 말밖에 못하겠군. 비행기가 이륙할 때 내 테이블에 놓여 있던 위스키 미니어처

빈 병 두 개가 덜컹 튀어 올라 통로 건너편 여자의 무릎에 떨어진다. 여자는 피곤해 보이는 미소를 짓더니 연녹색 파시미나 숄을 매만지고 여행용 구찌 백을 연다. 가방에서 아로마테라피 병을 꺼내어 라벤더오일을 맥박이 뛰는 부위에 살짝 바르고 얼굴에 미스트를 뿌린 다음 커다란 에비앙 생수병을 천천히 들이켠다. 그러고는 윤기 흐르고 머릿니 없는 머리를 깜찍한 회색 캐시미어 베개에 기대는 것이다. 난 그 여자에게 다가가 팔을 톡톡 치고 물어보고 싶었다. '내가 당신의 인생을 살 수 있을까요?' 라고.

나는 여신이 완전히 잠든 것을 확인하고는 얼른 내 가방에는 뭐가 들었는지 살펴본다.

소아용 응급진통제 두 봉지.

씻지 않아서 가장자리가 끈끈한 흰색 약 숟가락.

여분으로 가지고 다니는 에밀리 반바지(수영장 갈 때).

뉴욕에서 구입한 참빗.

너저분하게 굴러다니는 탐폰.

지난주 '생난리'를 치고 맥도널드에 가서 햄버거를 사고 받은 조악한 포켓몬 장난감.

뚜껑 없는 주황색 사인펜.

애완용 강아지 책자.

주황색 사인펜 잉크에 찌든 크리넥스 뭉치.

먼치스 껌 한정판 배노피맛(구역질나게 맛없었지만 이제 세 개밖에 안 남았음).

코코 샤넬 오 드 투알레트 미니어처(분무기가 망가졌음).

에밀리가 출장길에 읽으라고 억지로 빌려준 『꼬마 바빠 양』.

지갑과 물기가 다 날아간 물티슈 사이에서 잭 아벨해머의 명함이 보인다. 뒷면에 집 전화번호와 '언제라도!'라는 메시지를 휘갈겨 써놓았다.

잭이 손수 쓴 글씨를 본 순간, 뱃속에서 뭔가가 할퀴고 지나가는 기분이 든다. 까마득한 십대 시절의 설렘, 아직은 섹스에 대해 어색함과 떨림이 더 컸던 시절의 그 기분. 뉴욕에서 잭과 저녁식사를 하면서 별의별 얘기를 다 나누었다. 음악, 영화, 톰 행크스(제2의 지미 스튜어트?), 에밀리 디킨슨의 시, 케이트 블란쳇이 연기한 엘리자베스 1세, 「아폴로 13호」, 젤리 빈스, 아트 테이텀, 로마 대 베네치아, 앨런 그린스펀의 기묘한 매력, 심지어 내가 그를 위해 매입하고 있는 주식 얘기까지. 애들 얘기만 빼고 다 했다. 그런데 왜 애들이 있다는 얘기는 안 했니, 케이트?

오후 2시 7분 히스로 공항에서 얼굴이나 내밀려고 회사로 직행한다.

책상에 책과 경제저널을 잔뜩 쌓아놓고 일에 전념하는 분위기를 연출한 다음, 핸드폰으로 내 사무실 번호에 전화를 걸어서 벨이 계속 울리게 한다. 활기찬 목소리로 내 자리 전화를 받고는 새롭게 부상한 주식에 대해서 토론을 나누는 척하다가 끊는다. 가이에게 몇 가지 중요한 자료를 찾아봐야겠다고 말한다. 얼른 택시를 잡고 기사에게 하이베리 코너로 가달라고 한 뒤 텔레토비 케이크를 금방 사올 테니 제과점 앞에서 잠시 기다려달라고 부탁한다. 케이크는 생각보다 괜찮다. 뽀의 얼굴이 다소 엉성하고, 나나는 노란색이라기보다는 겨자색에 가깝지만 말이다. 10분 후, 우리 동네에 들어서자 우리 집 문 앞에 묶어놓은 파란 풍선이 보인다. 집에 들어서자 벤이 현관으로 아장아장 걸어와 엄마를 아는 체하며 '으앙' 하고 울음을 터뜨린다. 무릎을 꿇고 아이를 들어올려 꼭 안아준다.

작년 이맘때 벤은 갓 태어난 아기, 끈끈한 태지 외에는 아무것도 몸에 걸치지 않은 아기였다. 오늘의 벤은 폴라가 입혀준 대로 애덤스의 이름이 박힌 아스널 축구복을 입고 있다. 나는 이 옷차림이 못마땅하다는 내색을 하지 않는다. 그 대신, 폴라가 부엌에 갔을 때 벤에게 조용히 보라색 과일주스 팩을 쥐어준다. 벤이 거꾸로 든 주스 팩에서 여기저기 보라색 액체가 튀어나와 목에서 배꼽까지 질질 흐르는 꼴을 지켜보고는 들으라는 듯 큰소리로 외치는 것이다.

"어머, 어떡하니. 예쁜 축구복에 주스를 이렇게 흘리면 어떡하니. 위층에 가서 옷 갈아입자."

예에에스!

오후 4시 벤의 생일파티 손님은 폴라의 도우미 친구들과 그 친구들이 데려온 아이들이 대부분이다. 나는 누군지도 모르는 손님들이다. 이들은 내가 없는 동안 벤의 생활에 함께하는 사람들이다. 낯모르는 여자들이 벤의 이름을 부르고 벤도 반가워서 환한 표정을 지으니 뭐랄까, 가슴이 따끔거린다. 그 감정을 콕 집어 뭐라고 할지 잘 모르겠다면 그냥 회한이라고 하련다.

거실에서는 몇 명 안 되는 전업주부들이 동네 유아원 얘기로 열을 올리고 있다. 이 엄마들한테 자기 애들은 안중에도 없는 것 같다. 그런데도 최신식 투명 연줄처럼 보이지 않는 끈으로 애들을 척척 다루는 것 같아서 부럽기 짝이 없다. 반면 나 같은 문제엄마들은 요구 많은 자식들에게 휘둘리며 늘 쩔쩔매는 것이다.

두 부류의 엄마들 사이에는 서먹서먹한 간격이 있어서 때로는 서로 이야기를 나누는 것조차 쉽지 않다. 나는 전업맘들이 워킹맘들은 인생을 척척 살아가고 있다고 생각하기에 부러워하면서도 두려워한다고 생각한다. 그런데 정작 워킹맘들은 전혀 자기들이 잘 해내고 있다고 생각하지 않기 때문에 되레 전업맘들을 부러워하면서도 두려워하는 것이다. 전업맘이든 워킹맘이든 자기 역할을 계속해 나가려면 저쪽에 문제가 있다고 믿어야만 한다. 워킹맘들은 내가 먼저 자아를 실현해야 아이들에게도 좋은 엄마가 될 수 있다고 말한다. 가끔은 그 말이 진심으로 믿어지기도 한다. 한편, 전업맘들은 엄마가 집에 있는 게 아이들에겐 큰 복이라고 한다. 이제 겨우 아장아장 걷는 아기가 한 장 남은 깨끗한 티셔츠에 주스를 흘려도 절망하지 않을 수 있다고나 할까.

하지만 나는 우리 집 부엌에서 낯익은 엄마들을 몇 명이라도 만났다는 데 위안을 얻는다. 첫 애 낳고 나갔던 초보맘 모임에서 그나마 연락이 끊어지지 않은 엄마들이다. 우리가 만난 지도 벌써 5년이 넘었다니 놀랍다. 전자레인지 옆에 앉은 포동포동한 갈색머리 엄마 주디스는 변리사였다. 애를 낳고도 2년 정도는 계속 일을 했는데 어느 날 자기 집 푸조 자동차 뒷좌석에서 개털을 발견했다. 주디스네는 개를 기르지도 않는데 말이다. 걱정할 필요 없다고 다짐했지만 자꾸만 애가 타서 조퇴를 하고 집에 가보았다. 주디스는 일부러 자기 집 바깥에 차를 세우고 도우미의 뒤를 쫓아 홀로웨이로드에 있는 한 아파트로 갔다. 문은 잠겨져 있지 않았고, 주디스의 아들 조슈아는 구석의 철망 속에 들어앉은 채 독일종 셰퍼드의 감시를 받고 있었다. 그 동안 도우미, 타라는 옆방에서 한쪽 엉덩이에 메탈리카 문신을 한 남자친구와 진탕 놀아나는 중이었다.

우리는 모두 주디스에게 더럽게 재수가 없었을 뿐이라고, 하필이면 썩은 사과가 걸린 거라고 했다.

"하지만 우리 애가 뭔가를 봤으면 어떡해, 케이트?"

주디스는 수화기를 붙들고 흐느껴 울었다.

"조시는 아무것도 못 봤어, 주디. 아직 세 돌도 안 됐잖아. 다섯 살
전의 기억은 남지 않는대."

하지만 주디스는 다시는 도우미에게 애를 맡길 수가 없었다. 우리도
그 심정은 이해하고 남았다. 아기 얼굴 바로 옆에 셰퍼드가 아가리를
들이밀고 있었으니 엄마로서 얼마나 가슴이 찢어졌을까. 당시에는 우
리 모두 초보맘이었고 직장에서 돌아와 아이에게 새로 생긴 혹이나 상
처를 볼 때마다 양심의 가책을 느꼈다. 사실 당연히 일어나는 일이다.
하지만 엄마가 보지 못할 때 그런 일이 생겼기 때문에 더 마음이 아팠
던 것 같다. 그리고 어쩌면 좀 더 일찍 막을 수도 있었을 거라는 생각
때문에 마음이 아팠다. 딸아이가 이마를 식탁 모서리에 찧기 전에, 조
그만 무릎이 아스팔트에 넘어지기 전에 뭔가 조치를 취할 수 있었을지
도 모른다. 공군에서는 그런 걸 AWACS(공중조기경보관제기)라고 부
르잖아? 엄마는 위험을 예감하는 능력을 타고 났다. 엄마는 예측과 신
속함에 관한 한 어떤 경호원이나 사내들도 자신의 상대가 되지 않는다
고 믿는다.

주디스는 은행에 다니는 남편 나이젤이 그동안 직장 일이 힘들어서
혼자 스키를 타러 가고 싶다고 했는데도 반대하지 않았다. 남편이 놀러
간 동안 주디스는 네 살도 안 된 아이 셋을 혼자 돌봐야 하는 팔자 좋은

생활을 계속해야 하는데도 말이다(도우미를 해고하고 얼마 안 돼 쌍둥이를 낳았다). 나랑 처음 만났을 무렵의 주디스라면 남편에게 아예 집을 나가라고 소리쳤을 것이다. 그러나 그 주디스는 이미 오래 전에 사라졌다.

나머지 초보맘들도 솥뚜껑 운전이나 하려고 지금까지 공부한 게 아니라는 신념을 한동안은 굳게 지켰다. 그러다 한 사람, 또 한 사람, 우리는 포기했다. 사람들은 그런 걸 '포기'라고 부르지 않나? 글쎄, 난 그렇게 부르지 않으련다. 포기라는 말은 항복했다는 뜻처럼 들리는데 이 엄마들은 이 명예로운 전투에서 용감하게 싸웠고 부상도 입었다. 나의 동지 초보맘들이 일을 포기했나? 아니, 일이 그들을 포기했다. 아니면 최소한 그들이 계속 버틸 수 없게 만들었다. 엘라의 입에 젤리를 숟가락으로 떠서 먹여주고 있는 캐런은 자기가 다니던 회계법인에서 밀려났다. 첫 아이 루이스를 낳고서 회사가 더 이상 그녀를 원치 않는다는 눈치를 노골적으로—고개를 끄덕인다든가 눈을 깜박인다든가 하는 모호한 수단을 쓰긴 했지만—주었기 때문이다. 몇 달간 커리어 쌓기에 관심을 끊었더니 그녀는 어느새 전업맘의 길에 서 있었다(전업맘의 길은 일종의 직통도로다. 한참을 그 길만 따라갈 수 있지만 아무리 가도 어디에 가까워졌다는 느낌이 없다). 처음에 캐런은 주4일 근무만으로도 자기 업무를 소화할 수 있다고, 심지어 그중 하루는 재택근무로 돌려두 돼 거라고 생각했다. 캐런이 상사도 동의했는데, 사실 그게 문제였다. 상사는 만약 캐런이 해낸다면 '도움이 되지 않는 선례'를 남길 거라고 했다.

우습지만 처음 애를 낳았을 때에는 그때가 제일 힘든 시기인 줄 알았다. 정신을 차릴 수 없는 신생아기만 어떻게 넘기면 차차 모든 것이 정상으로 돌아올 줄 알았다. 하지만 사정은 점점 더 힘들어졌다. 아기들은 최소한 생후 6개월까지는 자기들이 원하는 것은 엄마라고 콕 집어 말하지 못한다.

우리들이 엄마가 된 지도 5년 반이 넘었는데 함께 만나던 9명 중에서 아직까지 일을 하는 사람은 3명밖에 안 남았다. 캐럴라인은 재택근무를 하는 그래픽디자이너다. 그래서 아들 맥스가 유치원에 가 있는 동안 정신없이 일을 해야 한다. 오늘도 IBM 사의 브로슈어 후반작업을 해야 하기 때문에 이 자리에 오지 못했다. 저기 싱크대 옆, 검고 윤기 나는 머리를 하고 가죽조끼를 입은 귀여운 얼굴의 앨리스는 아이를 낳고도 다큐멘터리 감독 일로 돌아갔다. 고위층의 비리를 파헤치고 서민들의 애환을 다루는 프로그램들을 만들어서 상도 받았다. 매일 편집실에서 밤늦게 돌아오면서도 잠든 아들 내서니얼을 자기 침대로 안고 가서 같이 자곤 했다. 그때가 아니면 아들을 안아볼 시간이 없었으니까. 아들도 어릴 때나 안아볼 수 있으니, 그것도 참 잠깐이다. 하지만 아이는 천국을 아주 잠깐만 빌릴 수 있다는 것을 알지 못했다. 아이는 엄마 아빠를 양 옆으로 밀어내고 침대를 떡하니 가로질러 자게 되었다. 둘째

제이콥이 태어나자 앨리스는 그 애도 부부침대에서 함께 재웠다. 그리 오래지 않아 앨리스의 남편은 불만스러운 잠자리 문제와 19살짜리 조사원 아가씨를 이유로 들어 집을 나갔다.

지금의 앨리스는 마약중독자처럼 수척해 보인다. 멀찍이서 보면 아직도 처음 만났을 때처럼 젊고 생생하지만 가까이서 보니 엄마 노릇하느라 얼마나 삭았는지 표가 다 난다. 아들 둘이 말 그대로 엄마 피를 빨아먹을 것 같다. 앨리스가 다큐 부문 영국 아카데미상은 받을 수 있을지 모르지만 아들들은 그녀가 낮에 발휘하는 재능 그 이상의 것을 밤에 요구한다. 그러니 비협조적인 전남편이 남기고 간 아들들을 기꺼이 거두겠다는 착한 남자가 설령 나타나더라도 앨리스가 그 남자를 만날 시간이나 있을까. 앨리스는 내 생각이 빤히 보이는지 결연하게 미소를 짓는다.

"지금 나한테 중요한 건 애들뿐이야, 케이트."

나는 우리 아들의 동그란 금발에 손을 얹는다. 왼쪽 귀에 쌀과자 초콜릿이 묻어 있다. 생일축하노래를 부를 시간이다. 폴라가 주머니에서 지포 라이터를 꺼내어 초에 불을 붙인다(맙소사, 폴라가 담배를 끊은 게 아니었어?). 나는 케이크를 식탁으로 옮긴다. 벤의 촉촉한 눈망울에는 궁금증이 가득하고, 내 눈에는 슬픔이 가득하다. 이제 우리 아기가 돌이 되는 거야? 세상에서의 첫 1년 동안 내 눈으로 저 아이를 본 시간은 얼마나 될까?

"어머, 케이트. 이렇게까지 하지 않아도 됐을 텐데."

앨리스가 텔레토비 케이크의 장식을 가리키며 눈썹을 치켜뜬다.

나는 식탁 너머 앨리스에게 벙긋벙긋 입 모양으로 말한다.

"나쁜 엄마야."

앨리스가 웃으며 속살거린다.

"나도 마찬가진걸."

꼭 기억할 것 머릿니, 치즈, 밸런타인 카드

욕구가 아니라 이성

잭과의 관계가 어떻게 시작됐는지는 설명하기 어렵다. 내가 누군가를 찾고 있었던 건 절대 아니다. 나는 행복하지 않았지만 불행하지도 않았다. 나는 이도 저도 아닌 생존지대에 있었을 뿐이고, 아마 대부분은 그렇게 살 거라고 생각한다. 심한 부상을 입은 환자가 응급실에 들어오면 의료진은 '트리아지'라는 것을 실시한다. 트리아지란 긴급도를 파악하여 치료의 순서를 결정하는 과정이다. 어느 날 저녁 메디컬 드라마 「ER」을 보다가 그 용어를 처음 들었다. 해서웨이와 더그의 관계가 어떻게 될지 흥미진진해서 눈을 뗄 수가 없었던 시즌이다. 나는 그때 내 인생이 트리아지랑 참 비슷하다는 생각이 들었었다. 하루하루가 애들, 회사, 남편 가운데 누구에게 가장 신경을 써야 하는가를 따지는 거울질의 연속이었다. 나 자신은 내가 신경 써야 할 대상 축에 끼지도 못한다. 내가 착하고 남을 더 챙기는 사람이라서가 아니다. 그건 진짜 아니다. 이기심이 선택지 중에 없었을 뿐이다. 날 챙길 시간 따윈 없었으니까. 주말마다 마트에서 장을 보고 돌아오면서 카페의 김 서린 유리창 너머로 카푸치노를 마시며 서로의 손가락을 만지작거리는 커플이나 혼자 신문을 읽는 남자를 볼 때면 나도 저런 데서 음료나 주문하고 앉아 있고 싶다고 생각했다. 하지만 그런 일은 불가능했다. 일을 하지 않을 때에는 엄마 노릇을 해야 했고, 엄마 노릇을 할 수 없을 때에는 빚을 갚듯 일에 매달려야 했다. 나를 위한 시간을 갖는다는 것이 도둑질처럼 느껴졌다. 내가 아는 어떤 남자도 이런 기분을 느끼지 않는다는 걸 알지만 소용없었다. 그냥 이 분야에서는 남녀가 평등하지 않다고 해두자. 엄마들은 자기 몫의 죄책감을 털어내지 못한다. 그러니까 난 정말로 다른 연애상대를 필요로 하지 않았다. 그런데 이메일이 오가기 시작했다.

뉴욕에서 처음 저녁을 함께 먹고 나서 잭은 몇 주간 나에게 이메일을 보냈다. 처음엔 하루에 한 통씩 보내더니 나중에는 하루에도 몇 통씩 보냈다. 가끔은 몇 초 간격으로 메일이 왔다갔다해서 테니스 시합에서 상대의 근사한 로브 샷을 이끌어낼 만큼 멋지게 랠리를 주고받는 기분도 들었다. 처음엔 나도 냉랭했다. 하지만 상대가 끈기 있게 경기 운영을 잘 하니까 나도 자연스럽게 투지가 솟아올라서 어느새 코트 뒤까지 죽어라 뛰어가 공을 받아 톱 스핀까지 때리는 경지에 이르렀다. 그러니까 정말 아니다. 난 그 사람을 원하지 않았다. 하지만 그는 책의 모습을 띤 욕구를 내 안에 만들어냈다. 오직 그 사람만이 채워줄 수 있는 욕구를. 사막의 여인이 물병을 입에 대기 전에 자기가 얼마나 목마른지 가늠할 수 있을까? 나는 내 이메일 받은편지함에 아벨해머의 이름이 뜨기를 내 인생 그 무엇보다 간절히 고대하기 시작했다.

보내는 사람: 잭 아벨해머

받는 사람: 케이트 레디, EMF

나스닥이 진주만처럼 무너짐. 피해규모가 엄청남. 고객으로서 훌륭한 영국인 펀드매니저의 전문가적 식견을 구하는 바, 내가 그냥 확 죽어야 할까요, 아니면 점심시간 후까지 기다려볼까요?

잭.

보내는 사람: 케이트 레디

받는 사람: 잭 아벨해머

안심하시기를. 훌륭한 펀드매니저께서는 항상 귀하를 염두에 두고 계심. 전능하신 그린스펀의 금리 발표를 기다리죠.

전문가로서의 견해: 장기적 회복을 기대할 수밖에요. 죽지는 마세요.

비전문가로서의 견해: 포격이 멎을 때까지 책상 밑에 숨어 있다가 나가서 아직도 잘 버티고 있는 주식들이 있는지 알아봐요. 점심은 칠면조 클럽

샌드위치를 추천합니다. 그다음에 죽으시든가요.

캐서린. xxxxx.

보내는 사람: 잭 아벨해머

받는 사람: 케이트 레디

앨런 그린스펀의 아내가 그 사람은 결혼해달라는 말조차 너무 애매모호하게 해서 청혼을 받은 건지도 몰랐다고 했었던 거 알아요? 앨런 그린스펀은 토머스 핀천Thomas Pynchon*보다 더 이해하기 힘든 사람이라고요.

그런데 잠 안 자요? 거긴 한밤중일 텐데, 맞죠?

보내는 사람: 케이트 레디

받는 사람: 잭 아벨해머

야행성이거든요. 낮보단 밤에 시간이 나니까요. 그 시간을 왜 침대에서 낭비하겠어요?

K. xxxx.

보내는 사람: 잭 아벨해머

받는 사람: 케이트 레디

---

* 난해하기로 유명한 미국의 소설가.

침대가 꼭 시간 낭비하는 곳만은 아니죠. 어떤 남자가 7년을 모아 하룻밤에 보내기를 소원하는 대사가 있었는데, 혹시 알아요? 셰익스피어 작품이던가?

보내는 사람: 케이트 레디

받는 사람: 잭 아벨해머

7년을 하룻밤에 모은다면 내가 그동안 밀린 잠을 보충하는 것도 문제없겠네요. 아마 셰익스피어가 아니라 말로의 희곡에 나오는 대사일걸요. 그런게 셰익스피어를 부당하게 평가한다는 증거죠. 근사한 대사는 무조건 셰익스피어가 썼을 거라고 생각하니까요. 실제로 그 사람이 썼든 쓰지 않았든 말이에요. 셰익스피어는 정서적 소프트웨어 분야의 빌 게이츠죠.

어쨌든 어떻게 말로를 다 읽었어요? 『월 스트리트 저널』에 르네상스 시대 희곡이 부흥할 거라는 예측이라도 나왔나요?

보내는 사람: 잭 아벨해머

받는 사람: 케이트 레디

너무하십니다, 부인. 참으로 부당합니다. 사람을 직업으로 판단하지 말아요. 한때는 학구열에 불타는 가난한 영문학도였지만 초판본을 수집하려다 보니 돈을 벌 방법을 찾아야 했죠. 어떤 남자들이 보트를 살 때 난 『율리시스』 초판본을 삽니다. 그러는 당신은요?

보내는 사람: 케이트 레디

받는 사람: 잭 아벨해머

한때는 학구열에 불타는 가난한 영문학 부전공생이었죠. 가난은 지겹지만 익숙하거나, 그렇지 않으면 끔찍하게 겁나는 거예요. 평생을 겁내며 살긴 싫었죠. 돈은 중요하지 않다고 말하는 영국인들은 천지에 널렸어요. 바로 그런 사람들이 영국의 중산층이랍니다.

초판본 수집이라니 그야말로 소년 취향이군요. 선생님께 삼가 제안을 올리오니, 정말로 중요한 곳에 돈을 쓰시기 바라나이다. 이를테면 구두라든가.

K. xxxx.

보내는 사람: 잭 아벨해머

받는 사람: 케이트 레디

그거 알아요? 당신은 지금까지 147번의 키스를 보냈지만 난 한 번도 안 보냈어요.

보내는 사람: 케이트 레디

받는 사람: 잭 아벨해머

왜 생각을 안 했겠어요.

보내는 사람: 잭 아벨해머

받는 사람: 케이트 레디

xxxxxxxxxxxxxxxxxxxxxxxxxxxxxxxxxxxxxxxxxxxxxxxxxxxxxx

xxxxxxxxxxxxxxxxxxxxxxxxxxxxxxxxxxxxxxxxxxxxxxxxxxxxxx

xxxxxxxxxxxxxxxxxxxxxxxxxxxxxxxxxxxxxxxxxxxxxxxxxxxxxx

xxxxxxxxxxxxxxxxxxxxxxxxxxxxxxxxxxxxxxxxxxxxxxxxxxxxxx

xxxxxxxxxxxxxxxxxxxxxxxxxxxxxxxxxxxxxxxxxxxxxxxxxxxxxx

xxxxxxxxxxxxxxxxxxxxxxxxxxxxxxxxxxxxxxxxxxxxxxxxxxxxxx

xxxxxxxxxxxxxxxxxxxxxxxxxxxxxxxxxxxxxxxxxxxxxxxxxxxxxx

xxxxxxxxxxxxxxxxxxxxxxxxxxxxxxxxxxxxxxxxxxxxxxxxxxxxxx

xxxxxxxxxxxxxxxxxxxxxxxxxxxxxxxxxxxxxxxxxxxxxxxxxxxxxx

ॐ

오전 7시 1분 벤이 자기 고추에 눈을 떴다. 기저귀 가는 매트에 누워서 태양계를 껐다 켰다 하는 스위치라도 발견한 것처럼 황홀하고 의기양양한 표정을 짓는다. 앙증맞은 손가락으로 원초적 조이스틱을 쥐고 놀다가 엄마가 자기가 제일 좋아하는 새 장난감을 빼앗아 기저귀로 덮고 황급히 밸크로테이프로 옆을 채우자 완전히 골이 나서 닭똥 같은 뜨거운 눈물을 흘린다.

"안 돼. 우리 아기, 착하지. 이제 그만하고 내려가서 시리얼 먹자."

남자아기의 소아성욕에 대처하는 엄마로서의 바른 자세는 뭘까? 아들 고추가 정상이라서 당연히 기쁘긴 하다. 애벌레만 한 이 물건, 소변도 보고 쾌락도 느끼는 이 대단한 기관이 여자인 내 몸을 통해 자랐다는 점이 신기하다. 하지만 이 때 이른 남성성이 암시하는 모든 것—트랙터, 축구, 다른 여자들—을 명백히 알기에 묘한 부끄러움도 느낀다. 언젠가 우리 아들 인생에도 나 아닌 다른 여자들이 생기겠지. 벌써부터 가슴에 얼음조각이 박힌 것 같으니 그때는 더하겠지.

아래층에 내려와 부엌을 지나가며 바닥에 널린 쓰레기를 줍는다. 쓰레기통 옆에 건포도가 더미를 이루고 있다. 크리스마스 전부터 있었던 그 건포도더미는 분명히 아니겠지? 폴라에게 애들이 건포도를 흘리지 않게 잘 보라고 해야겠다(청소 아줌마에겐 말해봤자 소용없다. 후아니타 아줌마는 무릎 연골에 문제가 있어서 꿇어앉지를 못한다). 리처드는 텔레비전 앞에서 거의 절을 올릴 기세다. 면도를 하지 않은 내 남편이 그 어느 때보다 텁수룩한 원시인 같다. 테드 휴즈Ted Hughes*가 세탁물 건조기에 처박혀 있으면 저런 모습이겠지. 아무래도 클로이인지 조인지 하는 유아프로그램 진행자 아가씨에게 빠진 게 아닌가 싶다. 애들은 둘 다 깨지도 않았는데 유아프로그램을 틀어놓은 이유가 뭐냐고 물

---

* 영국의 계관시인.

었더니 '이래서 여자들이란' 이라는 표정으로 퉁명스럽게 "교육적인 프로그램이야."라고 내뱉는다. 페스토 실랑이 때문에 아직도 내가 용서가 안 되는 모양이다.

클로이인지 조인지 하는 진행자가 이 추운 2월 아침에 결혼식 전야의 처녀파티에라도 가는 사람처럼 야한 옷을 입고 나오는 것도 눈에 거슬린다. 주황색 민소매 티셔츠를 입었는데 크진 않지만 도발적인 가슴 부분에 핑크 스팽글로 '어때?'라는 글자가 박혀 있다. 언제부터 유아 프로그램 진행자가 얌전한 옷을 벗어던지고 날라리 십대소녀처럼 꾸미고 나오게 됐지?

"리처드?"

"응."

"벤이 자꾸 고추를 만지며 놀아. 그러니까 내가 하고 싶은 말은, 이제 겨우 돌인데 너무 이른 거 아닐까? 당신은 괜찮다고 생각해?"

리처드는 나를 쳐다보지도 않는다.

"남자가 즐길 수 있는 제일 행복한 놀이야. 평생의 도락이지. 게다가 돈도 안 들어."

나를 좀 돌아보려는가 싶더니 클로이-조가 까르르 웃음을 터뜨리자 얼른 고개가 그쪽으로 돌아간다.

갑자기 저쪽에서 좋아 죽는 소리가 나서 내 고개가 돌아간다. 벤이 어느새 냉장고로 기어가 문을 열어젖히고 과일주스 덕용 병을 내 구두

위에 거꾸로 쳐들고 있는 게 아닌가. 검붉은 색의 블랙커런트 주스라서 사방에 유혈이 낭자하다. 이국적이면서도 위엄 넘치는 해서웨이 수간호사처럼 당장 출혈 부위를 막는 작업에 들어간다. 키친타월이 더 필요하다. 키친타월은 동났고 벤은 이제 보라색 포도당 웅덩이에 아예 퍼질러 앉았다. 잠옷 옷깃을 잡고 들어 올려서 욕실에 놓고 수돗물을 틀었더니 우리 아들이 빽 소리를 지른다.

금요일에 장볼 물건을 적어주면서 키친타월에 밑줄을 (세 번이나) 그었는데 어떻게 그냥 올 수 있느냐고 남편에게 따진다. 남편의 해명인즉슨, 마트에 '키튼 소프트'라는 키친타월은 없었고 직원에게 물어보기도 뭐해서 그냥 왔단다.

"그게 이유가 돼?"

"성인 남자가 입에 올리기 힘든 단어들도 있어, 케이티. 키튼 소프트도 그런 단어지."

"키튼 소프트 키친타월이라는 말을 왜 못하는데?"

"남들에게 들리게는 안 해. 절대로."

"도대체 왜 못한다는 거야?"

"나도 몰라. 상표를 콕 집어서 그런 걸 찾아달라고 하느니 차라리 그걸 먹어버리고 말지. 그런 건 생각만 해도……."

리처드는 연극배우처럼 몸을 부르르 떨더니 다시 텔레비전으로 고개를 돌려 클로이-조의 애간장을 녹이는 초콜릿색 눈동자를 넋 놓고 쳐다본다.

"하지만 키친타월이 다 떨어졌잖아, 리치. 그리고 당신이 알기나 하는지 모르지만 여긴 대형유출사고가 일어났거든?"

"알아, 하지만 꼭 키튼 뭐시기로 처리해야 해? 흡수력이 뛰어난 세 겹짜리 고급 티슈를 대용품으로 써보지 그래."

남편은 짜증이 가득한 신음소리를 토해낸다.

"소용없어, 케이트…… 나 건드리지 마."

앞으로 참고할 테니 성인 남자가 입에 올리기 힘든 단어들이 또 뭐가 있는지 물어보았다. 순서 없이 나열하자면 토일렛 덕(오리 모양 병으로 유명한 욕실세제), 글레이드 프레쉬(방향제), 리치 아로마(네스카페 제품명), 딥 디시, 필레오피시(맥도널드의 피시버거), 치즈 딥소스, 워시앤고(클렌저 제품명), 보디폼(생리대), 토비 커스터드(「텔레토비」에서 크림 나오는 기계), 팬티라이너 등이다.

오전 8시 1분 서두를 때다. 오늘 임원진 앞에서 중요한 프레젠테이션이 있다. 직장생활이 활짝 열리느냐 확 꺾이느냐가 달렸다. 냉철한 자신감, 세계 시장에 대한 빈틈없는 지식 등으로 깊은 인상을 심어줄 기회다. 구두에서 블랙커런트 주스범벅을 닦아내고 폴라에게 키친타월을 사놓고 도서관에 「백설공주」 비디오를 '꼭' 반납해달라는 메모를 남긴다. 연체료만 모아도 월트디즈니에서 「백설공주」를 한 편 디 민들게 생겼다. 찰거머리 벤이 「라스트 모히칸」에서 대니얼 데이 루이스가 매들린 스토에게 달려들 듯 나에게 달려들지만 난 가방을 집어 들고 허공에 키스를 날린 채 내뺀다.

"엄마, 서퍼 젯suffer zet*이 뭐예요?"

에밀리가 문 앞에서 나를 가로막는다.

"엄마도 몰라요, 우리 딸. 오늘 하루 잘 지내라. 엄마는 간다."

오후 3시 26분 프레젠테이션은 순조롭게 진행 중이다. 방금 전에 상무이사 앨러스데어 코볼드 경이 유럽통합 문제에 대한 나의 식견을 칭찬했다. 17층 회의실에 올라와 있으면 런던이 레고 블록으로 지은 마을처럼 조그맣게 내려다보인다. 잠시나마 내가 시야에 들어오는 이 모든 것의 주인인 양 마음이 들뜬다.

마무리 단계로 막 넘어가려는데 문간에서 헛기침 소리가 난다. 그쪽에 시선을 돌려보니 셀리아 함스워스가 별로 중요한 일 아니니 신경 쓰지 말라는 듯한 태도를 취하는 척하면서 오히려 더 이목을 끌고 서 있다. 셀리아가 실실 웃으며 말한다.

"방해해서 정말 죄송하네요, 로빈. 하지만 안내데스크에 취객이 와서 경비원들과 실랑이를 좀 벌이고 있어서요."

---

* '여성참정권자(suffragette)'를 잘못 말한 것.

로빈 쿠퍼클락의 눈썹이 치켜올라간다.

"그게 우리랑 무슨 상관이죠, 셸리아?"

"그분 말로는 케이트가 자기 딸이라는데요."

I don't know how she does it

아빠와의 만남

　지난 20년간 아버지와의 만남은 거의 항상 이런 식이었다. 동생을 통해 남부끄러운 일에 휘말렸다든가 지금도 그런 병이 있나 싶을 만큼 해괴한 질환—파상풍, 괴혈병, 별의별 희한한 이름의 종기—에 걸렸다는 얘기를 듣는 것 외에는 몇 달간 감감무소식이다. 그러다 내가 잊을 만하면, 심장을 잡아당기는 줄이 느슨해지듯 좀 마음이 놓인다 싶으면 어느 날 갑자기 나타나서 있지도 않은 부녀간의 정에 호소하는 대화에 돌입한다. 아빠는 감상과 정을 구분할 줄 모른다. 아빠한테 난 아직도 어린 딸이다. 정작 내가 어렸을 때에는 어른도 감당하기 힘든 자세를 요구했으면서 말이다. 이제 난 다 컸는데 아빠는 아직도 내가 어린애처럼 아빠 말을 떠받들기 바라고 내가 자기 마음대로 안 되면 벌컥 화를 낸다. 가끔 술에 절어 지내는 것 같은데 확실치는 않다. 어쨌든 아빠가 늘 돈이 궁하다는 것만큼은 확실하다.

크롬과 흰색으로 꾸며진 회사 로비에서 조지프 알로이시어스 레디 씨는 원시시대에서 잠시 튀어나온 생명체처럼 눈에 확 띈다. 정장 차림의 회사 방문객들이 그 생명체에서 눈을 떼지 못한다. 엄청난 불신을 일으키고 있는 걸로 보건대 몸에서 악취라도 나는가 보다. 중고매장을 두 번을 거쳤을 법한 낡은 해링본 코트를 걸치고 회색 머리를 늘어뜨린 아빠는 최첨단 우주선에 중고 냄비와 프라이팬을 팔러온 뜨내기 세일즈맨 같다. 무전기를 든 경비원 두 명이 아빠를 내보내려고 애를 쓰지만 아빠는 하얀 비닐봉지를 바닥에 털퍼덕 내려놓고 안내데스크 철제 벤치에서 꼼짝도 안 한다. 술 마신 사람 특유의 당당하고 성마른 태도다. 아빠는 나를 보자마자 팔짱을 풀고 의기양양하게 손가락질을 해 보인다.

"저기 왔소. 쟤가 내 딸 케이티요. 내가 그랬잖소?"

"고마워요, 제럴드."

나는 얼른 경비원에게 인사를 한다.

"우리 아빠가 오늘 제정신이 아니세요. 이제 제가 알아서 할게요."

아빠를 붙잡고 문으로 간다. 내 기억 속에서 우리 집안에 항상 따라다녔던 동정 어린 미소들을 보지 않으려고 똑바로 앞만 보고 걷는다.

무사히 밖에 나오자마자 회사 사람들의 행동반경에서 멀찍이 벗어나 있는 커피숍에 가자고 했지만 아빠는 나를 술집으로 끌고 들어간다. 킹스 암스는 찰스 디킨스가 묘사했을 법한 술집, 바닥에 톱밥이 널려 있고 십대로밖에 보이지 않는 혀에 피어싱을 한 백인 여자애가 일하는 곳이다. 우리는 뺨이 불그레한 백작의 초상화가 걸린 구석 자리를 잡는다. 아빠는 더블스카치에 땅콩 한 봉지를, 나는 비터 레몬을 주문한다. 우리 엄마도 늘 비터 레몬을 마셨다. 처음에는 무알콜 음료라서 마셨지만 나중에는 엄마의 쓰리고 신물 나는 심경을 그대로 나타내는 음료로 굳어진 것이다.

"에마는 어떻게 지내냐?"

아빠가 묻는다. 아빠 입에서 조니 워커와 삶은 달걀 냄새가 지독하게 풍긴다.

"에밀리예요."

"아, 에밀리. 이제 일곱 살이겠구나."

"여섯 살이죠. 6월이면 여섯 살이 돼요."

아빠가 단호하게 고개를 끄덕인다. 여섯 살이나 일곱 살이나 그게 그거라는 식이다.

"아들내미는? 네 동생이 그러는데 네 아들이 날 쏙 뺐다더구나."

맙소사! 아무리 못된 부모, 무책임한 부모라도 자식이나 손자가 자기를 닮았다면 기쁜가 보다. 나는 성난 눈으로 내 음료를 노려본다. 아빠의 DNA 가닥이 일부나마 내 사랑하는 아들에게 복제되어 퍼졌다니 생각만 해도 화가 난다.

"사실, 벤은 절 닮았어요."

"글쎄, 우리 케이티는 아빠를 쏙 뺐잖니. 부녀가 둘 다 인물 훤하고, 숫자에 밝고, 만만찮은 성질까지 똑같지. 그렇잖아?"

아빠는 위스키를 들이켜고 땅콩을 한 줌 가득 입에 털어넣는다. 아빠는 모든 면에서 절제를 모른다. 최소한 그 점만은 우리가 닮았다고 해두자.

"그런데 이 아비가 어떻게 지냈는지 물어보지도 않을 참이냐? 널 보러 여기까지 왔는데."

아빠가 쓰는 북부 사투리는 너무나 걸쭉해서 케이크 자르듯 자를 수도 있을 것 같다. 하지만 할머니의 영향으로 아일랜드 억양도 살짝 남아 있다. 예전에는 내 말투도 정말 저랬나? 리처드는 나를 처음 만났을 때 내가 무슨 말을 하면 몬티 파이선 코미디그룹이 생각났단다. 내가 '목욕'을 '모욕'이라고 발음하던 때 얘기다. '교실class'과 '궁둥이 arse'가 운이 맞는다는 사실을 배우기 전이다. 비록 이쪽 사람들은 아무도 '궁둥이'라는 단어를 쓰지 않지만 말이다. 여기서는 '엉덩이'라고 한다. 나도 지금은 아이들에게 '엉덩이'라고 하지만 그때마다 뭔가 어색해서 더듬거린다. 여기서 일하는 아가씨처럼 혀를 뚫고 묵직한 이물질을 매단 것 같다고나 할까.

아빠는 용건을 꺼내기 쉽게 내가 좀 먼저 물어봐주있으면 한다. 하지만 그러고 싶지 않다. 난 아직도 애비 내셔널 은행 밖에 서 있던 아빠 모습이 눈에 선하단 말이다. 내가 첫 월급을 받던 날이었다. 아빠는 내가 건네준 10파운드짜리 지폐들을 손에 침을 묻혀가며 세어보았다. 이런 사람이 내 아빠다. 돈을 얻으러 왔다면 자기 입으로 돈 얘기를 꺼내란 말이야.

"같은 걸로 한 잔 더 드려요?"

술집 종업원 여자가 빈 잔을 치우며 묻는다.

"아뇨."

"아, 나는 한 잔 더 주쇼. 아가씨도 내가 살 테니까 뭐 한 잔 마시지."

아빠가 미소를 짓자 아가씨는 얼굴을 붉히며 자세를 똑바로 편다. 내가 아빠 앞에서 이러는 여자들을 한두 번 본 게 아니다. 한때 꽃미남으로 날리던 나의 아버지, 잘생겼다기보다는 아름다운 남자였고 바로 그렇기 때문에 늙으면 보기 싫게 변할 얼굴이었다. 할머니는 자기 아들을 볼 때마다 애정이 뚝뚝 묻어나는 목소리로 "타이런 파워네."라고 했다. 어린 나는 타이런 파워가 할리우드의 미남배우라는 걸 몰랐기 때문에 그게 사람 이름이 아니라 아빠가 다른 사람들에게 미치는 일종의 전기효과를 말하는 건 줄 알았다. 제멋대로이지만 거스를 수 없는, 뭐 그런 자연의 힘이랄까. 지금 나는 아빠가 다른 사람들 눈에 어떻게 보일까 관찰해본다. 부어오른 심장 모양의 얼굴, 붉은 강의 삼각주처럼 붉은 줄들이 좍좍 가 있는 뺨과 코. 한때 엄마는 너무나 새파란 저 눈동자와 기다란 속눈썹보다 아름다운 것은 보지 못했다고, 세상 모든 매력과 지성이 고스란히 잠겨 있는 쪽빛 물 같다고 했다. 내 첫 번째 남자친구는 우리 아빠를 '여자 없인 못 사는 남자'라고 했다.

"너희 아빠는 여자들을 위해 태어난 사람 같아. 너희 아빠가 클럽에서 토요일 밤에 크리스틴과 노닥거리는 모습을 네가 봤어야 했는데."

나와 지극히 가까운 사람의 성생활을 들으면서 내가 얼마나 얼굴을 붉혀야 했는지 모른다.

"이게 뭔지 알겠니."

아빠가 탁자 밑을 더듬다가 쇼핑백에서 검정색 박스파일을 꺼내더니 손때 묻은 그래프용지들을 보여준다. 양옆으로 날개가 달린 뭔가 두루뭉술하고 네모난 것이 그려져 있다. 돼지가 나는 건가? 나는 그림을 뒤집어서 다시 본다.

"이게 뭐예요?"

"세계 최초의 자연분해 기저귀란다."

"아빠가 기저귀에 대해서 뭘 아시는데요?"

"지금은 잘 알지."

일러둘 얘기가 있는데 우리 아빠는 이런 쪽으로 사연이 많다. 세상에 알려지지 않은 최고의 발명가 중 한 사람으로서 아빠는 이것저것 건드려보지 않은 게 없었다. 줄리와 내가 어렸을 때에는 아빠가 월석을 제조했다. 수지덩어리에 가루를 덮어서 체스터필드에 섬포를 차리고 아폴로 11호가 달에서 가져온 기념품이라며 판매까지 했다.

"생각해보십시오, 사모님. 지금 부인은 닐 암스트롱이 만졌던 바로 그 돌을 만지고 계신 겁니다."

가짜 월석은 날개돋친 듯 팔려나갔다. 나중에 우주여행에 대한 관심이 잦아들자 가짜 월석은 워크숍 지역 여성들의 굳은살을 부드럽게 하는 속돌로 다시 태어났다.

그다음에는 고양이가 집 안에 먹이를 물고 오지 못하게 막는 고양이채가 개발되었다. 발상 자체는 좋았지만 탄성이 지나치게 좋아서 애꿎은 고양이들만 목 졸려 죽었다. 아빠의 발명품이 기존에 이미 나온 제품일 때도 종종 있었다. 한 번도 비행기를 타보지 못한 아빠가 개발한 항공여행용 수면안대가 그 한 예다.

"조, 비행기에는 눈가리개가 있는 걸로 아는데요."

엄마가 조심스럽게 말했지만 아빠는 마누라의 시시한 잔소리에 눈 하나 깜짝할 사람이 아니었다. 우리 집에서 아빠는 제일 청소거리를 많이 만드는 사람이었다. 엄마는 빗자루와 쓰레받기를 들고 다니며 쓰레기조각들을 치웠다. 아빠는 명함에 자기를 실업가라고 새겨 넣었다.

내가 레디의 자연분해 기저귀 사업계획서를 건성으로 훑어보는 동안 아빠는 좋아서 들떠 있다.

"내 열의가 이만저만해야지. 상공회의소에 있는 데릭 마셜도 이런 건 처음 본다고 하더라. 하지만 자금줄이 꽉 막혀서 말이지. 그게 네 전분 분야 아니냐. 탐험자본이라고 부르던가?"

"모험자본venture capital이죠."

"그래, 그거."

아빠는 지금 상황에서는 큰돈이 필요하지 않다고, 그냥 종자돈만 있으면 된다고 한다.

"얼마나요?"

"생산에 들어가는 데 필요한 돈 정도지."

"그게 얼만데요?"

"1만 파운드에 개발비 별도, 포장비 별도. 그러니까 한 1만 3500파운드 정도일까. 요즘 현금 흐름이 이렇게 나쁘지만 않았다면 너한테 얘기도 꺼내지 않았을 거다."

난 내 표정이 변한 줄도 몰랐지만 그랬나 보다. 남자들이 불편할 때 으레 그렇듯 아빠가 의자에서 자세를 고쳐 앉았기 때문이다. 잠깐이지만 이런 대화가 나를 얼마나 역겹게 만드는지 아빠도 알아차리지 않았을까 생각한다. 아빠는 탁자 너머에서 바짝 다가오며 내 손에 자기 손을 얹는다.

"걱정 마라, 애야. 네 사정이 좋지 않다면 수표로 받으마."

아빠와는 무어게이트 역에서 헤어진다. 여기서 북부행을 타면 킹스 크로스까지 한 번에 가고 거기서 다시 집으로 가는 열차를 갈아탄다.

아빠에게 기차요금(눈이 튀어나오게 비싸다. 요즘은 돈캐스터까지 기차를 타고 가는 것보다 보스턴까지 비행기를 타고 가는 게 더 싸게 먹히겠다.)과 역에서부터의 택시비까지 쥐어드린다. 아빠는 요즘 어디에 사는지 가물가물하지만—요즘 누구랑 사는지 가물가물하다는 뜻이다—어쨌든 집으로 곧장 들어가겠다고 나에게 다짐한다. 역 밖으로 나와 즉석사진촬영기 옆에 서성인다. 몇 분 후 뒤를 돌아보니 아빠는 젊은 유랑 악사와 이야기를 나누고 있다. 아빠는 아까 내가 건네준 10파운드 지폐를 그 청년이 열어놓은 기타케이스에 아무렇지도 않은 듯 흔쾌히 넣고 코트를 벗더니 악사 옆에서 졸고 있는 개에게 덮어준다. 그러고는 맙소사, 아빠가 노래를 부르려고 한다.

강이 너무 넓어 건널 수 없네,
날개가 있어 날아갈 수 있는 것도 아닌데,
두 사람 태울 만한 작은 배를 주오,
내 사랑과 나 함께 노 저어가리.

아빠가 제일 좋아하는 발라드 곡이다. 「샐리 가든 옆에서Down by the Salley Gardens」와 더불어 손꼽히는 아빠의 단골 레퍼토리. 에스컬레이터를 타러 가던 승객들이 아름다운 테너 음성에 놀라서 걸음을 멈추고 고개를 돌린다. 아빠는 이루어지지 못한 연정을 참으로 절절하게 표현한다. 연갈색 코트를 입은 여자가 허리를 숙여 기타케이스에 동전을 집어넣자 아빠는 그 여자에게 모자를 벗어 보이는 시늉을 한다.

구슬픈 가락 너머로 엄마의 화난 목소리가 날카롭게 들리는 것 같다.

"네 아빠는 너를 새끼손가락으로도 가지고 놀지."

"아니에요, 그렇지 않아요."

"아니, 네 아빠는 그러고도 남아. 늘 그랬잖니. 네 아빠가 그렇게 잘나 보이거든 아빠한테 가서 살아. 그래, 가. 아빠한테 가버려."

"엄마, 전 아빠한테 가기 싫어요."

"넌 늘 아빠 딸이었지. 파파걸이잖아."

나는 다시 거리의 소음으로 돌아온다. 손이 왠지 허전해서 『스탠더드』를 한 부 사 들고는 회사로 걸어간다.

부모를 향한 자식의 사랑을 완전히 없앨 수는 없지만 오랜 세월 쌓이고 쌓인 환멸이 그 사랑을 갉아먹을 수는 있다. 내가 기억하는 아빠에 대한 첫 감정은 자부심이었다. 아빠가 우리 아빠라서 가슴이 터질 듯 고마운 마음이 샘솟았다. 우리 아빠처럼 잘생긴 아빠는 없었다. 머리도 좋아서 웬만한 계산은 암산으로 뚝딱 해치웠고, 토요일 오후에 텔레비전으로 한 주간의 축구 소식을 보고 나면 한 치의 틀림도 없이 경기결과를 줄줄 외웠다. 셰필드 웬스데이, 파틱 시슬, 해밀턴 아카데미컬스. 토요일 오전이면 줄리와 나는 아빠를 따라 경마장에 가서 우리들의 영웅인 아빠 다리에 꼭 매달려 있곤 했다. 사방에서 아저씨들의 바지만 보여서 어린 우리가 무척 작게 느껴졌던 것도, 비에 젖은 펠트모자에서 풍기던 냄새도 기억난다. 훗날 대학생이 되어서 티 케이스, 주전자, 소나무에 걸린 도자기 머그잔 세트 따위를 손수 챙겨서 집에서 티타임을 갖는 중산층 아버지들을 보았다. 그들의 일상적인 자상함의 표시가 못내 부러웠다.

1975년인가, 1976년의 겨울이었다. 아빠는 썰매를 태워준다고 우리를 피크 디스트릭트로 데려갔다. 다른 가족들은 모두 시판용 썰매를 가져왔다. 나무버팀목 격자가 있어서 본체가 바닥에 직접 닿지 않는 시판용 썰매는 옛날에 실제 교통수단으로 쓰던 썰매만큼 거창했다. 하지만 우리 썰매만 바닥에 직접 닿는 것이었다. 아빠는 통나무조각을 못질해서 이어붙여 본체를 만들었고 그 밑에 고물차 문짝 가장자리를 떼어다 붙여서 날을 삼았다.

"속도가 나려면 이렇게 해야지!"

아빠는 두 손을 비비며 말했다.

첫 번째 시도에서 줄리는 금세 썰매에서 떨어졌고 썰매 혼자 저 아래까지 미끄러져 내려갔다. 아빠는 줄리에게 아기처럼 굴지 말라고 했다. 다음은 내 차례였다. 나는 아빠가 만들어준 썰매가 어떤 썰매보다 좋다는 것을 보여주리라 결심하고 죽어라 썰매를 잡고 매달렸다. 하지만 썰매는 경사로 중간쯤 툭 튀어나온 부분에 부딪히자 오른쪽으로 방향이 휙 꺾여서 철조망으로 막아놓은 낭떠러지 쪽으로 치달았다. 금속 날 때문에 가속도가 붙은 썰매는 멈출 줄 몰랐다. 썰매는 철조망 울타리 아래를 그대로 들이받았고, 앞날 두 쪽은 대롱대롱 벼랑으로 떨어지기 일보 직전이었지만 나는 철조망에 걸려서 뒤쪽에 쓰러져 있었다. 서너 뼘만 더 앞으로 처박혔어도 나는 벼랑에서 추락사했을 것이다.

아빠가 달려와서 얼마나 숨을 헐떡였는지 저러다 어떻게 되는 게 아닌가 싶었다. 하지만 아빠는 썰매가 더 이상 움직이지 않게 무릎으로 썰매를 누른 채 내 파카와 손 그리고 머리에 박힌 가시들을 떼어냈다. 마지막 가시까지 떼어내자 아빠는 나를 안고 끌어당기면서 썰매를 발로 차버렸다. 몇 초 후, 낭떠러지 밑에서 썰매가 산산조각 나는 소리가 올라왔다. 예전에는 그날의 기억이 그토록 생생한 이유가 아빠가 내 목숨을 구해줬기 때문이라고 생각했다. 지금은 우리 부녀가 살아오는 동안 아빠가 날 보호하려고 움직인 때가 그때밖에 없었기 때문이라고 생각한다.

그래도 아빠는 나의 첫사랑이었다. 나는 엄마의 다크서클이 짙어지다 못해 연갈색 눈동자가 보이지 않을 지경이 될 때까지도, 엄마가 '접근금지'를 선언하는 듯한 폴라플리스 잠옷만 입게 되었을 때에도, 엄마가 이상한 상황에서 웃음을 터뜨릴 때에도 아빠 편에 섰다. 하루는 식료품점에서 장을 보는데 어떤 남자가 피라미드처럼 쌓아놓은 연유 캔 무더기에 넘어졌다 사방으로 굴러가는 파란색과 하얀색의 작은 캔들을 보고 엄마는 웃음보가 터졌다. 엄마의 웃음은 좀체 멈추지 않았고, 카운터를 보던 린다 아줌마가 물을 한 컵 가져다주어서야 겨우 좀 진정이 되었다. 그러나 딸들은 엄마가 불행하다는 신호를 알아차리고 싶어 하지 않는다. 그런 신호는 아빠가 완벽하지 않다는 의미일 수도 있으니까.

세월이 흘러 조 알로이시어스 레디가 가장으로서 부적합한 한량이라는 사실이 분명해졌는데도 나는 매몰차게 돌아서지 못했다. 도대체 얼마나 증거가 필요했을까? 아빠는 새 애인과 썼던 침대 시트를 집에 가져와서 엄마에게 빨아달라고 한 적도 있었다. 하루는 밤중에 깨워서 눈도 제대로 못 뜨는 나를 아래층으로 끌고 내려가기도 했다. 거실에 와 있는 경찰에게 모월 모일 모시에 우리 아빠는 집에 있었다고, 분명히 기억한다고 말하라는 것이었다. 나는 아빠가 시키는 대로 했다.

아빠는 경찰에게 이렇게 말했다.

"우리 케이티 기억력은 사진처럼 틀림이 없다고요. 그렇지, 우리 딸? 그런데 왜 웃지를 않니?"

딸에게 아버지는 하늘이 내려준 남자의 표본이다. 그런데 표본이 부서지거나 망가지면? 글쎄, 그럼 어떻게 되는 거지?

에드윈 모건 포스터 사옥 정문으로 들어간다. 차갑게 소리가 울리는 이곳, 또각또각 구두와 부딪히는 대리석 바닥, 아무런 반발 없이 거울로 둘러싸인 벽 안으로 나를 맞아주는 엘리베이터가 고맙게 느껴진다.

하지만 거울에 비친 여자의 모습은 보고 싶지 않다. 그 여자가 이런 내 모습을 보는 것도 싫다. 13층에서 엘리베이터 문이 열릴 때 나의 변명은 이미 준비가 끝났다. 하지만 문이 열리자마자 로빈 쿠퍼클락 국장과 정면으로 마주치고 만다.

"프레젠테이션 좋았어요, 케이트."

국장이 어색하게 한 손으로 내 어깨를 짚는다.

"정말 최고였소. 마무리가 좀 미진했지만 그 부분만 보충하면 될 거요. 서둘 것 없소. 케이트가 시간 나는 대로 하면 되겠지. 집에 무슨 큰일 있는 건 아니겠지요?"

사실대로 털어놓으면 투자 부문 국장님께서 뭐라고 할지 상상이 안 간다. 회사에서 꿩 사냥대회를 열었을 때 국장의 부인 질과 나는 함께 벌벌 떨며 무서워하다가 친구가 됐고 그 후로 쿠퍼클락 부부와 친밀한 사이가 되었다. 리처드와 함께 서식스에 있는 쿠퍼클락 자택에도 몇 번 갔었지만 우리 아빠 얘기를 한 적은 없다. 난 국장에게 동정이 아니라 존중을 받고 싶다.

"아뇨, 아무 일도 아니에요."

"잘됐군요. 나중에 얘기합시다."

모니터에는 내가 자리를 비운 3시간 동안 FTSE 지수가 50 올랐고 다우 지수는 100, 달러화는 1퍼센트가 상승했다. 니는 신중하고 끈기 있게 내 펀드를 제대로 운용하는 데 필요한 계산을 수행한다.

내가 그곳으로 다시 돌아가지 않을 거라는 점만은 알고 있었다. 이제 속아 넘어가지도, 회피당하지도, 어두운 복도에서 숨을 죽이고 있지도 않을 거라고.

쇼핑

시차에는 고유한 기후, 일종의 세부적인 기후가 있다. 흐리고, 끈끈하고, 싱가포르의 날씨를 방불케 하는 기후. 번개처럼 보스턴을 찍고 돌아오자마자 열대에서처럼 축축 늘어지는 몸으로 찌르는 듯한 2월의 비를 뚫고 걸어간다. 롱 에이커로 가서 곧장 상품운반통로로 들어간다. 운반원의 모자 챙 아래로 혐오의 눈빛을 읽을 수 있다. 그는 침까지 찍 뱉으며 투덜거린다.

"뭐예요, 아줌마는? 젠장, 이리로 다니면 안 되는 거 몰라요?"

14분 후에 광장 뒤 코벤트가든에서 부장과 컨설턴트들을 만나기로 되어 있다. 그 정도면 LK 베넷 구두 반값세일 코너에 충분히 들를 수 있다.

나는 쇼핑을 즐기는 법을 다 까먹은 것 같다. 애간장을 태우는 전희도 없고, 하늘거리는 리넨이나 폭신하고 고급스러운 알파카와 눈이 맞기 전에 보드라운 셔닐이나 실크를 만지작거리며 밀고 당기기를 하는 법도 없다. 요즘의 나는 메뚜기처럼 쇼핑을 한다. 굶주리다 못해 몽땅 쓸어버릴 기세로, 필요한 물건과 분명한 필요는 없지만 사두면 좋을 것 같은 물건을 닥치는 대로 주워 담는다. 언제 또 쇼핑을 하러 올 수 있을지 모르니 어쩔 수 없다. 나는 초콜릿색의 뾰족한 하이힐—가이의 발을 밟아주기에 딱 좋겠다—한 켤레와 장딴지까지 오는 부드러운 크림색 부츠 한 켤레를 집어 든다. 검정색 슬링백도 나중에 생각난 듯 집어 든다. 이 구두는 구멍이 뽕뽕 뚫려 있어서 발 페티시즘이 있는 사람들이 점자판 더듬듯 어루만지게 생겼다. 한꺼번에 구두 두 켤레를 사면 사치 같은데 아예 세 켤레를 사면 저렴하게 건진 기분이 드니, 참 재미있다.

가게 저쪽에 윤기 흐르는 갈색 머리 여자가 보인다. 보톡스로 중력을 제압한 그녀는 비둘기색 캐시미어로 무장하고 있다. 여자는 꽃 박람회 심사위원처럼 구두 하나하나를 꼼꼼하게 살펴본다. 돈만 아니라 시간도 남아도는 여자라는 걸 알 수 있다. 하루 종일 물건들을 살펴봐도 아무 문제가 없을 여자다. 저 여자에겐 초원처럼 드넓게 펼쳐진 가능성들이 있다. 무설탕 카페라테를 홀짝이고, 맛은 좋지만 칼로리가 낮은 점심을 유유자적 즐길 수 있는 여자. 그녀의 눈이 사이즈 6 선반의 얼룩말무늬 구두에 머무는 것을 포착한다. 저 여자를 막아야겠다. 나는 「미녀삼총사」에 나오는 여자들처럼 번개같이 휙 돌아서서 구두를 먼저 낚아챈다.

"실례지만 제가 먼저 집으려는 중이었어요."

언짢은 목소리다. 그렇게 강한 의욕은 없지만 억울하다는 뜻은 전해야겠다는 어조다.

"죄송해요. 그래도 제가 먼저 집었잖아요."

나는 그렇게 대꾸하며 얼른 얼룩말무늬 구두에 발을 쑤셔 넣는다.

"그렇게까지 발끈하실 필요는 없는데요."

여자는 미소를 짓고는 조 말론 투버로즈 향수의 잔향을 남기고 떠난다. 참으로 향기로운 여인 아닌가? 아, 물론이다. 무서울 정도로 주름 없는 저 목을 조르고 싶은 사람은 없으려나? 당연히 있을걸.

점원이 계산대에서 얼룩말무늬 구두를 뒤집어 사이즈를 보고는 계산을 멈춘다.

"손님, 이 구두는 손님 사이즈가 아닌데요."

"알아요, 그래도 살 거예요."

신용카드 단말기가 부산스럽게 직직거리다 딱 걸려버린다.

"손님, 죄송합니다만 이 카드는 사용하실 수 없네요. 카드회사에 전화해볼까요?"

"통화 끝날 때까지 기다릴 '시간'이 없어요."

점원이 히죽거린다.

"그럼 다른 카드로 해볼까요?"

오전 10시 36분 회의에 6분 35초 늦었다. 번득번득한 쇼핑백을 무릎 뒤에 감추려고 애쓰면서 양복쟁이들로 가득한 회의 장소에 들어선다. 부장이 뭔가를 적다가 고개를 들고는 비열하게 씩 웃는다.

"아, 일이 잘 안 풀릴 때 여자들은 쇼핑을 하지. 어쨌든 참석해줘서 고맙군요, 케이티."

오후 12시 19분 에밀리의 중간휴가가 나흘밖에 안 남았는데 너무 바빠서 휴가 계획은 하나도 못 세웠다. 게다가 폴라는 그때 일주일간 모로코에 있을 예정이다. 혹시나 해서 우리와 휴가 일정을 맞춰줄 수 없는지 물었더니 잔다르크가 차라리 날 태워 죽여라 하듯 노려보는 게 아닌가. 그래서 나는 모로코행 항공권을 사주겠다고 했다. 약해, 케이트. 넌 너무 약해.

펀드 평가를 검토하는 척하면서 여행사에 전화를 건다. 플로리다행은 어떨까?

저쪽에서 하이에나가 킬킬대는 것 같은 웃음소리가 난다.

"죄송합니다. 작년 10월에 이미 예약이 마감되었습니다."

"파리 디즈니랜드는요?"

농Non. 유로스타 역시 예약자들로 몸살을 앓을 지경이다. 차라리 지금 부활절휴가 예약을 해놓는 게 낫지. 부활절휴가 때 자리는 그나마 몇 개 남아 있다고 한다.

"센터팍스는 생각해보셨나요, 새톡 부인?"

암, 생각해봤지. 그 북새통에 끼어드느니 밀폐용기에 갇혀 지내고 말지.

콘월, 코츠월드, 카나리아제도까지 도전해봤다. 전부 예약 완료란다. 드디어 심루 코티지라는 곳에 자리가 하나 났다. 여행사 직원 여자는 기적적으로 세인트 데이비스St David's * 근교에서 예약취소가 한 건 발생했단다.

"아늑하고 괜찮은 곳이에요. 하지만 난롯불 사용에 주의하셔야 해요, 괜찮으시겠어요?"

점심을 먹으러 나가려는 찰나, 우편물 담당자가 당황스러운 얼굴로 내 자리에 다가온다. 그의 품에 밸런타인데이 꽃다발이 두 개나 들려 있다. 한쪽 꽃다발은 치자꽃, 백합, 주먹만 한 흰 장미를 그레이스 켈리의 웨딩부케처럼 멋스럽게 조화시켰고, 다른 한쪽은 마당에서 꺾은 듯한 튤립과 장례식 화환에서 많이 본 양치식물을 한데 묶었다. 카드를 열어본다. 튤립 꽃다발은 남편이 보낸 것이다.

---

* 세인트 데이비스 성당이 있는 웨일스의 유명한 관광도시.

보내는 사람: 데브라 리처드슨

받는 사람: 케이트 레디

머릿니에 그렇게 치를 떨 필요는 없다고 말하려 했는데. 머릿니는 이제 중산층의 상징이야. 펠릭스네 학교에서 '머릿니의 오명'을 벗긴답시고 머릿니의 날까지 정하지 않았겠니?

뉴욕의 해머맨은 어땠어?

우리 상황에도 딱 하나 좋은 점이 있다면 너무 바빠서 바람피울 짬도 없다는 거 아니겠니.

목요일 점심, 괜찮아?

데브. xxxx.

보내는 사람: 케이트 레디

받는 사람: 데브라 리처드슨

머릿니가 매일 밤 낑낑대는 애를 붙잡고 빗질을 해가며 타도할 해충보다는 EU 펀딩으로 고통당하는 소수민족에 더 가깝다니 기쁘구나(티트리 오일을 써봤는데 냄새만 고약하고 효과는 없더라. 이제 사담 후세인이 만들었다는 화학약품을 써야 할까 봐. 그런데 머릿니가 죽기 전에 우리 애들이 먼저 죽으면 어떡하지?).

미안, 목요일 점심도 안 돼. 중간휴가 기간이라는 걸 잊고 있었거든.

해머맨이 지금 막 거창한 밸런타인데이 꽃다발을 보내왔다고 생각해봐.

보내는 사람: 캔디 스트래턴

받는 사람: 케이트 레디

자기야, 불행한 소식이 있어. 네가 자리에 없을 때 네 만만디 남편이 전화를 했었거든. 그런데 멍청한 비서가 "아, 당신 꽃다발이 튤립 꽃다발보다 한 수 위였어요."라고 해버렸지 뭐야.

꽃집을 운영하는 스토커가 있다고 둘러대렴. 레즈비언 스토커라고 하면 더 좋겠지.

추신: 근사한 얼룩말무늬 구두 고마워. 그런데 네가 직접 고른 거니?

보내는 사람: 데브라 리처드슨

받는 사람: 케이트 레디

케이트, 우리 너무 지쳐서 바람도 못 피우는 거 맞지? 응? xxxx.

보내는 사람: 데브라 리처드슨

받는 사람: 케이트 레디

부도덕하고 혐오스러운 짓은 저지르지 마.

나한테 '전부' 다 고백하면 또 몰라.

D. xxxx.

오후 1시 27분 점심두 거르고 30분째 리버풀 가 근처의 가전제품종

합상가를 둘러보고 있다. 여기 분위기는 열병이라도 휩쓸고 다니는 것처럼 정신이 하나도 없다. 돈은 썩어나게 많은데 그걸 쓸 시간이 없는 사람들뿐이다. 저기 디지털카메라를 신주단지 모시듯 경건하게 감싸 쥐고 있는 우리 회사 기술팀 남자직원도 보인다.

내가 원하던 것을 찾는 데에는 딱 1분 걸렸다. 앙증맞은 최신형 PDA다. 믿을 수 없을 만큼 가볍지만 유쾌한 첨단기술의 무게는 알차게 들어 있고 50년대 컵받침처럼 깜찍하기까지 하니, 정말 끝내주지 않는가. 포켓메모리라는 이 제품 브랜드는 상당히 인상적인 카피를 내세우고 있다.

생활을 단순하게!

스트레스는 안녕!

신용카드도 필요 없는 대금결제기능!

친구들의 생일도 챙겨줍니다!

종이책은 읽다가 팽개치게 된다고요? 이제 남편과 섹스를 하면서도 독서를 즐길 수 있을걸요!

나는 점원에게 "이거 주세요."라고 한다. 가격도 묻지 않는다. 어떤 식으로든 이 물건은 돈값을 할 것 같다.

오후 2시 8분 로드 태스크 부장이 해변에 들이닥치는 해병대처럼 들입다 내 자리로 온다. "케이티, 날 도와줘야겠소."라고 소리친다. 억지로 웃어 보이려고 이를 씨익 드러내는 게 더 무섭다(부장이 자기 딴에 친절하게 굴려고 노력할 때가 제일 무섭다).

부장은 내 자리 꽃병의 수선화를 만지작거리면서 나보고 3억 달러짜리 윤리 연기금 건에 대한 최종 프레젠테이션을 맡으란다. 최종 프레젠테이션을 하라는 건 미인선발대회에 나가라는 소리나 마찬가지다. 잠재고객에게 우리가 이쪽에선 제일 책임감 있게 일을 잘 한다고 각인시키기 위해서 다른 투자회사 매니저들과 치열한 경합을 해야 하니까. 맙소사, 게다가 부장은 이 최종 프레젠테이션 건에 대해서 들었을 때 곧바로 나한테 전달을 했어야 했는데 깜박 잊고 있었단다. 그래서 나에게 주어진 기간은 달랑 12일, 그래도 이제 다 내 책임이 되게 생겼다. 나의 잘못이 아니면 부장의 실수라는 얘기가 되는데, 부장은 남자고 그가 실수했다는 얘기는 있을 수 없다.

잠깐 얘기해서 끝날 것 같지 않은 반박, 눈물 없이는 들을 수 없는 부당함에 대한 호소가 속에서 치밀어 오르지만 부장은 불도저처럼 묵살해버린다.

"그쪽에서 우리 회사의 다양성을 보여줄 수 있는 팀을 구성해달라고 했소. 그래서 이 일은 케이티가 적임자라고 생각한 거요. 그리고 연구고시부의 '찡깨' 같은 아가씨도요."

"뭐라고요?"

"이름이 모마였던가?"

"모모는 중국인이 아니에요. 스리랑카인이라고요."

"그러거나 말거나."

부장이 어깨를 으쓱한다.

"다양성을 화끈하게 보여주는 데에는 적임자라고 생각했소."

"로드, 전 못하겠어요. 경험도 전혀 없는 모모랑 뭘 어떻게 하라는 거예요. 그렇게 무작정⋯⋯."

나의 직장상사는 수선화에 닿을 정도로 고개를 숙인다. 시든 꽃에서 노란 가루가 눈물처럼 뚝뚝 회색 카펫으로 떨어진다.

"이봐요, 회사에서는 못하겠다는 말이 통하지 않아요, 케이티. 언제부터 그런 말을 쓰기 시작했담? 계집애들이나 쓰는 말을, 여기가 어디라고."

✺

부장의 말본새에 충격을 받았느냐고? 사실은 조금도 충격을 받지 않았으니, 그게 더 충격일지도. 그딴 식의 배척은 내가 숨 쉬는 공기만큼이나 익숙하다. 상쾌한 구찌 엔비 향수와 헬스클럽 땀내의 잔향이 뒤섞인 이 공기만큼이나. 윈스턴의 택시에 걸려 있는 네모난 호박색 공기청

정제처럼 그 냄새가 런던의 증권가에 발을 들여놓기 무섭게 사람을 마비시킨다. 그 냄새는 사람의 격막을 후벼 파고 뇌로 파고든다. 머지않아 그것이 세상 유일의 냄새가 된다. 우유냄새, 사과 향, 비누 향기 같은 다른 냄새들은 너무 약해서 감히 끼어들 수도 없다. 맨 처음 이 증권가에 발을 들여놓던 순간 나는 그 냄새를 맡았고 이게 바로 권력의 냄새로구나 생각했다.

사실, 난 신경 쓰지 않는다. 사내들이 내 각선미를 두고 뭐라고 지껄이든 나와 내 아이들이 지금처럼 살아가는 데 도움만 된다면 상관없다. 내가 여자라는 사실이 내가 우리 회사에서 원하는 것을 얻는 데에는 거치적거리지만 회사가 외적으로 지향하는 바—고객 유치, '다양성' 을 존중하는 기업이라는 평판—에는 도움이 된다. 따라서 회사도 나에게 빚이 있는 셈이다. 이 케케묵은 거래방식, 나는 그걸로도 충분하다. 그러나 때로는 다른 여성들의 곤궁에 마음이 쓰이기도 한다. 클레어 맨스워링이라는 운영실 여직원처럼 나이 많은 여성들은 흰머리가 나기 시작하면 회사에서 모습을 볼 수 없게 된다. MBA 학위가 있으면 남자들이 치맛자락을 들춰보는 일 따위는 없을 줄 아는 모모처럼 순진한 어린 애들은 또 어떻고.

이 동네에는 세 종류의 여자만이 존재한다. 크리스 번스가 나를 자빠뜨려서 어떻게 해볼 수 있겠다고 언감생심 꿈꾸던 시절의 일이다만, 그가 코니 앤드 바로에서 술을 마시면서 나한테 그런 얘기를 했었다.

"여자는 아가씨, 아줌마, 할머니 셋 중 하나죠."

그때만 해도 내가 아가씨 취급을 받았나 보다.

기회균등법 제정? 그래서 뭐가 더 나아질까? 그저 여성혐오자들을 지하로 끌어내려 인터넷이라는 동굴에 모아놓았을 뿐이다. 여자들도 늘 분노에 차서 남자들을 비아냥거리는 구제불능의 농담을 인터넷에 쏟아놓는다. 그래봤자 좀 깨었다는 남자들이 응수한다는 게 고작 전문가 운운하며 현실성 없는 소리만 늘어놓는 거다. 아무리 많은 법을 통과시켜봐라. 법으로 개가 짖는 걸 막을 수 있겠는가?

내가 볼 때 시티의 여성들은 이민 1세대 같다. 이민 1세대는 배에서 내리기 무섭게 늘 눈을 아래로 내리깔고 닥치는 대로 열심히 일한다. 생김새와 체취가 다르고 언젠가 자기네 밥그릇을 빼앗을지도 모른다는 이유로 미워하는 무식한 본토인들의 조롱을 무시해야 하는 기막힌 처지도 감내한다. 그런 처지에서 희망을 품는다. 우리가 죽기 전에 크게 나아질 건 없겠지, 그래도 우리는 여기서 자리를 차지하고 일하잖아. 남자들이 여자화장실에 생리대 자판기를 설치하게 했잖아. 이런 것들이 쌓이고 쌓여 우리 다음 세대 여자들은 좀 더 사회생활 하기가 쉬워지겠지. 내가 아직 학생이던 때에 윌리엄 골딩이 대성당에 대해 쓴 소설을 읽은 적이 있다. 중세에 대성당을 지으려면 몇 세대에 걸쳐 작업을 해야 했기에 설계자는 자신이 꿈꾸는 첨탑이 완성되려면 자기 아들은 물론이요, 손자나 증손자 세대까지 그 일에 매달려야 한다는 것을 알고 있었다. 시티의 여자들도 마찬가지라는 생각이 든다. 우리는 주춧돌이요, 다음 세대의 여성들은 비록 우리를 생각할 일이 거의 없을지언정 우리의 뼈를 밟고 지나갈 것이다.

작년에 우리 회사 홍보 브로슈어에 실릴 사진을 찍으면서 회사 지하 샌드위치 가게에서 종업원들을 '빌려' 와야 했다. 우리 회사에 여성과 소수인종도 많이 있다는 인상을 주기 위해 사진을 연출해야 했기 때문이다. 나는 셀리아 함스위스의 고급 재킷을 빌려 입고 펀드보고서를 살펴보는 척하는 콜롬비아 출신 웨이트리스와 마주보고 앉아서 회의를 하는 척했다. 사진작가는 웨이트리스에게 펀드보고서를 거꾸로 들었다고 지적해야만 했다.

나중에 지하에 베이글을 사러 갔을 때 카운터에 있는 그 웨이트리스와 눈을 마주치려고 노력했다. 여자들끼리의 공모의식—사내놈들아! 너희들이 제대로 하는 게 뭐 있어?—을 그녀와 나누고 싶었다. 하지만 그녀는 크림치즈 통만 내려다볼 뿐, 고개조차 들지 않았다.

❧❧

오후 4시 53분 윤리기금 발표 준비에 들어가 마구 달려야 하는데 잭이 보낸 꽃다발 생각에 마음이 어지럽다. 게다가 에밀리의 생일 준비도 해야 한다. 생일은 사실 서 달 반이나 남았지만 에밀리는 이미 그날만

손꼽아 기다리고 있다(다섯 살짜리가 생일을 고대하는 마음은 서른다섯 살이 생일을 피해 가고 싶은 마음만큼 간절하다). 매사에 빈틈없는 꼼꼼한 엄마 기분을 내면서 로저 레인보우에게 전화를 건다. 로저 레인보우는 머피아들에게 명성이 자자한 이벤트 진행자다. 자동응답기가 전화를 받더니 이미 주말 예약은 꽉 차 있으며 지금은 할로윈 예약 몇 건만 가능하단다. 잘나셨어, 차라리 스리 테너*를 초빙하는 게 더 쉽겠네. 생일파티 경쟁도 치열한 시대라서 부모 노릇이 더 어렵다. 괜히 하는 말이 아니다.

"어머, 죄송해요. 실례합니다, 케이트 레디 씨?"

"네."

고개를 들어 보니 크리스마스 전 수습사원 오리엔테이션 때 나를 곤혹스럽게 했던 그 아리따운 아가씨가 내 책상 옆에 서 있다. 지금도 그때처럼 얼굴을 붉히고 있지만 그저 수줍어할 뿐 연약해 보이거나 당황하는 기색은 없다. 모모의 과묵함은 섬세하지만 탄성이 뛰어난 금속을 연상케 한다.

"죄송합니다."

모모는 다시 한 번 말한다.

"하지만 우리가 함께 일하게 됐다고 들었습니다. 음, 최종 프레젠테

---

* 세계적인 3명의 테너 가수 파바로티, 도밍고, 카레라스를 가리킨다.

이션 말이에요. 태스크 부장님께서 제가 중요하게 할 일이 있을 거라고 하셨습니다."

부장이야 당연히 그랬겠지.

"아! 그래요, 모모. 모모라는 이름 맞죠? 음, 우리가 이렇게 일찍 호흡을 맞추게 될 줄은 몰랐네요. 분명히 커다란 도전이 될 거예요."

이봐, 케이트. 가엾은 모모를 너무 몰아세우지 마. 저 애가 잘못해서 네가 떠맡게 된 것도 아닌데.

"모모에 대해서 좋은 얘기를 많이 들었어요."

"저도 마찬가지예요."

모모가 고마워하는 얼굴을 하며 자리에 앉는다.

"우리 모두, 아…… 그러니까 여직원들 모두—모모가 양복쟁이들로 가득한 사무실 너머를 손짓하는 시늉을 한다—어떻게 케이트 레디 씨는 이렇게 잘 해내고 있는지 놀라워하죠. 어머, 이거 여기 건가요?"

모모가 책상 밑으로 잠시 허리를 구부렸다가 수선화 한 송이를 들고 일어난다.

"어머, 죄송해요. 부러졌네요."

쓱 기억할 것 감사편지. 엄마한테 전화, 동생에게 전화. **염색!** IMRO영국 투자청 문건 작성. '모모에게 시킬 일' 목록 뽑기, 끝내주는 개봉자   낮이 있는 호랑이?

졸린 용? 벤 손톱 손질. 주노 아카데미에 전화해서 새로운 개인트레이너 예약. **골반저 근육 운동.** 에밀리 **입학 문제 해결.** 시아버지 예순다섯 번째 생일—알랜 에이크번의 연출작 티켓? 질 쿠퍼클락에게 전화. 사교생활—일요일 점심 초대. 사이먼과 커스티? 계단 카펫 견적! 후아니타 아줌마에게 메모. 중간휴가 여행가방 싸기—루는 꼭 챙길 것!!! 수건, 기저귀, 젖병, 소아용 진통제, 휴대용 아기침대, 물티슈, 장화는 넉넉하게 준비.

중간휴가

"케이트, 장화 때문에 실랑이하고 싶진 않아."

"난 장화 문제로 당신이랑 실랑이를 해야겠어. 에밀리가 물에 빠진 생쥐 꼴이 됐잖아. 쟤 바지 꼴을 좀 보라고. 내가 모든 걸 챙겨야 해? 자질구레한 것까지 일일이 내가 챙겨야 하는 거야? 내 머리에 뭘 더 집 어넣을 구석이 있으면 내 손에 장을 지질게, 리처드. 내가 말했잖아. 차 안에 장화가 있는지 확인해달라고."

"미안, 잊어버렸어. 별일도 아니잖아."

"아니, 당신은 미안해하지 않아. 미안하다면 기억하고 챙겼어야지."

인간의 뇌가 얼마나 많은 것을 기억할 수 있는지 생각해보았는가? 어디서 읽었는데 인간의 장기기억은 기본적으로 우리가 아는 사람, 장소, 농담, 노래가 오래된 와인처럼 차곡차곡 쌓여 있는 거대한 창고 같다고 한다. 하지만 그러한 기억을 자주 떠올리지 않으면 기억의 창고로 가는 길은 황폐해져서 영영 찾을 수 없게 된단다. 마치 가시덤불에 둘러싸인 잠자는 숲속의 공주의 성처럼. 그래서 모든 동화는 돌아오는 길을 잊지 않으려는 시도를 다루는 걸까?

어쨌든 출산을 하고 나니 기억력이 전같지 않다. 그래도 나는 기억하려고 노력해야만 한다. 누군가는 챙겨야 하니까. 그 소름끼치는 단어가 뭐더라? 그래, 멀티태스킹. 여자들은 멀티태스킹에 능수능란하지 않으면 안 된다. 하지만 남편에게 세 가지 이상을 동시에 하라고 하면 머릿속의 회로가 폭발해서 귀에서 연기가 스멀스멀 새어나오는 꼴을 볼 수 있을 것이다. 라디오 방송에서 남자들은 집안일을 하기 싫어서 일부러 아무것도 할 줄 모르는 척한다고 여자들이 불평하는 소리를 들었다. 안타깝지만 새톡 가에서 집중적으로 연구실험을 해본 결과, 남자들이 드라이클리닝, 식기세척기용 세제, 카메라에 넣은 여분 필름 따위를 챙기지 못하는 이유는 색맹이나 허약한 심장 같은 선천적인 장애다. 게을러서 못하는 게 아니라 체질적인 문제가 있는 것이다.

토요일에 웨일스로 끝나지 않을 것 같은 먼 길을 달리면서 리처드를 관찰했다. 남편이 필요에 따라서, 그러니까 목적지만을 생각할 때면 아이들을 깡그리 잊을 수도 있다는 것을 지켜보았다. 남자의 인생이 길이라면 여자의 인생은 지도다. 우리 여자들은 언제나 샛길과 고속도로 진입로와 돌아올 수 있는 길을 고려하지만 남자들은 그냥 최단 코스로 막 달릴 생각밖에 없다. 기막힌 지름길이 생각날 때 아니면 딴 데로 빠지는 법이 없지만, 남자들이 떠올린 지름길이라는 게 원래 코스보다 더 오래 걸리거나 험한 길로 밝혀지는 경우는 비일비재하다.

남자들이 여자들보다 지금 하는 일에 집중을 잘 하는 이유도 그 때문일까? 여자들이 가임기를 고려해서 부부관계 계획을 세우는 동안 순간의 쾌락에 충실했던 남자들의 후손이 바로 우리들이겠지.

요즘 들어 남편이랑 뭐를 챙겼네, 뭐를 잊어버렸네 하는 문제로 자주 싸운다. 중간휴가 첫날 오후에 팸브로크셔 해변에 도착해서 리처드가 애들 장화를 챙기지 않은 것이 밝혀졌을 때에도 그래서 싸웠다. 내가 왜 그렇게까지 길길이 날뛰었는지 모르겠다. 그래, 발이 홀딱 젖기는 했지만 아이들은 너무나 좋아하면서 잘 놀았는데 말이다.

෴

화이트샌드 베이 뒤편 언덕에서 흘러내려온 도랑물이 모이는 밀크초콜릿색 개울 옆에서 에밀리와 벤은 옷을 세 겹이나 껴입은 채 신나게 놀았다. 개울은 바위에 부딪쳐 거품을 일으키다가 바다로 흘러들어간다. 에밀리는 성과 연못 딸린 정원을 만들고 맛조개 껍데기로 분수도 만든다. 벤은 조약돌을 주워서 물가에 가져가 하나씩 떨어뜨려보고 다시 조약돌을 주우러 간다. 아이들은 늘 그랬듯 신나게 놀이에 집중한다. 하지만 날씨가 수상해졌다. 날씨가 이런 것도 당연하다. 우리는 웨일스로 휴가를 왔다. 왜 내가 그걸 잊었을까? 웨일스 하면 비 아닌가. 햇살은 진즉에 꺾였다. 그래도 딱 우리 딸 얼굴에 주근깨가 늘어날 만큼은 내리쬐고 들어갔다. 이제 곧 한바탕 비가 피부을 기세다. 우리는 얼른 끌고 들어가는 게 상책이지 싶어 해변에서 몇 마일 안쪽의 숙소로 아이들을 데려가기로 한다. 애들을 물에서 끌어내어 차에 태우는 데에만 50분을 잡아먹는다. 처음에는 좋게 말하다 으름장을 놓게 되고, 그것도 통하지 않자 결국 뇌물로 구워삶는다.

에밀리에게 꼭 『꼬마 바빠 양』을 읽어주겠다고 약속한다. 그다음에 애들의 젖은 옷을 벗기고, 따뜻한 차를 주고, 좁고 얼어 죽을 것 같은 욕실에서 탄내가 풍기는 히터를 틀어놓고 애 둘을 목욕시키고, 벤을 타일러 휴대용 아기침대에 눕히고, 에밀리와 나는 난롯불―제대로 타지도 않는 통나무 두 조각―옆에 자리를 잡는다.

"꼬마 바빠 양은 열심히 일하고 바쁘게 지내기를 무엇보다 좋아해요. 꼬마 바빠 양은 매일 새벽 3시에 일어나요. 그다음에는 자기가 제일 좋아하는 책의 한 장을 읽곤 하지요. 책 제목은 '일의 유익함' 이에요."

"우리 다른 재미있는 책 읽을까, 에밀리?"

"아뇨, 이 책이 좋아요."

"그래, 좋아. 어디까지 읽었더라. 바빠 양은 바쁘게 일하지 않으면 행복하지 않았어요."

"엄마, 벤의 생일파티 할 때 집에 왔잖아요?"

"응, 그랬지."

에밀리 생각이 훤히 보인다. 다섯 살짜리 아이의 생각은 고스란히 밖으로 드러나 있다. 아이들은 아직 생각을 숨기는 법을 모른다. 지금 하는 생각이 모래언덕에 이는 바람처럼 에밀리의 이마에 잔물결을 일으킨다.

"그날 선생님이 집에 일찍 가도 된다고 했어요?"

"아니, 에밀리. 엄마는 선생님이 없어. 엄마는, 음…… 상사가 있지. 일의 책임을 지는 사람이야. 그래서 엄마는 조퇴를 하려면 그 아저씨의 허락을 받아야 해."

"그 아저씨한테 다른 날도 집에 일찍 갈 수 있는지 물어볼 수 있어요?"

"음, 물어볼 수야 있지. 하지만 너무 자주는 안 돼."

"왜요?"

"엄마는 회사에 있어야 하니까. 그렇잖음…… 다른 사람들이 엄마한테 화가 날걸. 자, 에밀리. 이야기나 마저 읽자꾸나. 꼬마 바빠 양은……."

"목요일마다 좀 일찍 와서 발레학원에 엄마가 데려다주면 안 돼요? 제발요, 엄마?"

"폴라 아줌마가 데려다주잖니. 네가 발레를 정말 잘한다고 하던데? 엄마가 이번 학기말 발레발표회에는 꼭 가도록 노력할게."

"불공평해요. 엘라는 항상 엄마하고 온단 말이에요."

"에밀리, 엄마는 지금 너랑 실랑이할 시간 없어. 책이나 마저 읽자. 알았지?"

"그리고 바빠 양은 하루 종일 조금도 쉬지 않았어요. 1분도, 아니 1초도 쉴 줄 몰랐지요."

두 아이가 위층에서 잠이 들자 리처드가 나에게 쉴 줄도 모르는 사람이라고 비아냥거렸다. 나는 머리끝까지 화가 치밀었다. 여기까지 차를 타고 오는 세 시간 동안 라이오넬 바트의 뮤지컬영화 「올리버!」를 완벽하게 재연했잖아, 안 그래?

"사아아아아랑은 어디 있을까? 하늘에서 떨어지는 걸까?"

염병할, 그렇고말고. 그 영화의 주연을 맡았던 아역배우 마크 레스터는 진짜 올리버가 저랬겠지 생각될 만큼 예쁘고 귀여웠다. 얼마 전에 마크 레스터가 첼트넘인가 어디에서 접골사로 일한다는 기사를 봤다. 잘못된 기사겠지. 어떻게 그럴 수가? 마법의 주문이 깨져버린 기분이었다.

「올리버!」 다음에는 「버스 바퀴들」이라는 노래를 스무 번쯤 한 목소리로 불러 젖혔다. 짜증이 나서 미칠 것 같았지만 내가 제일 기세 좋게 불러댔다. 그 후에 스완시 외곽에 이르렀을 즈음 벤이 멀미를 못 견뎌 차 안에서 토했고, 나는 고속도로 휴게소에 애를 안고 가서 세면대에서 씻기고, 종이타월로 대충 닦고, 기저귀를 갈아주고, 숙소에서 필요한 물품(티백, 우유, 토스트용 식빵)을 샀다. 나는 휴가 여행을 떠나는 엄마라는 역할을 아주 잘 해내는 중이었다. 이만하면 그렇잖은가?

하지만 리처드 말이 맞다. 부장이 떠안긴 최종 프레젠테이션이 얼마 남지 않았다는 생각을 하면 밤에도 잠이 오지 않는다. 모모에게 내가 없는 동안 약학업계의 윤리에 대해 조사를 하라고 지시해두었다. 하지만 모모는 경험이 없기 때문에 기한 내에 자료 분석을 완료할 수 없다. 하루에 두 번, 높은 생울타리가 둘러싼 오솔길 옆 공중전화부스나 조약돌이 덜걱대는 해변에서 모모에게 전화를 걸었다. 내 핸드폰 신호는 밀려왔다 밀려가는 파도 같았다. 물론 나는 모모에게 주의 깊게 살펴보아야 할 지표, 심사기준을 비교하는 법, 그 밖에도 고려해야 할 수많은 사항들을 일러두었다. 그렇다고 해도 이건 스케이트보드를 타는 사람에게 우주선 도킹을 맡기는 격이다. 가이에게 모모를 잘 부탁한다고 특별히 당부했지만 그 자식은 내가 없는 동안 그 앙상하고 성공에 눈먼 엉덩이로 내 의자를 재어보면서 다른 수작을 부리고도 남는다. 가이가 나에게 조금이라도 힘을 실어줄 거라고는 믿을 수 없다.

게다가 이곳의 전화선은 너무나도 구식이라서 이메일도 확인할 수 없다. 아벨해머와 나흘 동안 연락이 단절되고 보니 그를 얼마나 안전핀처럼 의지하고 있었는지 실감난다. 자상하게 마음을 달래주는 그의 이메일이 사라지자 그야말로 폭발할 것 같았다.

ᑫᕊᕊᑯ

목요일, 세인트 데이비스 대성당 주차장.

오후 3시 37분 벤의 유모차를 트렁크에서 내리는데 소나기가 퍼붓는다. 비가 어떻게 됐나, 비가 정신이 나갔나, 빌어먹을 비는 진 켈리의 '싱잉 인 더 레인' 저리가라는 기세로 쏟아진다. 벤을 유모차에 태우려고 낑낑대는데 애가 뻣뻣하게 저항하니 인내심이 바닥난다. 정신병동에서 미친 사람에게 구속복을 입히는 기분이다. 리처드가 유모차 레인커버를 꺼내서 건네준다. 레인커버란 정글짐에다 랩을 씌운 것처럼 기괴하게 생겼다.

과감하게 벤의 머리에 둥그런 테를 놓고 클립을 조이려고 해본다. 하지만 유모차 핸들을 감싸서 클립을 끼울 수 없으므로 유모차 천에 장착해본다. 보기엔 괜찮은데 아직 고무줄 고리 두 개가 남아 있다. 이건 뭐에 쓰는 거람? 늘어진 커버자락으로 벤의 발쪽을 덮어주었더니 빗물이 그쪽으로 쏠리면서 내 얼굴에까지 튀었다. 젠장, 처음부터 다시 해야겠네.

"잘 좀 해봐, 케이트. 여기서 다 젖겠어. 커버 씌우는 법은 당연히 알고 있겠지."

당연히 모르는데? 내가 그걸 어떻게 알아? 이 불쾌한 물건과의 유일한 접촉은 13개월 전 존 루이스 백화점에서 비자카드로 결제했다는 게 전부다. 점원이 레인커버를 어떻게 씌우는지 시범을 보여주려 했지만 "그냥 이걸로 할게요, 고마워요."라고 했다(그렇다고 모로코에 전화를 걸어서 폴라에게 내 새끼 물건을 어떻게 쓰는지 물어볼 순 없잖아).

벤은 이제 거의 울부짖는 중이다. 빗물과 콧물이 한줄기가 되어 비참함의 폭포처럼 인중을 따라 흘러내린다. 아이들 물건이 하나같이 '간편한 조작'을 장담한다는 것 눈치 챘는가? 이 업계에서 '간편한 조작'은 'NASA에서 훈련받은 사람들에 한해서'라는 조건을 생략한 뜻이다.

"케이트, 제발."

리처드가 신음소리를 낸다. 다른 건 다 참아도 사람들 앞에서 민망해지는 꼴은 못 참는 사람이니까.

"하고 있잖아. 노력하고 있거든! 에밀리, 차 근처에 가지 마. 에밀리! 당장 이리 오지 못해!"

버스 한 대가 우리 옆에 정차하더니 70대 노인 관광객들을 쏟아낸다. 뽀글뽀글 파마를 하고 짧은 패딩코트를 입은 산골 아주머니들의 억

센 몸은 연료 절감을 위해 천 따위를 둘둘 만 보일러 같다. 아주머니들은 일제히 핸드백을 열어 반짝이는 비닐뭉치를 순식간에 펴더니 우비를 입는다. 그들은 그 자리에 서서 재잘재잘 수다를 떨면서도 내가 낑낑대는 꼴을 지켜본다.

한 아주머니가 난리치는 우리 아들을 가리키며 말한다.

"저런, 애가 홀라당 젖었구먼. 괜찮겠제, 에미가 알아서 할 거여."

추워서 손가락에 감각이 없다. 이 빌어먹을 클립은 왜 열린 채 고정되질 않는 거야? 엉뚱하게 돌아간 비닐커버 아래서 골이 날 대로 난 벤의 얼굴은 잘 포장된 붉은 무 같다. 나는 아주머니들을 돌아보며 말한다.

"새 유모차라서요."

내가 큰소리로 말하자 아주머니들은 미소를 지으며 인간이 만들어낸 대책 없는 기계를 질색하는 여자들만의 공감대 속으로 들어온다.

"참말이지, 요즘은 물건을 왜 이리 빽빽하게 만든다요?"

체크무늬 바지를 입은 아주머니는 내 손에서 레인커버를 빼앗아 잽싸게 유모차 위에 두르고 클립으로 고정을 시킨다.

"우리 딸도 이거랑 똑같은 유모차를 쓰걸랑."

아주머니가 내 어깨에 한 손을 슬쩍 얹는다.

"의사인데 지금은 브리젠드에서 개업을 했제. 아들만 둘인디 일하느라 뺏골이 빠진다는 거 아녀. 아기엄마도 휴일도 없고 그렇제?"

나는 고개를 흔들며 미소를 지어 보이려고 노력하지만 너무 추워서 입술이 다 얼었다. 아주머니 손은 붉고 뼈만 남았다. 어머니의 손—하루 세 번 설거지를 하고, 야채껍질을 벗기고, 시커먼 가마솥에 천기저귀를 삶던 손이다. 다음 세대에게서는 저런 손을 찾아볼 수 없을 것 같다. 저런 손과 더불어 허리에 두르는 앞치마와 영국 전통 요리도 사라지겠지.

리처드는 비를 맞으며 인사를 하고 유모차를 성당으로 통하는 좁은 길을 따라 민다. 에밀리는 이미 흠뻑 젖어서 물의 정령 같은 꼬락서니다.

"엄마?"

"왜 그러니, 에밀리?"

"아기예수님은 집이 참 많네요. 그렇잖아요? 여기는 예수님이 휴가 때 오시는 별장인가요?"

"모르겠구나, 우리 딸. 아빠한테 물어봐."

∽∾

대성당은 경외심을 불러일으키기 위해 지은 곳이다. 성스러운 요새가 하늘에서 지상으로 내려온 듯한 곳. 세인트 데이비스 대성당은 다르다. 웨일스의 조그만 마을—명목은 도시라지만 변두리에 사니 삽는

243

이 대성당은 그 아름다움을 일부러 깎아낸 조각처럼 골짜기에 감추고 있다. 소들이 어슬렁거리며 성당 벽에 돋은 풀을 뜯어먹는다.

난 이곳이 좋다. 문을 밀고 들어서는 순간 고풍스러운 냉기가 확 밀려든다. 그런 냉기가 아직까지 남아 있는 성인들의 숨결 같다. 텐비에서 산 솜사탕을 뜯어먹으며 이곳에 처음 들어왔을 때가 일곱 살 때인가, 여덟 살 때인가. 입술을 핥으니 거미줄처럼 가늘고 달콤한 솜사탕 맛이 아직까지도 나는 것 같다. 그 후로 더 웅장한 성당들을 많이 보았다. 파리의 노트르담, 세비야 대성당, 세인트 폴 대성당을 다 보았다. 그러나 이 성당은 아담하기에 더욱더 위대하다. 헛간보다 조금 더 큰 정도랄까. 성수반 옆에 황소와 당나귀가 어슬렁거린대도 놀라지 않을 것 같다.

세인트 데이비스 대성당은 나를 차분하게 만드는 몇 안 되는 장소 중 하나다. 그러나 여기 신도석에 앉아서 깨달은 바, 이제 차분함은 익숙지 않다 못해 불편한 느낌이 되었다. 성당은 시간에 아랑곳없이 유유한데 내 삶은…… 내 삶은 시간 그 자체다. 남편은 에밀리와 벤을 데리고 기념품점에 갔다. 나는 홀로 남아 아무도 들을 수 없는 말을 속삭인다.

"도와주세요."

내가 믿는지 확실하지도 않은 신께, 정체도 모르는 이 혼란에서 나를 구해달라고 기도한다. 아! 잘한다, 케이트. 참 잘하는 짓이다.

저 안쪽 벽에는 지방 유지를 기리는 석판이 있다. 토머스 누구와 그가 남긴 앵거라드를 기리며. '남긴relict?', '유물relic' 과 같은 뜻인가? 리처드는 라틴어를 잘 아니까 나중에 물어봐야겠다. 남편은 제대로 교육을 받았다. 반면에 난 전반적으로 난장판이나 다름없는 학교교육을 참고 견뎌야 했다.

밖에는 현기증 나는 갈색 계단이 대성당과 언덕 위의 작은 마을을 이어준다. 유모차를 돌려서 벤을 마주보게 하고 힘겹게 계단에서 끌고 올라가는데 한 칸 한 칸 올라갈 때마다 내 엉덩이뼈가 뻐근하다. 리처드는 징징대는 에밀리를 목말 태워서 올라간다. 에밀리와 벤이 목이라도 축이고 간식을 먹어야 할 때가 됐다. 난 정말 나쁜 엄마다. 나는 아이들이 자동차 같아서 시시때때로 연료를 보충해주지 않으면 말썽을 부리다가 덜컥 서버린다는 사실을 늘 까먹는다.

카페가 즐비한 거리를 거닐며 애들이 들어가기 적당한 장소를 물색 중이다. 유모차를 둘 데가 있나? 저 나이 많은 어르신들이 침을 질질 흘리는 우리 벤에게 갓 구운 크럼펫을 나눠 주지 않고 배길 수 있을까? 영국은 여전히 어린이에 대한 배려가 부족한 나라다. 피자 익스프레스 같은 체인점을 선택하지 않고 좀 모험을 했다가는 나와 내 동생이 어렸을 때와 비교해서 조금도 개선되지 않은 어린이고객 서비스에 분통이 터지기 십상이다.

마침내 가족여행 손님들이 바글바글한 곳, 우리처럼 꼬마조사해서 어쩔 줄 모르는 부모들이 몰려 있는 식당에 들어가 제일 구석자리를 잡는다. 의자 등받이에 젖은 코트를 걸었더니 김이 풀풀 올라오는 게 보인다. 메뉴판을 읽어주었더니 에밀리는 큰소리로 자기가 먹고 싶은 건 하나도 없다고 선언한다. 자기는 파스타를 먹겠단다.

"통조림 소스로 만들어줄 수 있는데, 어떠니?"

친절한 웨이트리스의 제안이다.

"통조림은 싫어요. 제대로 된 파스타가 먹고 싶다고요."

에밀리가 징징댄다.

버르장머리 없는 도시 꼬맹이가 납시셨군. 어릴 때부터 풍족하게만 키웠던 어미가 잘못이지. 내가 제대로 된 파스타를 처음 먹어본 게 열아홉 살 때다. 로마에서였다. 봉골레 스파게티를 먹었는데 두 가지 의미에서 끈끈한 경험이었다(음식도 끈끈했고, 나도 진땀이 나서 끈끈했다). 낯선 조개들과 감당하기 어려운 국수가닥, 그 모두가 당황스러웠다.

때때로 걱정이 든다. 이렇게 멀리까지 여행도 데리고 다니고 아무 부족함 없이 키웠다가 대학 때 나를 깔보던 버릇없고 매사에 의욕 없던 친구들처럼 자라는 게 아닐까.

리처드가 애들에게 웨일스식 치즈토스트를 잘라주는데 내 핸드폰이 잠시 부르르 떨린다. 가이가 보낸 문자메시지다.

터키 위기 발생.

부장과 국장은 출장 중.

평가절하?

터키관련주 급락.

어떻게 할지?

아, 빌어먹을. 래브라도처럼 발딱 일어나 다른 가족손님들을 헤치고 거리로 뛰어나간다. 핸드폰을 걸려고 하는데 다른 종류의 진동음이 배터리가 다 떨어졌다고 알려준다. 신호를 받을 수가 없다. 당연히 그렇겠지, 여긴 웨일스잖아. 다시 카페로 뛰어 들어간다.

"전화 좀 쓸 수 있어요?"

"뭐라고예?"

웨이트리스가 나를 빤히 쳐다본다.

"공중전화 있냐고요."

"아, 있긴 한데 고장난 것 같아예."

"팩스는요?"

"팩트요?"

"팩시밀리 말이에요. 급하게 보낼 메시지가 있어요."

"아, 아마 저기 문구점에 있을 겁니다."

문구점에 물어봤는데 자기네는 팩스가 없지만 약국엔 있을 것 같단다. 약국에 갔더니 팩스가 있다. 그런데 팩스 용지가 없다. 다시 문구점으로 뛰어간다. 주인이 문을 닫는 중인데 열어달라고 통사정을 한다. 500매 묶음을 사야 하는데 정확히 말해서 난 그중 딱 1매가 필요할 뿐이다. 다시 약국으로 간다. 카운터에 붙어 있는 처방전에 쓰는 펜으로 가이에게 보낼 메모를 작성한다.

가이. **반드시** 터키무역적자와 2000퍼센트 금리 부담 위험―우리 쪽에는 막대한 손실을 입힐 수 있음―과 터키화가 평가절하될 경우 주가손실 예상분을 비교해봐요.

1. 우리가 터키 주식을 얼마나 사들였는지?

2. 시장 동향은? 다른 지역에 연쇄 효과가 퍼지고 있진 않은지?

이상을 조사해서 내일 아침 8시 30분까지 내 책상 위에 올려놔요. 당장 돌아갈 테니까요. 케이트.

오후 9시 50분 M4 고속도로는 양방향으로 꽉 막혔다. 길게 늘어선 헤드라이트 불빛들이 3마일짜리 다이아몬드 목걸이 같다. 운전석에서 리처드가 곁눈질을 흘끔흘끔 하는 것이 뭔가 묻고 싶은 눈치다. 어두워서 다행이다. 마음의 준비가 될 때까지는 남편의 절박한 신호를 알아채지 못한 척할 수 있으니까.

결국 리처드가 입을 열고야 만다.

248

"좀 이상하다는 생각이 들어, 케이트. 밸런타인데이에 자기 자신에게 꽃을 보내다니. 왜 그랬어?"

"기운 좀 내보려고 그랬어. 회사 사람들에게 나도 밸런타인데이에 꽃다발을 받는 사람이라고 과시하고 싶었나 봐. 당신이 깜박 잊고 넘어갈지도 모른다고 생각했거든. 진짜, 나도 병이라니까."

거짓말은 일단 시작하면 술술 나온다. 내가 요즘 빠져들고 있는 고객, 내 의식에서 큰 비중을 차지하고 가끔은 꿈에서 불쑥 나오는 고객이 꽃다발을 보냈노라 고백하는 것보다는 거짓말이 훨씬 더 쉽다. 화제를 돌릴 때다.

"리치, '남긴relict'이 무슨 뜻이야? 오늘 성당 묘지에서 '토머스와 그가 남긴 앵거라드'라는 문구를 봤어."

"과부란 뜻이야. 말 그대로 뒤에 남겨졌다는 뜻이지."

"그럼 아내는 남편이 남긴 것이란 말이야?"

"그렇지, 케이트."

남편이 웃는다.

"물론 우리 부부 사이에선 내가 당신이 남긴 것이 되겠지만."

리처드가 너무 다정하게 이런 말을 하니 가슴이 따끔하다. 정말 그이는 나 때문에 저런 느낌일까? 무척이나 작아진 느낌? 집으로 돌아오는 길에 나는 부부관계를 개선할 계획과 전략을 수없이 세웠다. 우리 사이를 제대로 돌려놓을 계획들을. 하지만 세 시간 후 리딩을 통과하면서부터 런던이 나를 끌어당기는 듯한 압박감을 느끼기 시작했고 다른 인생을 살아보겠다는 결심은 다시 스르르 꼬리를 내린다.

직장을 때려치우고 시골에 내려가 살아야 할 이유

1. 삶의 질이 향상되니까.

2. 낡아빠진 해크니 주택 가격이면 시골에서 회랑 딸린 대저택도 살 수 있음.

3. 엄마 노릇을 제대로 할 기회. 내조도 잘 하고, 아이들의 마음을 읽어주는 비결도 터득하고, 빌어먹을 유모차 레인커버 씌우는 법도 알게 되겠지.

직장을 때려치우고 시골에 내려가 살면 안 되는 이유

1. 미쳐버릴걸.

2. 위와 동일.

3. 위와 동일.

I don't know how she does it

비둘기

매는 왜 필요할 때 안 보이나? 오늘 아침댓바람부터 비둘기 한 쌍이 내 사무실 유리창 바깥쪽 턱에 앉아 있다. 오늘이 첫 데이트인 모양이다. 수컷은 웨이터처럼 암컷 앞에 머리를 조아리는 것이 숙녀에 대한 예를 차리는 것 같다. 글쎄, 내 짐작으로는 고개 숙인 놈이 수컷이다. 다른 쪽 비둘기는 설거지물 같은 색깔에 수줍어하는 다이애나 비처럼 고개를 살짝 숙이고 있지만 이놈은 목둘레에 에메랄드빛과 보랏빛 광택이 도는 깃털을 두른 품이 꽤 위풍당당하기 때문이다.

수컷이 사랑의 밀어를 속삭이는 것까진 그럭저럭 괜찮았다만 이제 이 녀석은 꼬리를 부채처럼 펼치고 오만가지 이상한 소리를 내면서 암컷의 관심을 끌려고 필사적이다. 녀석이 이런 수리를 내다니, 믿을 수

251

가 없다. 비둘기들을 쫓으려고 창문을 톡톡 두드린다. 하지만 한창 뜨거운 커플인지라 서로를 바라보느라 나한텐 신경도 쓰지 않는다.

나는 가이를 불러 지방자치단체에 당장 전화를 해서 비둘기를 어떻게 관리하고 있는지 물어보라고 한다.

가이는 꽤나 재치 있는 심복 행세를 하고 싶은지 씩 웃는다.

"쏘아죽이라고 하라는 건가요?"

"아니에요, 가이. 시에서는 매를 써서 비둘기를 쫓아요. 그러니까 매 부리는 사람을 언제 보낼 건지 알아봐줄래요?"

런던 금융가에서 비둘기 개체수를 조절하기 위해 매 부리는 사람을 쓴다는 사실은 잘 알려져 있지 않다. 지난번에 그 사람이 여기 왔을 때 캔디와 나는 점심을 먹으러 가는 길이었다. 어지간해선 충격을 받지 않는 나의 뉴욕 출신 친구조차도 한 손에만 가죽장갑을 낀 거구의 촌사람이 깃털 달린 미사일 던지듯 우리 머리 위로 매를 홱 날려 보내자 기절초풍을 했다.

"왜 유독 이 금융가가 런던의 다른 구역보다 보도가 깨끗한지 궁금한 적 없었어? 이제 그 답을 알겠지?"

"오, 알겠어. 그런 식으로 더러운 것들은 다 안에 가두는구나."

캔디가 씩 웃으며 대꾸했다.

보내는 사람: 데브라 리처드슨

받는 사람: 케이트 레디

어떻게 지내는지? 중간휴가 사흘 동안 스트레스가 엄청나서 조그만 수도원에라도 들어가고 싶어. 수도원에는 우리처럼 불쌍한 일벌레들을 치료하는 프로그램이 없을까? 우린 서머싯에 가서 어린이 고객을 각별히 배려한다는 호텔에 묵었어. 그런데 펠릭스가 조식 식당 전기를 나가게 하는 바람에 쫓겨났지 뭐니. 아이가 선더버드 포크를 공동 토스터에 집어넣는 순간, 식당 전체 불이 꺼진 거야.

루비는 엄마가 밉대. 우리가 애들을 잠시만 힘들게 하는 걸까, 아니면 나중에 애들한테 고소라도 당하게 될까?

수요일 점심은 괜찮아?

자기부정에 빠진 너의 친구가. xxx.

보내는 사람: 잭 아벨해머

받는 사람: 케이트 레디

제목: 일본 은행위기

당신의 고객으로서 극동아시아에서 계속되는 대변동 사태를 걱정스럽게 주시하는 바입니다. 오리가미 은행은 망했고, 스모 은행은 도산했으며, 본사이 은행은 몇 개 지점을 폐쇄할 예정으로 알고 있습니다만.

님께서 이 문제에 대한 방향을 일러주실 수 있을까요? xxxxx.

보내는 사람: 케이트 레디

받는 사람: 잭 아벨해머

제목: 일본 은행위기

사업 제국을 운영하셔야죠, 선생님? 우리 동양 친구들의 곤경을 두고 농담을 하시다니 진정 악취미이십니다. 비록 가미가제 은행이 코가 깨지고 가라데 은행이 500명의 직원을 해고했다는 말은 저도 들었지만요.

캐서린. xx.

보내는 사람: 잭 아벨해머

받는 사람: 케이트 레디

이봐요, 보고 싶었다고요. 당신과 보조를 맞추는 데 익숙해졌어요. 휴가는 어땠나요? 따뜻하고 마음 편한 시간이었기를.

얼마 전에 아주 멋진 영화를 봤어요. 기억을 잃어버린 남자가 잊어버리면 안 되는 것들을 자기 몸에다 막 써놓더군요. 당신 생각이 났어요. 항상 기억하고 챙겨야 할 것들이 너무 많다고 그랬잖아요, 맞죠?

잭 xx.

보내는 사람: 케이트 레디

받는 사람: 잭 아벨해머

전혀 따뜻하지도, 마음 편하지도 않았어요. 여긴 아직도 추워요. 오늘 아침에도 회사 밖 아이스링크에서 스케이트를 타는 남자를 봤죠. 멋지게 원을 그렸다 회전을 했다 하면서 은반 위에 자기 이름을 쓰는 것 같았어요. 어쩌면 다른 사람 이름일지도. 낭만적이죠?

어쨌든 영화 얘기는 맞네요. 내 몸은 이미 빼곡하게 메모로 뒤덮여 있답니다. 하지만 왼쪽 무릎 뒤는 당신을 위해 남겨뒀어요.

보내는 사람: 잭 아벨해머

받는 사람: 케이트 레디

나도 스케이트는 좀 타는데, 당신은 탈 줄 알아요? 언제 같이 아이스링크에 가도 좋겠군요.

왼쪽 무릎은 계속 잘 남겨둬요. 펜만 준비하면 되겠군요.

오전 10시 23분 빌어먹을 비둘기 수컷이 밖에서 양 날개를 부딪치는 중이다. 위대한 연인이 된 자신에게 자화자찬하며 한바탕 박수라도 치는 것 같다. 암컷은 그 옆에서 발라당 누워서 다리를 허공에서 허우적거리기라도 하는 것 같다. 정말 못 봐주겠다. 나는 겨우 창문을 열고 휘이휘이 쫓아본다. 하지만 비둘기들은 사랑에 눈과 귀가 모두 멀어버렸나 보다.

할 일이 너무 많아서 내 머리통이 머릿속의 무게를 이기지 못해 기울어지지 않는 게 신기하다. 이틀 후면 미국에서 3억 딜리짜리 윤리 연기금 최종 프레젠테이션에 참여해야 한다. 이 건에 완벽하게 부합하는 조건—유색인종에다가 여성이니까—을 갖추었으나 일을 감당할 능력은 없는 20대 수습사원과 함께. 모모 구메라트네와 나는 우리 회사가 맹렬하게 추구하는 다양성의 상징이 됐는데, 사실 지금까지 우리 회사가 도입한 다양성 중에서 제일 괜찮았던 것은 구내식당 메뉴에 멕시코 음식인 타코를 들여왔다는 것 정도랄까. 그리고 난 에밀리 생일파티 이벤트 진행자도 확보해야 한다. 그리고 드라이클리닝을 찾아와야 최종 프레젠테이션 때 입을 옷이라도 고를 수 있다. 그리고 뭐더라, 하여간 틀림없이 뭐가 더 있었는데.

됐어. 이걸로도 충분하잖아. 내 자리에 로빈 쿠퍼클락 국장이 남긴 메모가 있는데, 누군가가 우리 회사 소유가 아닌 주식을 우리 회사 이름으로 매각했기 때문에 내부감사가 있을 거란다. 나는 메모를 모모의 자리로 넘겨주면서 크리스 번스의 자리에 놓고 오라고 지시한다.

"번스 눈에 띄지 않도록 조심하고요, 알았죠?"

모모는 나뭇잎 모양의 눈을 한쪽으로 모으고 메모를 뚫어져라 본다.

"우리 회사 것도 아닌 주식을 팔았는데 우리 회사로 항의가 들어왔다, 그러니까 국장님이 책임자를 색출하겠다. 이런 거예요?"

"맞아요."

"그러니까 누가 잘못을 저질렀는지 가려내는 거죠?"

"그런 게 아니에요, 모모. 다른 사람들이 두 손 들 때까지 책임을 전

가하는 게 목적이죠. 의자 빼앗기 놀이는 잘 알겠죠? 그래요. 음, 이건 메모 돌리기 놀이라고 할 수 있죠. 가장 나중에 메모를 쥐게 된 사람이 똥 밟는 거죠. 자, 그러니까 이 메모를 번스의 책상에 옮겨주겠어요? 지금 당장?"

나의 새 어시스턴트의 얼굴에 떠오르는 표정을 이해할 것 같다. 자신의 고고한 원칙과 상사의 기대에 부응하고픈 욕망이 처절하게 싸우다 보니 인상이 일그러져 있다.

"죄송하지만요, 케이트. 번스 책임인지 아닌지 어떻게 알아요?"

나는 냉정을 잃지 않으려고 의자를 회전시켜 모모에게 등을 돌린다. 이제 바깥 창턱에서 비둘기 가족 그림이 거대한 삼각자 같은 크레인에 에워싸여 있다. 크리스 번스를 어떻게 설명한단 말인가? 대화를 하다가도 무의식적으로 자기가 남자라는 사실을 확인하고 싶은 듯 가랑이를 주물러대는 인간인데? 다른 사람(특히 나) 것을 가로챌 수 있다는 생각에 흥분하면 거기를 막 문지르기까지 하는 인간인데?

"이봐요. 번스는 좋게 말해 예술가 타입이라고, 몹시 즉흥적으로 일처리를 하는 사람이죠. 관리자로서의 업무는 하나도 하지 않고 윗사람들이 요구하는 지루한 일은 죄다 모모나 나처럼 양심적인 여자들에게 떠넘기는 그런 사람이라고요. 영국 투자청이 번스가 하는 짓을 한다면 우리 회사에 사냥개를 몰고 들이닥칠 거예요. 하지만 번스는 메모 돌리기라는 야비한 게임의 달인이니까 얼마든지 위기를 넘길 거예요. 내

말, 아직도 못 알아듣겠어요?"

"죄송합니다."

다른 사람 같으면 "알았어요."라고 할 말을 모모는 꼭 이렇게 말한다. 모모는 광산을 폭파시키러 가는 공병처럼 메모를 자기 앞쪽으로 들고 저쪽으로 걸어간다.

"훈련시킬 수 있겠어?"

캔디가 어느새 내 자리 옆에 서 있다. 간단명료한 핸드폰 문자메시지처럼 짧은 치마를 입고 있다. 난 캔디가 오는 소리도 못 들었다.

"모르겠어. 세상엔 좋은 사람들만 있는 게 아니라고 가르치려는 중인데."

"세상에나. 어린애도 아닌데 그렇게까지 해야 해?"

"그렇게 해야 할 것 같으니 걱정이다."

캔디는 놀랍고도 측은하다는 듯이 고개를 절레절레 젓는다.

"가엾은 것, 잘나가기는 글렀네."

오전 11시 25분 새로 산 PDA를 써보기로 마음먹었다. 포켓 메모리가 내 삶을 획기적으로 바꿔줄 테지! 포켓 메모리가 스트레스를 날려줄 테지! 포켓 메모리가 나의 시간을 좀 더 효율적으로 운용해줄 테지!

10분 정도 사용설명서를 읽고 나서야 포켓 메모리가 내 컴퓨터와 호환이 되지 않는다는 사실을 알았다. 고객상담실에 전화를 건다. 전화를 받은 신출내기는 준비된 고객 응대용 멘트대로 나오는데 파키스탄어 통역이라도 하는 건지 도통 알아먹을 수가 없다.

"고객님, 뒤에 넓적한 시리얼 포트가 있습니까?"

"제 뒤에요, 아니면 컴퓨터 뒤에요? 그렇게 말하면 어떻게 알아요?"

"고객님, 커넥트 키트가 필요합니다."

"아뇨, 제가 필요한 건 PDA를 작동시키는 거예요."

"지금 저희 회사의 커넥트 키트를 주문하실 수 있습니다, 고객님. 주문으로 넘어가시겠습니까?"

"미안하지만 내 생활을 단순하게 만들어준다는 제품 광고가 이런 거예요? 그냥 가게에 가서 그 키트를 살 수는 없나요?"

"매장에는 물량이 많지 않습니다, 고객님. 다들 주문해서 받고 계십니다. 배송에는 5일에서 10일까지 소요됩니다."

"5일에서 10일까지 못 기다려요. 24시간 내에 미국으로 가야 한다고요."

"죄송하지만 할 수 없……."

"할 수 없다는 말은 계집애들이나 쓰는 거예요."

"네? 뭐라고 하셨죠, 고객님?"

"오스트레일리아 속담이에요. 이 속담은 내가 그쪽 회사 주식을 수백만 주 보유하고 있는데 갑자기 이걸 쥐고 있어야 하나 회의가 든다고 책임자에게 전하라는 뜻이죠. 시장조사 결과로 봐선 전망이 밝지 못하네요. 이 정도면 분명하게 아시겠죠?"

침을 꿀꺽 삼키는 소리가 들린다.

"상사에게 즉각 보고를 올려야겠군요."

오전 8시 11분 그래서 이렇게 된 거군. 사실 어젯밤에 리처드와 나는 침대에 누워서 이렇게 피곤한데 섹스를 어떻게 하느냐고 구시렁대고 있었다. 우리가 어떤 결론에 도달했는지는 기억이 나지 않지만 아침에 일어나 보니 허벅지 안쪽이 끈끈하니 크림 같은 것이 말라붙어 있었다.

중대한 프레젠테이션을 앞두고 현명한 처사는 아니었다. 운동선수들도 중요한 대회나 시합을 앞두고는 절대 섹스를 하지 않는다고 하지 않는가? 여자 운동선수들이 이런 불만을 토로하는 것은 들어보지 못했지만 더하면 더했지 덜하지는 않을 것이다. 여자를 녹초로 만드는 데 오르가슴에 필적할 만한 것이 있을까. 한바탕 지진 같은 경험을 하고 나면 몇 시간이고 사지를 끌어당기는 촉수 같은 피곤에 취해 그대로 크리스마스까지 침대에서 빈둥대고만 싶어진다. 그 피곤함이야말로 정자가 난자에 돌진하기에 가장 좋은 환경을 확보하는 자연의 섭리 아닐까 (잘 생각해보면 선천적으로 여자의 몸은 아이를 갖게 하거나, 이미 태내에 아이가 있다면 그 아이를 잘 보호할 수 있게끔 이루어져 있다). 작년까지만 해도 생리전증후군으로 고생을 좀 했지만 그렇게 심하진 않았다. 가볍다고 볼 수는 없어도 어떤 여자들이 매달 죽다 살아날 정도의 생리통을 겪는 데 비하면 나는 새발의 피였다. 그런데 서른다섯으로 넘어오니 이건 전쟁이다. 요즘은 매달 호르몬이 요동을 치며 아예 '우리의 난자를 보호하라'는 플래카드를 들고 가두시위라도 하는 것 같다. 내 몸이 시간이 얼마 남지 않았다는 것을 깨닫고 난자 하나가 죽을 때마다 보석을 잃어버린 듯 슬퍼하나 보다.

하지만 이미 낳은 애들 얼굴도 보기 힘든 내가 어떻게 애를 또 갖겠는가? 지난 며칠 동안도 집에 있었던 시간이 얼마 안 된다. 사무실에 있다가 시계를 보면 어느새 8시가 넘었고 어차피 집에 가봤자 애들은 잠들어 있다. 그러면 어차피 이렇게 된 거 밤새도록 일이나 해야겠다는 생각이 든다. 모모가 피자를 주문하거나 건강을 생각해서 고른 메뉴를 포장해오곤 하지만 늘 목에서 넘어가질 않는다. 그러다 보니 거의 매일같이 토티야 칩 한 봉지, 자판기에서 뽑은 크런치 스낵 따위를 다이어트 콜라로 대충 목을 축여가며 집어먹는 게 한밤의 연회가 되어버렸다.

어젯밤에는 11시 55분에 집에 도착하자마자 전화부터 받았다. 모모가 몇 가지 수치를 더 조사해서 전화를 했구나 생각했다. 그런데 전화 건 사람이 누구였는지 아는가? 우리 시어머니였다. 이렇게 밤늦게 전화를 하다니 믿을 수가 없었다.

"간섭 많은 시어머니라고 생각지 말고 들어라, 캐서린. 아까 리처드하고 통화를 했는데 걔가 아주 피곤해하는 것 같아서. 무슨 일 있는 건 아니지?"

어머님은 '남편'이 피곤해한다고 생각하는구나.

오전 10시 7분 부장, 모모, 가이와 회의 중이다. 나와 모모는 부장과 가이가 고객이라고 생각하고 최종 프레젠테이션을 세 번째 시연해보고 있다. 그런데 부장 비서 로레인이 불쑥 들이닥친다.

"방해해서 죄송합니다. 하지만 케이트, 3번 전화 좀 받아보세요. 긴급한 용무라고 하셨다면서요."

"누군데요?"

로레인은 대답을 꺼리는 눈치다. 그녀는 문간에서 쭈뼛대다가 마침내 무대에서 독백이라도 읊조리듯 말을 꺼낸다.

"퍼시 파인애플이래요."

가이가 어찌나 피곤하다는 태를 내며 눈동자를 굴리는지 안구가 눈구멍 속으로 쑥 들어가는 줄 알았다. 모모는 자기 구두만 내려다본다.

"퍼시 파인애플은 또 뭐요?"

부장이 사근사근한 척하며 묻는다.

나는 배짱으로 밀고 나가기로 했다.

"아, 네. 퍼시 파인애플이라고 프루츠케이트닷컴 소속의 연예사업부예요. 이제 곧 주식상장이 될 것 같고요. 거기 사장이 부동증권 문제로 절 좀 보자고 했어요. 농담 삼아 자기를 퍼시 파인애플이라고 해요."

오, 하느님. 아직도 에밀리 생일파티 분위기를 띄워줄 이벤트 진행자를 못 구했다. 로저 레인보우, 어릿광대 지지, 색색의 초코볼과 공기 펌프로 놀라운 묘기를 보여준다는 케이티 컵케이크까지 인기 있는 진행자들과 나름대로 접촉해봤다. 모두들 모나코나 라스베가스에 선약이 있든가 양수가 터졌을 때에는 이미 7년분의 아이용 종이접시와 냅킨을 쟁여두었을 만큼 철두철미한 극성엄마들의 기쁨조로 묶여 있었다.

나도 재빨리 그 먹이사슬에 끼어들어 그 이벤트 진행자들의 세 줄 광고란을 맹렬하게 뒤졌다. 사진으로 봐서는 수염 텁수룩한 건달들 같은 것이 「월드 뉴스」에 '파렴치한 범죄자들'로 공개되었던 소아성애자들의 얼굴과 섬뜩하리만치 닮아 보였다. 월요일에 그레이브센드에 사는 퍼시 파인애플이 군말 없이 120파운드를 지불한다면 자기 차를 끌고 와서 우리 딸을 위해 근사한 쇼를 보여주겠노라 했을 때만 해도 서광이 비치는 듯했다. 하지만 오늘 우편함에서 퍼시가 보낸 전단을 봤다. 뚱뚱한 난쟁이가 분홍색 콘돔을 풍선처럼 불어서 발정이 나서 거시기가 발딱 선 닥스훈트에게 집어넣는 시늉을 하고 있었다.

물론 에밀리가 가장 원하는 건 수영 파티다. 하지만 그건 어림도 없다. 이런 행사에 빌려주는 수영장은 물이 미지근한데다가 세균이 들끓고, 어떻게 물이 이렇게 탁할 수가 있을까 싶을 정도로 더럽다. 게다가 비키니 왁스를 할 시간을 따로 내야 한다. 그렇잖으면 다른 부모들 앞에서 벗은 몸을 보일 수가 없다.

오후 11시 19분 집에 도착하니 포켓 메모리 커넥트 키트가 거실 탁자에 놓여 있다. 리처드는 소파에 널브러져 아스널 축구경기를 보는 중이다. 오븐에 내 몫의 파스타를 남겨두었단다. 파스타의 식감과 냄새가 왠지 구린내 나는 발가락을 연상시킨다.

"이 집에서 계단 밑에 널린 물건을 위층으로 치워야겠다는 생각은 나밖에 못하는 거야? 그런 거야?"

리치는 텔레비전에서 눈을 떼지 않는다.

"아, 그분이 오셨구먼. 그새 한 달이 지났나?"

"생리전증후군도 내 탓이라고 하는 거야?"

리치가 큰소리를 내며 리모컨을 던진다.

"제길, 케이트. 돌이켜보면 생리전증후군은 차라리 그리울 지경이야. 요즘은 생리후증후군, 생리중증후군까지 보이고 있잖아? 일주일 내내, 24시간 내내 긴장의 연속이지. 하다못해 잠자리에 들 때만이라도 긴장 좀 풀면 안 돼? 자면서도 계속 잔소리를 해댈 참이야?"

식기세척기를 열어보니 깨끗하게 세척되었어야 할 그릇에 잿빛 찌꺼기가 남아 있다. 이놈의 기계가 맛이 갔나 보다.

"리치. 당신이 잊어버렸나 본데, 난 정말로 중대한 프레젠테이션이……"

"울란바토르에서 미라가 되지 않는 한, 그걸 어떻게 잊겠어?"

"난 우리 가족을 위해 일하고 있어. 그걸 몰라?"

"우리를 위해 뭘 해? 케이트, 애들은 웨일스에서 돌아온 후로 당신 얼굴도 못 봤어. 차라리 TV 아나운서가 됐으면 좋았을 텐데. 그럼 애들이 최소한 하루 한 번 얼굴을 볼 거 아냐."

아주 오랫동안 곪았다 터진 남편의 이해할 수 없는 불행을 문간에서서 지켜보노라니 '이런 일이 한두 번이냐, 그래도 넘어설 방법은 있지.'라는 생각이 든다. 출장에서 돌아올 때쯤 남편의 화가 풀려 있기를 기대하며 성에가 가시지 않은 새벽부터 공항으로 갈 것인가, 아니면 지금 당장 옷을 벗어던지고 사랑은 만들어나가는 것임을 함께 확인할 것인가. 난 너무 진이 빠져서 내 몸도 시체처럼 느껴진다. 아니, 나는 살았으되 시체를 등에 지고 다니는 사람 같다. 하지만 남편을 이렇게 내버려둘 순 없다. 섹스나 뭐 그렇고 그런 방법이 다른 방법보다 시간과 에너지를 절약해줄 것이다.

몇 분 후, 나는 남편에게 다가가면서 말을 건넨다.

"리치, 제발 내 편이 되어줘. 회사에서도 혼자 싸우고 있단 말이야. 집에서까지 나 혼자 싸우고 싶진 않아."

새벽 1시 1분 PDA에 필요한 정보를 거의 다 전송했는데 위층에서 울음소리가 들린다.

새벽 4시 17분 에밀리는 벌써 세 번이나 깼다. 이불을 걷어치며 낑낑대고, 젖은 머리가 창백한 뺨에 덩굴손처럼 말라붙었다. 아이도 자기가 왜 이러는지 나에게 말해줄 수는 없다. 다른 날도 많은데 왜 하필 오늘밤이람? 엄마는 세 시간 후에 공항으로 출발해야 한단 말이야. 이런 생각을 하자마자 즉시 양심의 가책을 느낀다. 그 후, 내가 또 어딜 간다는 걸 알고 에밀리가 미리 벌을 내리는 거라는 생각이 들었을 때—에밀리는 내가 여행 가방을 아래층으로 내리기도 전에 귀신처럼 엄마의 출타를 예감하곤 한다—드디어 아이가 끙끙대며 입을 연다.

"엄마, 쉬야 나오는 데가 아파요."

나는 크랜베리 주스를 큰 컵으로 따라주고 20분간 전화기를 붙잡고 매달려 응급실 의사와 통화한다. 의사는 일단 진통제를 먹이고 소변 샘플을 받아서 병원에 가져오라고 한다. 아래층에 가서 소변을 받을 만한 용기, 액체가 새지 않으면서 여자아이 소변을 받을 수 있을 만큼 넓적한 용기를 찾는다. 내가 찾은 거라고는 바비 캐릭터 물통뿐이다. 이거라도 괜찮아야 하는데. 위층으로 올라가 변기 옆에 무릎을 꿇고 에밀리에게 여기다 쉬야를 해보라고 달래지만 애는 겁을 먹고 움찔한다.

"엄마?"

"그래, 아가야."

"나 수영파티 해도 돼요?"

"당연하지, 우리 예쁜이."

순식간에 소변이 물통에서 넘친다.

정오 뉴욕 *JFK* 공항. 「NYPD 블루」에 나오는 시포위츠랑 똑같이 닮은 우람한 세관원이 나의 기내용 짐을 검사하는 중이다. 그 사람이 내 핸드폰, 여분 스타킹, 애완동물 책자 따위를 꺼내는 동안 나는 정말 별생각 없이 구경만 하고 있었다. 남자의 투실투실한 손이 옆주머니를 열고 바비 캐릭터 물통을 꺼낸다. 하느님, 맙소사! 저건 부엌 탁자에 놓고 온 줄 알았는데? 저 물통을 들고 왔으면 PDA는 어디에 챙겨왔지?

세관원이 뚜껑을 열고 킁킁 냄새를 맡는다.

"여기 든 게 뭔가요, 부인."

"우리 딸 소변인데요."

"부인, 저를 좀 따라오셔야 되겠습니다."

꼭 기억할 것 빌어먹을 모든 것.

최종 프레젠테이션

수요일, 뉴저지 생크스빌 페어웨더 인 호텔.

새벽 4시부터 눈이 저절로 떠졌다. 시차라는 회전문에 끼어버린 것이다. 룸서비스는 오전 6시부터 가능하기 때문에 복도 자판기에서 불쾌한 금속성 맛이 나는 커피를 뽑아 미니바의 위스키 미니어처를 따서 부어준다. 맛없는 커피지만 위스키의 향취를 더하니 한결 낫다. 욕실 거울에서 나이 든 여자를 얼핏 보고 고개를 돌려버린다.

오늘의 결전을 위해 아르마니 전투복을 택한다. 사각거리는 하얀색 블라우스, 비스킷 색깔의 재킷, 수술용 메스 뺨치게 예리한 이음선이 떨어지는 치마를 걸치면 얼마나 힘이 솟는지 모른다. 구두는 LK 베넷에서 산 초콜릿색 하이힐이다. 흰색 스티치가 들어가 있고 앞코는 남자

268

들 거시기를 뚫어버릴 수도 있을 만큼 뾰족하다. 내가 지향하는 모습은 호쾌하게 엉덩이를 걷어차는 캐서린 햅번이다.

결전을 두 시간 앞두고 모모가 내 방에 온다. 모모는 파란색 실크정장을 입고 검은 머리를 뒤로 올려 핀으로 고정했다. 속으로는 불안하고 초조할 텐데도 경이로울 만큼 차분해 보인다. 그 평정심을 보건대 종교를 하나 설립하고 교주를 해도 되겠다.

하지만 오늘 나는 우리 두 사람 모두에게 자신을 가져야 한다. 재계약을 확신하는 퀴즈 프로그램 진행자처럼 부드러운 카리스마를 내뿜어야 한다. 우리는 이미 50번이나 예행연습을 했지만 금기사항을 다시한 번 당부해서 손해 볼 일은 없다.

"저들이 술을 권해도 절대 마시지 마요, 알았죠? 무슨 일이 있어도 친근하게 이름을 불러서도 안 돼요. 이건 윤리기금이에요. 그 사람들은 친근하게 이름을 불러도 좋다고 생각했다가도 실제로 그렇게 부르면 갑자기 '이건 아니로구나.' 라고 할 거예요. 저쪽은 우리에게 무시무시하게 많은 돈을 믿고 맡겨도 될까 고심하는 입장이에요. 그러니까 반드시 격식을 깍듯하게 갖추도록 해요. 그리고 잊지 말아요, 우리는 제발 넘어와 주십사 매달리는 입장이에요."

모모가 깜짝 놀라는 표정을 짓는다.

"꼬드겨야 되는 건가요?"

"그래요, 하지만 알랑거릴 필요는 없어요. 궁정식 연애courtly love

269

같은 거죠."

"커트 코베인하고 결혼한 사람* 말이에요?"

"코트니Courtney가 아니라 코틀리courtly예요, 모모. 궁정식 연애 몰라요? 학교에서 제프리 초서 작품도 안 배웠어요?"

모모가 도리질을 한다. 세상에, 요즘 학교에선 뭘 가르치는 거야?

"안 배웠다니 할 수 없네요. 우리는 변치 않는 신의를 내세우죠. 연인을 기쁘게 할 수만 있다면 그 사람이 원하는 한 건을 위해 수백만 마일도 달려간다, 뭐 이런 거예요. 여기서 핵심은 비록 우리 회사에는 수백 명의 백인 남자들이 돈 만지는 일을 하고 있지만 우리 같은 여성들이 다양성을 추구하는 역할도 함께 하고 있다고 계속 각인시키는 거예요. 윤리기금은 사회적 체면도 세우고 실리도 챙기고 싶어 하죠. 다양성은 원하지만 제3세계는 원치 않아요. 따라서 우리가 몸담은 회사가 영국 최고이면서도 평등의 모양새도 갖추고 있다는 점으로 그들을 설득해야 해요."

"그건 윤리적이지 않은 거 아닌가요, 케이트?"

나의 냉소주의 방사능을 몇 주간 쐬고도 아직까지 이런 질문을 해? 도대체 이 어린애를 어쩌면 좋아?

"모모, 진실을 얘기하면 우리는 질 거예요. 극단적 윤리의 보상이란

---

* 코트니 러브Courtney Love를 가리킨다.

270

그런 거죠. 하지만 우리가 허풍을 좀 섞어서 계약을 따낸다면 단 두 명의 여자가—그것도 한 명은 백인도 아닌데—3억 달러의 자금을 에드윈 모건 포스터로 끌고 오는 거예요. 그러면 회사도 다양성이 정말로 수지맞는 정책이라고 다시 보게 되겠죠. 그건 언젠가 우리들이 회사의 얼굴마담이 아니라 실제 경영에 참여하게 될 거라는 뜻이고요. 넓게 보면 이런 게 다 윤리적이지 않나요? 또한 우리 형편도 좋아질 수 있고요. 또 질문 있나요?"

"그러니까 최종 프레젠테이션에서 거짓말을 해도 괜찮다는 거예요?"

"잘만 하면요."

모모가 호리호리한 체구에 걸맞지 않게 큰소리로 웃음을 터뜨린다. 웃다가 침대에 털썩 드러눕는 바람에 한쪽 구두가 벗겨져 바닥에 떨어진다(잊지 말고 저 구두를 어떻게 좀 해야겠다. 발레리나 발처럼 조그맣고 관절이 도드라진 모모의 발에 감색 단화가 웬 말이람). 모모는 소용돌이무늬의 오렌지색 침대보에 누운 채 나를 쳐다보며 한숨 짓는다.

"케이트를 이해할 수가 없네요. 어떨 때는 이게 다 지긋지긋하고 거지같은 일이라고 생각하는 사람 같죠. 그러다 또 어떨 때는 정말정말 이기고 싶어 하는 사람처럼 보이기도 해요."

"아, 난 정말정말 이기고 싶어요. 잘 들어봐요. 난 어릴 때 모노폴리

호텔*을 양말 밑에 몰래 감추곤 했어요. 파크레인에 갈 때면 호텔을 훔쳐서 나올 수 있었죠. 한 번은 크리스마스였는데 아빠에게 그걸 들켰죠. 조그만 게 벌써부터 도둑질을 한다고 호두까기로 맞았어요."

모모가 눈물 없이 들을 수 없는 이 유년기의 에피소드를 모든 중산층 소녀들의 타고난 권리나 다름없는 단란한 유년기와 매치시키려고 쩔쩔매는 모습이 보인다. 모모는 내가 가짜여권을 가지고 여행한다고는 생각도 못한다. 그럴 이유가 없지 않은가? 요즘은 나조차도 내가 런던의 금융가의 사기꾼이 다 됐다는 사실에 몸서리를 치는데.

모모가 대답을 하는데 그녀의 눈동자가 눈부시게 반짝거린다.

"너무 끔찍해요. 그래도 아버지잖아요. 정말 안타깝네요."

"그럴 필요 없어요. 패자들에게나 동정하면 돼요. 이제 모모가 나한테 고객 명단을 넘겨주는 부분부터 다시 해볼까요?"

전화벨이 울리지만 우리 둘 다 그 구슬프고 낯선 소음의 정체를 한동안 알아차리지 못한다. 부장이 전화로 최후의 당부를 전한다. 나는 전화를 끊고 모모에게 고개를 돌린다.

"좋아요, 부장이 뭐라고 했을 것 같아요?"

모모가 이마를 찡그리고 생각에 골몰하는 시늉을 하더니 수정처럼 맑고 귀부인처럼 기품 있는 목소리로 대답한다.

---

*모노폴리 게임의 아이템.

"자, 가서 염병할 타이어들을 뻥 차줍시다?"

갑자기 마음이 가벼워지면서 모모는 염려할 필요가 없겠다는 생각이 든다.

"그래요, 이제 감을 잡았군요. 부장도 일단 다루는 법을 터득하고 나면 나쁜 사람은 아니에요. 부장에게 바라는 게 있으면 그 사람이 스스로 생각해낸 일처럼 착각하게 만드세요. 그럼 무진장 좋아할걸요."

모모가 인상을 찡그린다.

"케이트가 회사 남자들 얘기하는 걸 듣고 있으면 우리가 꼭 그 사람들 엄마가 되는 기분이에요."

"그게 사실이니까요. 회사에서 내 치맛자락을 붙잡고 매달리는 사람이 하도 많아서 집에도 질질 끌고 간답니다. 모모도 익숙해지는 편이 나을걸요. 자, 그럼 다시 도입부부터 해보죠."

또 전화가 온다. 이번에는 폴라다. 내 PDA를 냉장고 야채칸에서 지금 막 발견했단다. 벤이 냉장고에 물건을 숨기기 시작했다. 지난 12시간 동안 내가 필요로 했던 정보들은 샐러리와 함께 야채칸에 있었다. 어쨌거나, 에밀리는 요로감염으로 항생제를 복용 중이다. 아직도 열이 떨어지지 않았지만 괜찮으면 엄마하고 통화하고 싶단다.

에밀리는 엄마랑 얘기를 나누고 싶은 마음은 굴뚝같은데 수줍어하는 것 같다. 전화로 듣는 딸의 목소리는 늘 처음 듣는 것처럼 새롭다. 저 아이가 내 몸 속에서 자라던 때가 엊그제 같은데 저 혼자 통신위성을 통해 나하고 대화를 나누다니, 참 신기하다.

"엄마, 미국에 있어요?"

"응, 에밀리."

「토이 스토리2」에 나오는 우디와 제시처럼요?"

"응, 그래. 우리 딸, 몸은 좀 어때?"

"괜찮아요. 벤이 부딪쳤어요. 피가 엄청 나요."

이 말에 누군가 내 속에 카메라 플래시를 터뜨리는 것처럼 정신이 번쩍 나면서 내 피가 얼어붙는다.

"에밀리, 폴라 좀 다시 바꿔봐. 폴라에게 당장 전화 받으라고 해줘. 그래, 착하지?"

나는 최대한 차분한 목소리로 아무렇지도 않은 것처럼 물어보려고 노력한다. 비록 쉭쉭대는 독사들을 끌고 어미의 송곳니를 번득이며 당장 우리 집 부엌으로 불같이 달려가고 싶은 마음이 굴뚝같을지라도.

"아, 그거요. 탁자에 머리를 부딪쳤어요."

폴라가 대수롭지 않게 대답한다.

그 모서리가 뾰족한 금속 탁자? 벤이 부딪칠지도 모르니까 창고에 집어넣으라고 했던 바로 그 탁자? 네, 그거 맞아요. 저기요, 얼마든지 일어날 수 있는 일이잖아요. 폴라의 말투가 어쨌거나 집에 붙어 있지도 않은 주제에 따질 자격이 있느냐는 식으로 들린다. 게다가 꿰매지는 않아도 될 것 같단다.

꿰맨다고? 세상에. 나는 목청을 가다듬고 명령이 제안으로 들릴 만큼 다정하고 너그러운 목소리를 뽑아내려고 애쓴다. 벤을 병원에 데려가면 어때? 혹시 모르는 거잖아. 땅이 꺼져라 내쉬는 한숨소리, 이어서 벤에게 뭔가를 내려놓으라고 말하는 폴라의 목소리가 들린다. 이 먼 곳에서 수화기를 통해 들리는 우리 집 도우미 목소리는 냉소적이고 무성의하다. 폴라가 나처럼, 엄마 같은 말투로 아이들에게 말하지 않는다는 사실이 무엇보다 속상하다. 벤의 목소리도 조금 들을 수 있다. 창가에 가 있는 게 분명하다. 아파서 소리를 지르는가 싶었지만 뭔가 새로운 것을 발견하고 좋아한다는 것을 알 수 있다. 폴라가 또 할 말이 있단다. 알렉산드라 로가 학교에서 열리는 사친회 때문에 전화를 했단다. 내가 참석할 수 있느냐고?

"뭐라고?"

"참석하실 거예요?"

"지금은 잘 모르겠는데."

"그럼 못 가신다고 전해요?"

"됐어, 내가 직접 전화하지…… 지금 말고 나중에."

보내는 사람: 데브라 리처드슨

받는 사람: 케이트 레디

질문: 섬세하고 자상하고 잘생긴 남자 찾기가 왜 이렇게 힘드니?

답: 그런 남자들은 모두 남자랑 사귀거든.

넌 어떻게 지내?

보내는 사람: 케이트 레디

받는 사람: 데브라 리처드슨

완전히 정신병자가 됐다. 말 그대로야. 내 몸이 어떻게 살아가고 있는지 기억도 안 나. 뇌만 남은 사이보그라니까. 제프리 초서가 래퍼인 줄 아는 얼뜨기 수습과 거액이 걸린 거래를 따려고 발악 중이다. 에밀리는 아프고 벤은 우리 집 독재자 도우미가 FM 음악방송 듣는 동안 머리통이 날아갈 뻔했지.

더 이상은 자라고 싶지 않아. 우리가 언제부터 어른이 되어야 했을까?

K. xxx.

오후 2시 57분 우리 고객이 될지도 모르는 이들의 사무실 인테리어를 보고 북유럽의 모 인테리어 기업 스타일이라는 것을 바로 알아보았다. 팔걸이가 푹신한 안락의자, 티크 목재를 많이 쓰고 대량으로 끊어 파는 이국적 벽걸이를 활용한 장식. 일하는 곳이지만 내키면 요가의 달인처럼 물구나무서기를 해도 좋습니다, 뭐 이런 분위기.

모모와 나를 회의장으로 안내해준 여자만큼 뚱뚱한 여자는 처음 봤다. 캐럴 던스턴이라는 이 여자야말로 직장 내 다양성, 비만을 차별하지 않는 정책의 가장 큰 수혜자가 분명하다. 로비를 걷는 것만으로도 숨이 차 보인다. 그냥 보기만 해도 얼마나 큰 절망이 있었기에 먹는 걸로 위안을 삼아야 했는지 인생사가 궁금해진다. 그녀는 우리를 사람들에게 소개하고 탁자에 둘러앉은 18명에게 일일이 인사를 시킨다. 모모가 마실 것을 사양하는 소리가 들린다. 역시 우리 모모야.

"그럼 마지막으로, 하지만 아주 중요한 분을 소개하지요. 샐린저 재단에 계신 분입니다. 아벨해머 씨도 저희 위원회에서 한 자리를 차지하고 계시지요, 레디 씨."

정말로 그가 여기에 있다. 가장 동떨어진 구석 자리에 있지만 무례하다 싶을 만큼 거침없는 자세와 환한 미소로 누구보다 돋보인다. 내가 가장 보고 싶지 않은 사람인 동시에 내가 보고픈 유일한 사람. 잭이 여기에 와 있다.

프레젠테이션은 순조롭다. 어쩌면 너무 잘 풀리고 있는지도. 반 이상 진행하고 나니 영국행 비행기에서 마실 진토닉, 마음을 달래주는 그 톡 쏘는 맛이 벌써부터 느껴진다. 살갗에 와 닿는 햇살처럼 잭의 존재감이 생생한데도 나는 나의 이메일 연애상대가 이 회의에 참석하고 있다는 현실을 무시하려고 노력했다.

나는 우리 회사의 잠재고객들에게 런던에서 포트폴리오를 구성하는 회사 사람들의 사진이 실린 소책자를 보여준다. 지난 300년간 거의 변하지 않은 전형적인 런던 증권가 남자들의 사진첩이다. 호가스 작품에서 튀어나온 듯 풍채 좋은 대지주 타입도 있고, 왜소하지만 공격적인 타입도 있다. 몇 가닥 안 남은 머리카락을 조심스럽게 넘겨 분홍색 두피를 가린 남자들. 젊어서는 전형적인 모범생 얼굴이다가 중년의 내리막길을 거쳐 심장발작을 예약해놓은 남자들. 장시간 모니터를 들여다보느라 멍해 보이는 밀랍처럼 창백한 얼굴의 젊은이들. 나는 각별한 자부심을 갖고 헤지펀드매니저 크리스 번스의 사진을 가리킨다. 번스는 콜라 중독으로 실험실 쥐 같은 눈빛에 싸움닭 같은 성미를 갖게 됐다. 가장 앞에는 로빈 쿠퍼클락 국장의 사진이 있다. 자작나무처럼 훤칠한 키, 미소를 짓는 듯 마는 듯 짓궂은 분위기. 만약 신이 턴불 앤드 애서 셔츠를 입는다면 우리 국장과 비슷한 모습 아닐까.

캐럴 던스턴은 목청을 고르고 입을 연다.

"레디 씨, 뉴저지 주는 최근에 맥마흔 원칙에 합의했는데요. 이 부분이 귀사의 자산배당에 영향을 주지는 않을까요?"

괜찮아, 케이트. 당황하면 안 돼. 머리를 굴려봐. 생각을 하라고!

"아뇨, 저희에게 그 맥…… 음…… 마흔 원칙에 따라 운영되는 주식 목록을 주신다면 분명히……."

"그런 목록은 우리에게 없습니다, 레디 씨."

뚱뚱한 여자가 내 말을 단칼에 자른다.

"우리는 당연히 귀사에서 그 원칙에 따르는 주식 목록을 줄 것으로 기대합니다만. 물론, 맥마흔 원칙은 잘 알고 계시겠지요?"

열여덟 명의 얼굴이 온통 나에게 쏠린다. 아니, 모모까지 합치면 열아홉 명이군. 모모가 충직한 개의 눈으로 나를 바라보고 있다. 맥마흔이나 그 자의 빌어먹을 원칙 따위는 여기 와서 처음 들었다. 평소에는 의식 없이 행복하게 흘려보내는 단 몇 초의 시간이 지금은 끔찍하게 길고 견딜 수 없이 잔인하다. 목구멍과 가슴으로 피가 왈칵 밀려드는 것 같다. 섹스 아니면 지독한 수치심만이 내 얼굴을 이렇게 시뻘겋게 물들일 수 있겠지. 에어컨 소리가 이제 막 애인과 이별한 여자의 흐느낌 같다. **아냐.** 애인 생각을 할 때가 아니잖아. 맥마흔에 대해서 생각해. 그 사람이 누군지는 모르지만. 아마 앵글로색슨족의 자본주의적 압박에 복수하려는 독선적인 켈트족쯤 되겠지. 나는 잭이 앉아 있는 구석 자리를 일부러 보지 않으려고 애쓴다.

캐럴 던스턴이 샐쭉한 입술을 열어 뭐라고 퍼부으려는 찰나, 한 남자의 목소리가 울려 퍼진다.

"우리가 그 부분은 걱정하지 않아도 될 겁니다, 캐럴. 레디 씨는 윤리기금 쪽으로 폭넓은 경험이 있으신 분이니 아일랜드 기업들의 고용 실태에 대해서 바로 대책을 마련하시리라 생각됩니다."

고마움이 산소처럼 왈칵 밀려든다. 잭이 내가 빠져나갈 수 있도록 비상구를 열어준 것이다. 나는 열성적으로 고개를 끄덕이며 동의한다.

"아벨해머 씨께서 말씀하셨듯이 저희 회사에는 고용정책을 진담 연구하는 팀이 있습니다. 개인적으로는 맥마흔 원칙을 이해하지 못하고 있었다고 말씀드리고 싶습니다. 저 자신도 아일랜드 출신인데 말입니다."

뒤에서 쿵 소리가 난다. 모모가 파일을 떨어뜨린 것이다. 하지만 이 재앙은 나의 출신 자격을 평가하는 웅성거림 속에 묻혔다. 우호적인 분위기를 타고 나는 곧장 결론으로 돌진한다. 결론은 '우리에게 돈을 주세요.' 라고 말하는 대목이다. 하지만 '돈' 이란 단어를 직접 입밖에 내서는 안 된다.

오후 5시 11분 모모와 내가 택시를 타려는데 뒤에서 가죽 스치는 소리가 난다.

"굉장한 연기를 제 눈으로 직접 볼 수 있어서 기뻤다고 말씀드리고 싶군요, 레디 씨."

"무슨 말씀이세요. 고마웠습니다, 아벨해머 씨. 중간에 나서주셔서 정말 큰 도움이 됐습니다."

모모는 잭과 나 사이에 뻣뻣하게 서서 살짝 당황해하는 것 같다.

잭이 차 문짝 가장자리에 손을 얹으며 제안한다.

"제가 두 분께 술을 사도 될까 모르겠습니다만. 아니면 생크스빌을 안내해드려도 좋고요. 시나트라 인 호텔에는 프랭크 시나트라의 노래 제목을 딴 칵테일도 있답니다."

"사실, 구메라트네 양과 저는 몹시 피곤해서요."

그는 알았다는 듯 고개를 끄덕인다.

"그럼 다음 기회를 기약하겠습니다. 조심해서 들어가세요."

호텔로 돌아가는 길에 모모가 묻는다.

"죄송하지만요, 혹시 저 분이랑 아는 사이신가요?"

"아뇨, 몰라요."

이 대답은 진심이다. 나는 잭 아벨해머를 모른다. 그러나 어쩌면 그를 사랑하고 있는지도 모른다. 어떻게 잘 알지도 못하는 사람과 사랑에 빠질 수 있을까? 어쩌면 모르니까 더 쉽게 사랑할 수 있는지도 모른다. 모든 점을 고려하건대, 그렇지 않은가? 아무것도 쓰지 않은 새 문서에는 뭐든지 원하는 대로 입력할 수 있다.

"조지 클루니를 닮은 것 같아요. 같이 한 잔 했어야 하는 게 아닌가 모르겠어요."

모모가 한숨을 쉰다.

"아뇨, 저쪽에서 결정을 내리기 전에 사적으로 만난다는 건 프로답지 못해요. 어쨌거나 오늘은 우리끼리 축배를 들어야죠. 모모는 완전히 스타였어요."

"죄송하지만 케이트가 훨씬 더 빛나는 스타였어요. 전 결코 케이트처럼 해내지 못할 거예요."

모모가 이제야 겨우 미소를 짓는다. 불현듯 모모가 너무 긴장해서 내처 얼굴이 굳어 있었음을 깨닫는다.

"케이트가 아일랜드계라고는 생각 못했어요."

"약간만 그쪽 혈통이에요. 친가 쪽으로."

"맥마흔처럼요?"

"그래요, 하지만 원칙 같은 건 없답니다."

모모가 생글생글 웃는다.

"아버님은 어떤 일을 하세요?"

"내가 하는 일과 비슷하다면 비슷하죠."

"펀드매니저요?"

"아뇨, 하지만 우리처럼 도박을 해요. 아버지는 경마꾼이거든요. 과학적 분석을 하는 체하지만 사실은 따게 해달라고 기도를 하죠. 그러다 돈을 몽땅 다 잃으면 마을을 떠나는 거예요."

"세상에나."

모모는 너무 놀라서 나와 만난 후 처음으로 '죄송하지만' 이란 말을 붙이는 것도 까먹었다.

"상당히 이채로운 분 같네요."

다른 사람들에게 아빠 얘기를 할 때면 언제나 내 목소리가 달라진다. 상관없다는 듯이 가볍게 빈정대는 어투가 저절로 튀어나오는 것이다. 웃기는 얘기라도 하는 듯한 어투. 이채로운 인물들은 디킨스의 소설이나 영화의 조연급이 될 때에나 빛이 나는 법이다. 확 떴다가 한물간 아이돌이 대중의 연민을 불러일으키며 주연 아닌 조연으로서 멋진 연기를 선사할 때나 그런 인물이 먹힌단 말이다. 하지만 진짜 인생에서는 가급적 그런 인물과 상대하지 않는 게 낫다.

"돈이 아주 많은 척하는 거야, 우리 귀여운 케이티."

한 번은 아빠가 그런 지시를 내렸다. 우리는 칙칙한 북부 마을들 중에서도 가장 끝자락 어딘가에 있는 야외 술집에 앉아 있었다. 줄리와 나는 단델리온 앤드 버독 반 파인트짜리 컵을 들고 벤치에 앉아 있었다. 방부제를 탄 콜라 맛이 나는 음료수였지만 우리 둘은 세련된 숙녀들의 음료라고 생각하고 마셨다. 나는 열두 살이었고, 6개월마다 이사를 다니느라 멀미를 일으키며 안정된 삶이란 무엇인지 뼈저리게 깨달았지만, 아빠에게 꽉 잡힌 딸인지라 반항조차 하지 못했다. 물론 우린 돈이 없었고, 설령 돈이 있더라도 아빠의 설계도 중 하나를 현실화하기 위해 엄마의 지갑에서 스르르 빠져나갔다.

그래도 난 우리 집에 돈이 있는 척했다. 나중에 생각해봐도 나는 아빠에게서 눅눅하게 풍기는 실망의 냄새를 맡을 수 있었기에 어떻게 해서는 아빠를 보호하고 싶었던 것 같다. 실망은 그렇게 사내를 사내구실 못하게 만든다. 아빠 주변 여자들은 계속 그런 냄새를 못 맡는 척해야만 했다. 그래서 한 손을 떨면서도 다른 쪽 속으로 유리잔을 붙잡고 여전히 사사건건 대박을 노리는 아빠와 그렇게 앉아 있었던 것이다.

웃기는 게 있다. 내가 런던 금융가에서 만나는 여자들은 어떻게 보자면 모두 파파걸이다(캔디의 아버지는 그녀가 다섯 살 때 집을 나갔는데 캔디는 지금까지도 아버지를 찾으려고 노력하고 있다. 데브라의 아버지는 웨스트미들랜드에서 자동차회사를 운영했는데 주말마다 골프 치기에 바빠서 딸들은 아버지 얼굴도 거의 못 보고 자랐다). 딸들은 아버지에게 없는 아들 노릇을 하기 위해 발버둥친다. 딸들은 언제나 다른 곳을 바라보는 남자의 관심을 끌기 위해 우등생이 된다. 딸들은 허깨비 같은 아버지의 사랑을 추구하다가 실성한 안티고네처럼 가엾다. 그렇다면 우리 파파걸들은 왜 이토록 여성들이 버티기 힘든 분야에 진출해서 열심히 일하는 걸까? 그건 아마도 남자들에게 인정받아야만 진정한 마음의 위로를 얻기 때문 아닐까? 너무 슬프지 않은가? 정말 말도 안 되게 서글프지 않은가?

눈을 감고 상대하기 힘든 아바마마 생각을 몰아내려고 노력한다. 지난번에 기저귀 디자인을 들고 회사로 불쑥 찾아온 후부터 아빠는 거의 매일 전화를 한다. 저번에는 자동응답기에다가 돈이 더 필요하다는 메시지를 남겼다.

"얼마나 드린 거야?"

남편이 기운 빠진다는 얼굴로 물었다.

나는 술집에서 써드린 수표 액수의 3분의 1 정도만 이야기했지만 리처드는 화가 머리끝까지 났다.

"맙소사, 언제쯤 정신 차릴래? 여자들이란."

좋은 질문이다. 연민에 한계가 정해져 있지는 않잖아? 그렇지 않은가?

⚘⚘⚘

오후 8시 18분 침대에 누웠다가 깜박 잠이 들었던 모양이다. 전화벨 소리에 깼더니 리처드다. 짜증을 주체하지 못하는 목소리다. 세탁기에 넣는 세제를 찾을 수가 없다나. 폴라는 아파서 못 온다고 전화를 했고, 벤은 기저귀도 차지 않은 채 돌아다니다가 이불에 실례를 했단다. 그래서 이불커버를 벗겨서 세탁기에 넣었는데 아무리 봐도 세제를 찾을 수 없다는 것이다.

나는 세제가 시트 속에 떨어졌을지도 모른다고 대꾸한다. 그러니까 다림질 바구니를 찾아보라고 한다.

"다림질 바구니가 어디 있는데?"

"다림질 바구니는 다리미대 옆에 옷가지가 잔뜩 들어 있는 바구니잖아. 리치, 내 일이 어떻게 됐는지는 궁금하지도 않아?"

"무슨 일?"

"최종 프레젠테이션."

"난 당신이 필요해."

"오, 리치. 정말 왜 그래, 이번 한 번만 세탁기 좀 돌려줘."

"케이트, 세탁기하곤 상관없는 얘기야. 그냥 당신이 필요하다고. 왜 오늘밤 당장 비행기를 타고 날아올 수 없는 건데?"

"그냥 그건 안 돼. 있잖아, 내일 첫 비행기로 갈게."

전화벨이 또 울린다. 전화를 받지 않으니까 계속 울린다. 아마 햄스터 먹이가 어디 있는지 물어보려고 남편이 전화를 했겠지. 아니면 전자레인지가 어디 있느냐, 애들 귀는 어디 달렸느냐 물어보겠지. 그러다 퍼뜩 아이들에게 진짜 문제가 발생했을지도 모른다는 생각이 들어서 전화를 받는다.

"당신이 아일랜드 출신이라니 기쁘군요. 잠깐이지만 내 펀드를 관리하는 캐서린 레디 씨로 착각할 뻔했거든요. 내 펀드매니저는 프랑스 출신이라고 했으니까요."

"잭, 난 프랑스 출신이라고 한 적 없어요. 내 몸에 프랑스인의 피가 조금 흐른다고 했을 뿐이에요."

잭이 웃음을 터뜨린다.

"다음은 또 뭐죠? 체로키족? 케이트, 당신 정말 걸작이에요."

지금 내 귀에는 명석하고 책임감 있는 여자가 고객에게 무슨 일이 있어도 도로변 싸구려 식당에서 프랭크 시나트라의 노래 제목이 붙은 그 칵테일을 마셔봐야겠다고 단호하게 선언하는 목소리가 들린다.

아벨해머는 기다렸다는 듯이 곧바로 응수한다.

"문제없죠. 거기 가면 「마법에 걸린 듯, 괴롭고, 당황스러운 Bewitched, Bothered and Bewildered」이라는 노래 제목을 딴 칵테일도 있어요."

갑자기 그 가사가 나오는 부분이 떠올라서 흥얼거려본다.

"지평선처럼 말하는 그 남자, 최고의 순간에 있네."

아벨해머가 나지막하게 휘파람을 불며 반긴다.

"그래, 맞아요. 당신 정말 모르는 게 없군요."

"하지만 시나트라 인으로 가는 길은 모른답니다."

I don't know how she does it

밤이나 낮이나

시나트라 인의 분위기는 작정하고 일부러 활기찬 척하는 늙은 쇼걸과 비슷하다. 붉은 벨벳 부스들이 벽을 따라 늘어서 있다. 우아한 식사를 제공해온 50년의 세월은 진홍색 쿠션에 엉덩이 닿는 자리만 반들반들하게 만들었다. 뒤쪽 벽에는 지역 유명인사의 사진들이 걸려 있다(프랭크 시나트라도 여기서 길 하나만 건너면 나오는 호보켄 출신이다). 시나트라가 로렌 바콜과 찍은 사진, 60년대 배우들과 한량 같은 분위기로 찍은 사진, 좁은 넥타이에 발목이 다 드러난 바지를 입고 오랫동안 악보를 보느라 뻣뻣해진 목으로 피아노 앞에 앉아 스포트라이트를 받는 사진. 시나트라가 50년대에 에바 가드너와 찍은 사진도 있다. 시나트라는 굶주린 남자 같고, 에바 가드너는 만족을 모르는 여자처럼 보

288

여서 그 둘이 침대에서 놀아나는 모습을 상상하지 않을 수 없다.

각각의 부스에는 25센트 주화를 넣으면 프랭크 시나트라의 히트곡을 들을 수 있는 미니 주크박스가 있다. 들을 수 있는 노래는 아주 많은데 제목마다 '당신'이란 단어가 참 많기도 하다. 잭 아벨해머와 나는 「지상에서 영원으로」에서 마지오 역으로 나왔던 시나트라의 포스터가 붙어 있는 구석자리를 잡는다. 송아지고기요리에 진력이 났으면서도 열심히 권하는 웨이터에게 우리는 칵테일 이름을 두고 재미있어하는 평범한 커플로 보여야 한다('위치크래프트'는 너무 사악하게 느껴져서 '밤이나 낮이나'이라는 칵테일을 택한다). 사실 잭과 나는 어색한 상황에 놓여 있다. 우주에서 돌아온 우주비행사들처럼, 진심이든 아니든 뭐든지 쓸 수 있는 이메일의 무중력 상태에서 말이 몸짓, 팔과 입술의 움직임, 눈빛 따위에 힘입어 독자적인 중력을 지니게 되는 현실 세계로 돌아와 적응하려고 애쓰는 중이다.

정장을 입지 않은 잭은 처음 본다. 잭의 나체를 보더라도 충격이 이보다 크게 더하지는 않을 것 같다. 나는 웃고, 마시고, 또 웃지만 속으로는 이래도 괜찮을까 전전긍긍한다. 내가 아는 잭 아벨해머는 소설이나 영화 속의 캐릭터 같은 존재다. 현실을 좀 더 견딜 만하게 느끼고 싶어서 그를 필요로 할 뿐, 현실을 더 복잡하게 만드는 존재는 원치 않는다.

"자, 무엇으로 할까요, 마님?"

잭이 메뉴판을 들여다보며 묻는다.

"마르살라 와인 풍미의 송아지고기, 마르카르포네 치즈 풍미의 송아지고기, 송아지고기를 다져서 곁들인 송아지고기? 송아지고기 싫어요? 좋아요, 그렇다면 스칼로피나 아 라 리모네*로 하죠."

잭은 주크박스에 동전을 넣고 「어디가 될지 언제가 될지Where or When」를 누르려고 손가락을 뻗는다.

"아뇨, 다른 노래로 하죠."

"좋은 노래잖아요."

"나 울지도 몰라요. 시나트라가 죽었다는 소식을 들었을 때도 울었었거든요."

"이봐요, 나도 시나트라를 좋아하긴 하지만 어차피 살 만큼 살다가 죽은 사람이잖아요. 굳이 울 것까지야 있어요?"

너무나도 친밀한 이 이방인에게 얼마나 많은 얘기를 털어놓고 싶은 건지는 나도 잘 모르겠다. 이채로운 인물이 등장하는 사연 혹은 '세상에 이런 일이'라도 말하고 싶은 건가? 우리 아빠는 78장에 달하는 시나트라의 앨범을 갈색 종이로 싸서 토스트를 세워놓는 거대한 틀 같은 데 끼워 그릇장에 고이 보관했다. 어렸을 때 줄리와 나는 그 음반들에 매혹되었다. 갈색 종이에서는 노인네 냄새가 났지만 음반 자체는 모든

---

* '레몬 풍미의 얇게 다진 송아지고기구이'를 이탈리아어로 말만 바꾼 것.

이에게 젊음을 불러일으켰다. 레코드판은 바퀴벌레처럼 반들거리는 검정색이었고 은빛 글씨가 들어가 있는 자주색 라벨은 무도회 초대장 같았다. 우리 아빠는 늘 가족모임에서 위대한 시나트라를 멋들어지게 흉내내곤 했다.

"시이이카고, 시이이카고, 걸음마를 시작한 그 도시여!"

하지만 아빠가 제일 좋아하는 곡은 모두 슬프고 처연했다. 특히 「언제나 함께All the way」와 「어디가 될지 언제가 될지Where or When」를 좋아했다. 아빠는 나에게 이렇게 말하곤 했다.

"프랭크 시나트라는 짝사랑의 수호성인이지. 그 목소리를 한 번 들어볼래, 캐서린?"

"케이트?"

"프랭크 시나트라는 우리 부모님을 행복하게 해줬죠."

나는 메뉴를 보면서 그렇게 말한다.

"우리 집에서는 늘 휴전의 음악으로 통했거든요. 아빠가 「나와 함께 날아봐요Come Fly with Me」를 틀면 숨어 있던 데서 나와도 안전하다는 뜻이었죠. 송아지고기 대신 칵테일을 한 잔 더 할까 봐요. 「사랑과 결혼 Love and Marriage」과 「한밤의 이방인들Strangers in the Night」을 한데 섞으면 어떻게 될 것 같아요?"

내가 까딱까딱하던 나이프 끝을 잭이 손으로 잡는다. 우리는 나이프 한 자루의 양쪽 끝을 잡고 있는 어색한 모습이 된다.

"그렇게 끔찍하기야 하겠어요? 뭐 입에서야 별로 반기지 않을 것 같지만요. 최악은 다음날 아침에 밀려오는 후회겠지요. 그런데 바운시 캐슬이 뭐예요?"

"바운시 캐슬요?"

"그래요, 바운시 캐슬. 여기 당신 손에 적혀 있잖아요. 손바닥에 메모하는 여자는 중학교 때 이후로 처음 봐요. 케이트, 다이어리라는 새로운 물건이 나왔다는 걸 아직 모르나 봐요?"

손가락 관절을 가로지르는 거미 같은 볼펜 글씨를 들여다본다. 에밀리 생일 때문에 적어둔 메모다. 자, 난처한 순간이다. 아이가 있다는 말을 해야 하나, 말아야 하나(확실히 말하기가 부끄러운 상황임에는 틀림없다).

"바운시 캐슬은요…… 공기를 불어 넣어서 아이들이 펑펑 뛰어놀 수 있는 놀이기구예요. 딸아이 생일파티에 하나 대여해서 쓰려고 적어났죠. 오래오래 기억해야 할 일은 아니지만 정작 내가 생각이 미칠 때는 늘 너무 늦어버리더라고요."

"애가 있어요?"

잭이 관심을 보인다. 화들짝 놀라는 분위기는 아니다.

"애가 둘이에요. 그렇다고 하네요. 애들을 원하는 만큼 볼 수가 없어요. 에밀리는 6월에 여섯 살이 돼요. 자기가 잠자는 숲속의 공주인 줄 아는 아이죠. 그리고 벤은 돌을 갓 넘겼는데 잠시도 가만히 있질 않아요. 음, 남자아이라서 다르긴 다른가 봐요."

잭이 진지하게 고개를 주억거린다.

"아직도 그런 애들이 남자라는 종족을 유지해주니 놀랍죠. 엄밀히 말해 우리 남자들은 공룡과 함께 멸종했어야 했어요. 그래도 몇몇 사내들은 당신 같은 여자들이 나서면 세상이 어떻게 바뀔까 지켜보고 싶어 했지요."

"전 놀림 받는 데 전혀 익숙지 않답니다. 아벨해머 씨."

"독일인의 피도 흐르나 보군요, 레디 씨."

행주에 치즈수세미를 감아놓은 것 같은 송아지고기요리를 먹고 나자 아몬드를 박은 면도거품 같은 티라미수가 후식으로 나왔다. 상상을 초월할 정도로 맛없는 음식이 벌써 우리끼리의 농담거리가 되었다. 그다음에는 춤을 춘다. 그것도 아주 오래. 그다음에는 노래까지 했나 보다. 말도 안 된다. 내 정신이 어떻게 됐기에 사람들 앞에서 노래까지 부르게 됐을까?

내 안의 목소리는 여전히 당신, 당신, 당신을 부르는데.

밤이나 낮이나, 내게는 당신뿐,

태양 아래나 달 아래나, 오직 당신뿐,

가까이서나 멀리서나, 내 사랑 당신이 어디 있는지는 중요치 않아.

당신을 생각해요, 밤이나 낮이나.

오전 2시 34분 "엄마, 일어나세요! 잠꾸러기 엄마, 일어나요!"

먹먹한 공포에 화들짝 일어났다. 가슴을 손으로 가리고서야 주위가 컴컴하다는 것을 깨닫는다. 에밀리? 에밀리가 어떻게 여기 뉴저지에? 스위치를 찾느라 잠시 시간이 걸리고, 에밀리 목소리가 자명종에서 튀어나왔다는 걸 깨닫기까지는 좀 더 시간이 걸린다. 에밀리는 목소리를 녹음할 수 있는 여행용 자명종을 크리스마스 선물로 주지 않았던가. 지금이 런던에서는 기상시각인가 보다.

"엄마, 게으름 부리면 안 돼요. 그러다 지각해요."

에밀리의 목소리에서 자기 할 일을 잘 해내고 있다는 자부심이 느껴진다. 이렇게 으스댈 때에는 말투가 엄마랑 똑같아진다.

불륜의 표시를 찾아 방 안을 살핀다. 옷은 옷걸이에 걸려 있다. 구두는 의자 밑에, 속옷은 곱게 개킨 채 의자 위에. 잭이 나를 호텔로 데려와서 옷을 벗기고 침대에 눕혔다. 어린애 돌보듯. 문득 그런 생각이 든다. 잭이 이 방에 있는 동안 에밀리의 목소리가 어둠 속에서 튀어나와 우리가 하던 짓을 멈추어야 했다면…… 죽고 싶을 정도로 민망했을 거다.

아이고, 머리야. 물을 마셔야 해. 욕실에 들어가서 불을 켠다. 불빛이 머리를 뚫는 드릴 같아서 참을 수가 없다. 불을 끈다. 물 한 잔을 마시고, 연거푸 한 잔을 더 들이켠다. 그래도 부족하다. 샤워기를 틀고 입을 벌린 채 물을 맞는다. 침대로 돌아와 보니 객실 비치용 메모지 첫 번째 장에 뭐라고 쓰여 있다. 데스크램프를 켜본다.

처음으로 일어난 일들이

또 다시 일어날 것 같네

…… 그러나 누가 알리, 어디가 될지 언제가 될지?

잘 자요. 사랑을 담아, 잭.

오전 10시 9분 비행기는 세월아 네월아 지연되고 있다. 클럽라운지에 길게 늘어선 의자에서 몸을 쭉 뻗는다. 창밖의 안개가 내 머릿속의 짙은 우울함과 아주 잘 어울린다. 어젯밤 일을 생각하지 않으려고 노력하면서 어젯밤 일을 생각하는 중이다. 이것이 레디 스타일의 불륜인가. 섹스 없이도 죄책감 충만이다. 잘났어, 케이트. 아주 잘하는 짓이야.

고객과 술을 마시고 취한 것도 모자라서, 고객이 호텔 방까지 데려다주고 옷을 다 벗겨주고 정중하게 떠나주시다니. 내가 어떤 감정을 느껴야 하는지도 잘 모르겠다. 옷을 벗긴 건 성추행이라고 격분해야 하는 거야, 어떻게 거기서 그만둘 수 있느냐고 비참해해야 하는 거야? 어쩌면 아벨해머는 내가 브래지어와 팬티를 세트로 입고 있지 않아서 실망했을지도 모른다. 아니면 두 번의 임신과 한 번의 제왕절개를 거쳐 우리 할머니가 만들어주시던 라이스푸딩—입자가 살아 있는 슬러시 위에 늘어진 주름투성이 거죽—과 비슷한 꼴이 되어버린 내 배를 보고

기겁했는지도 모른다. 잠재적 애인 앞에서 의식을 잃어버릴 때의 문제점은 개인트레이너의 충고대로 배에 힘을 단단히 줄 수 없다는 것이다.

잭이 내 옷을 벗겼다고 생각하니 스타킹이 부드럽게 다리에서 흘러내려가듯 온몸이 전율한다.

"케이트, 괜찮은 거예요?"

모모가 블랙커피와 영국 신문을 들고 돌아온다.

"아뇨, 별로 안 좋아요. 뭐 새로운 뉴스라도 있어요?"

"보수당이 자기들끼리 죽어라 싸우고 있고요. 워킹맘 문제를 다룬 기사가 있네요. 워킹맘의 78퍼센트는 내일이라도 당장 사표를 쓰고 싶어 한다는군요."

"하하! 정확한 수치일 리가 없어요. 진짜 스트레스가 심각한 워킹맘들은 그런 바보같은 설문조사에 응할 시간도 없으니까. 모모, 무슨 생각을 하는 중이죠?"

모모가 코에 귀여운 주름을 만들며 인상을 찡그린다.

"죄송하지만 전 아이는 낳지 않을 거예요. 정말로 케이트가 어떻게 다 해내고 있는지 모르겠어요."

"분리가 노하우예요. 애들은 이쪽에, 일은 저쪽에, 그렇게 분리를 하는 거예요. 그러고서 그 두 영역이 서로 침해당하지 않게 해야만 해요. 까다롭긴 해도 불가능한 일은 아니죠. 어쨌거나 애는 꼭 낳아봐야 해요. 치가 떨리는 멍청이들이 자손을 마구 퍼뜨리고 있는데 예쁘고 똑똑

296

한 모모가 애를 안 낳으면 세상이 어떻게 되겠어요."

모모는 고개를 젓는다.

"전 애들을 좋아해요. 하지만 커리어를 계속 쌓고 싶어요. 케이트도 런던 금융가가 워킹맘들을 어떻게 대하는지 말해줬잖아요. 어쨌거나."

모모는 쿨하게 이 말을 덧붙인다.

"전 애들을 돌보고 살기에는 너무 많은 교육을 받았잖아요."

모모에게 어떻게 설명할까? 모모 나이대의 젊은 여성들은 나 같은 워킹맘들을 바라보면서 몹시도 힘겨워 보이는 이중생활에 학을 떼고 가급적 애는 늦게 가져야겠다고 생각한다. 내 친구들도 많이 그랬다. 그러다가 삼십대 중반이 되면 더럭 겁이 나서 아무 남자나 만나고—모모가 그때쯤 되면 정자 기증자를 찾겠지만—임신이 되지 않는 현실을 확인한 뒤에는 힘들고 사람을 지치게 하는 시험관아기시술로 넘어간다. 때로는 그래서 좋은 결과를 얻기도 하지만 대부분은 그렇지 않다. 우리는 '어머니 자연'을 뛰어넘었다 생각하지만 자연을 괜히 어머니로 추앙하는 게 아니니까. 어머니 자연은 자기 나름의 방식으로 우리를 절망에 몰아넣기도 하고, 한없이 작게 만들기도 한다. 세상은 핵전쟁이 아니라 유리판 속의 냉동난자를 바라보며 저걸 녹여서 애를 가질 시간이나 있으려나 고민하는 여자들 때문에 멸망할지도 모른다. 나는 공항의 시끌벅적한 소음을 무시하고 에밀리와 벤이 나에게 어떤 의미인가 곰곰이 생각한다. 그다음에 내게 남은 힘을 몽땅 쥐어짜서 모모에게 진해준다.

"아이들은 우리가 여기에 살았었다는 증거예요, 모모. 아이들은 우리가 죽은 후에 가게 될 내세죠. 우리가 할 수 있는 최고의 일이자 가장 힘겨운 일, 그건 오로지 아이들뿐이에요. 모모는 내 말을 꼭 믿어야 해요. 인생은 수수께끼지만 아이들이 그 해답이죠. 만약 인생에 해답이 있다면 그 해답은 아이들일 수밖에 없어요."

모모가 가방을 끌어당겨 나에게 티슈를 건네준다. 나는 아이들 생각에 눈물을 흘리는 걸까, 아니면 어젯밤 아이들 생각을 조금도 하지 않았기 때문에 눈물을 흘리는 걸까?

오후 8시 53분 뉴어크발 히스로행 비행기. 일을 할 때에는 항상 아드레날린으로 버틸 수 있다만 귀갓길에는 그동안 집을 비웠었다는 현실이 숙취처럼 밀려온다. 집. 집을 생각하면 상반된 두 가지 감정이 크게 떠오른다. '우리 가족이 나 없이 어떻게 지냈을까?' 걱정을 하면서도 '모두들 나 없이도 잘 지냈겠지.' 라고 아프게 깨닫는 것이다.

해외 출장을 가면 호텔 객실에서 노트북을 꺼내놓고 원격접속으로 이메일을 확인한다. 전화선을 통해 세상 반대편 어딘가로 신호가 떠나는 소리를 듣는다. 몇 초간 목구멍에 멈춰 있는 듯하다가 위성에서 탭댄스처럼 삐, 삐, 삐, 소리가 들리고 다시 내 노트북으로 신호가 돌아온다. 원격접속. 나와 우리 아이들의 소통방식이 꼭 그렇지 않을까? 내가 필요할 때만 애들에게 신호를 보내고, 그렇지 않은 때에는 저만치 먼 곳에 방치하는 식 아닌가. 어쩌다 가끔 며칠 밤낮을 아이들과 함께 지내보면 아이들의 엄청난 에너지에 놀라 자빠진다. 내가 방금 모모에게 보여준 지갑 속 사진에서 수줍게 웃고 있는 그 애들과는 완전 딴판이다. 엄마를 향한 아이들의 욕구는 물이나 빛을 향한 욕구 같다. 파괴적이랄 만큼 단순한 욕구. 여자들이 어떻게 살아야 하는가를 다룬 이론들과는 하나도 맞아떨어지지 않는다. 그런 이론들을 다루는 책은 아이를 낳아본 적 없는 여자들이나, 낳기는 낳았으되 진짜 엄마 노릇을 하지 않고 나처럼 주로 원격접속으로 아이를 키운 여자들이 쓰기 때문이다. 아이는 엄마의 심장을 변화시킨다. 아무도 그런 얘기는 책에 쓰지 않았다. 여기 일등석 첫 줄에서 진을 홀짝홀짝 마시며 내 가슴 속의 그 부조리한 기관을 호리병박처럼 뻐근하게 느낀다.

모모는 바로 내 옆 좌석이다. 아까 공항에서 내 눈물을 본 이후로 나의 어시스턴트는 세심하게 내 기분을 걱정해준다. 하지만 아쉬움에 찌든 이방인이 인생의 의미가 어쩌고저쩌고 하니까 불편한지 가급적 빨리 정상적인 케이트로 돌아오기를 바라고 있다. 그리고 나 역시 나다운 모습으로 돌아가고 싶을 뿐이다.

"케이트, 제가 보는 『하버드 비즈니스 리뷰』하고 케이트가 보는 『배너티 페어』하고 바꿔서 봐요."

모모가 냉철한 회색 글자들이 난무한 책자를 나에게 내민다.

"조니 뎁 사진이라도 실렸어요?"

"아뇨, 하지만 프레젠테이션의 행동언어 중에서 절대로 구사해서는 안 될 것과 꼭 써먹어야 할 것을 다룬 재미있는 기사가 있네요. 그중에서도 1번 수칙이 뭔지 알아요?"

"완벽하게 점잔 떨기보다는 블라우스 단추를 두 개 더 풀어라?"

"아뇨, 케이트. 진지하게 말하는 거예요. 1번 수칙은 '몸짓의 신호를 통해서 의도를 고객에게 확실히 알리라.' 예요."

"그럼 블라우스 단추 두 개 더 푸는 거 맞네."

(나는 왜 이 사랑스럽고 조신한 아가씨의 환상을 박살내야 한다는 의무감에 시달리는가? 그 환상을 남자들이 깨부수기 전에 차라리 내가 먼저 깨주는 게 낫다고 생각해서?)

통로를 사이에 두고 저쪽에서 헐렁한 분홍색 스웨터 차림의 갈색 머리 여자가 우는 아기를 달래느라 곤혹을 치르고 있다. 여자는 일어나서 아기를 둥개둥개 얼러준다. 다시 자리에 앉아서 아기를 안고 머리를 엄마 어깨에 기대게 한 뒤 등을 토닥토닥한다. 하지만 결국은 스웨터를 올리고 젖을 물린다. 그 엄마 옆자리의 양복쟁이는 모유수유 현장을 흘끗 보더니 벌떡 일어나 화장실로 내뺀다.

아기 울음의 보편적 법칙은 별로 알려지지 않은 것 같다. 엄마가 당황해서 사색이 될수록 아기 울음소리는 우렁차진다. 굳이 주위를 둘러보지 않아도 이 법칙에 따라 울려 퍼진 울음소리가 다른 승객들에게 미친 효과는 알고도 남는다. 기내에는 분노가 팽배해 있다. 일을 하려던 남자도, 잠시 휴식을 취하려던 남자도, 몇 시간 남지 않은 자유를 만끽하며 집과 관련된 생각은 잊고 싶었던 여자도, 아이들을 두고 왔다는 죄책감에 시달리는 여자도 다같이 분노하는 것이다.

아기 엄마의 얼굴에 익숙한 표정이 떠올라 있다. 격하게 사과하고 싶은 마음("여러분, 불편을 끼쳐드려 죄송합니다!")이 크지만 고까운 심정("우리도 당신들처럼 돈 내고 탔거든요. 그럼 애가 울지 안 울어요?")도 만만치 않을 것이다. 아기는 백일 정도밖에 안 됐을 것 같다. 민들레 씨처럼 고운 솜털 머리가 달걀 모양의 예쁜 정수리에 동그랗게 테를 그리며 자라고 있다. 아기가 울면서 악을 쓸 때마다 시퍼런 관자놀이에서 맥이 팔딱팔딱 뛰는 것 같다.

"안 돼, 로라. 그러면 엄마 아파요, 우리 아기."

아기가 엄마의 길고 검은 머리를 잡아당기자 엄마가 뭐라고 한다. 갑자기 벤이 생각나서 가슴이 먹먹하다. 벤도 많이 피곤하면 저런 행동을 한다. 아기가 잠투정을 할 때 느끼는 좌절감은 알코올중독자가 술집에 못 들어갈 때의 좌절감 저리가라다.

모모는 이십대 특유의 이해가 가지 않는다는 듯 정색하는 표정을 짓고 있다. 이어서 한껏 목소리를 낮추어 왜 엄마가 아기를 조용히 시키지 못하는지 나에게 묻는다.

"아기는 지금 잠을 자고 싶은데 기압 때문에 귀가 몹시 나쁠 거예요.

귀에서 느끼는 압력을 낮추려면 뭔가 마실 것을 빨아야 하는데 지금 너무 피곤해서 엄마 젖도 못 빨고 그냥 들러붙어만 있는 거예요."

젖을 '빨다'는 말에 모모는 회색 도나 캐런 모직 스웨터 속에서 진저리를 친다. 자기는 모유수유는 생각만 해도 정말 기분이 이상하다는 것이다.

나는 사실 전혀 이상한 게 아니라고 말한다.

"사실은요, 인생을 살면서 자기 몸이 완전히 이해가 되는 순간은 모유를 먹일 때밖에 없을걸요. 분만실에 있을 때 에밀리가 젖을 막 찾는데 정말로 젖이 나오기 시작하더라고요. 그때 생각했어요. 아, 난 포유동물이 맞구나!"

"좀 징그러워요."

"징그럽기는커녕 마음이 편해졌어요. 우린 얼마 남지도 않은 본능을 지나치게 억누르며 평생을 살죠. 그리고 젖을 먹이고 싶은 본능이란…… 음, 캐럴 킹 노래 중에서 이런 거 알아요? '오, 당신은 내게 진짜 여자natural woman라는 기분을 느끼게 하지요.'"

노래는 부르지 말았어야 했다. 분홍 스웨터의 아기엄마한테까지 내 노랫소리가 들어갔다. 아기엄마는 사람들 앞에서 엄마 생색을 낸다고 빈정거리는 걸로 오해한 것이 분명하다. 나는 그녀에게 '저기요, 걱정 말아요. 나도 겪어봤어요!'라는 뜻의 미소를 보내며 실수를 만회하려고 노력해본다. 하지만 내가 정장 차림이라는 걸 깜박 잊었다. 정장과 노트북, 애를 낳아본 적도 없는 적군으로 오해받기 딱 좋은 행색이다. 아기엄마 눈초리가 12구경 산탄총만큼 무시무시하다.

잠을 자려고 노력해야 하건만, 머릿속에서 번개를 동반한 폭우가 휘몰아치듯 심란하기 짝이 없다. 잭을 생각할 때의 내 기분, 이런 걸 뭐라고 해야 하나? 내가 바보가 된 것 같다. 어쨌거나, 그는 누구이며, 그가 나에게 원하는 것, 혹은 내가 그에게 원하는 건 무엇인가? 그럼에도 가장 큰 감정은 흥분이다. '기습'을 당한 기분이랄까. 군사들이 나의 심장으로 불시에 몰려들어 항복하라고 고함치는 것 같다. 때로는 항복하고 싶다. 그다음에는 우리 아이들이 생각난다. 벤의 그림책에서 사냥 나간 엄마가 돌아오기를 애타게 기다리는 새끼올빼미들 같은 우리 아이들이. 난 그 빌어먹을 동화를 줄줄 외운다.

'새끼올빼미들은 눈을 꼭 감고 엄마올빼미가 오기를 기도했어요. 그랬더니 엄마가 왔어요. 엄마가 소리 없이 조용히 날아서 나뭇가지 사이를 헤치고 사라, 퍼시, 빌에게 온 거예요. "엄마!" 새끼올빼미들은 울음을 터뜨렸어요. 그러고는 날개를 퍼덕대며 덩실덩실 춤을 추고 나뭇가지에서 폴짝폴짝 뛰었지요. 엄마올빼미가 물었어요. "왜 이렇게 난리니? 엄마가 꼭 돌아온다는 거 알잖아."'

"무무, 진을 더 달라고 해도 괜찮을까요? 아직도 난 내 의식을 놓아버릴 수가 없나 봐요."

대서양 상공에서 나는 잭에게 보낼 이메일 문안 작성에 고심한다. 뭐라고 써야 우리 사이를 원래대로 돌려놓을 수 있을까?

오후 1시 5분

보내는 사람: 케이트 레디

받는 사람: 잭 아벨해머

술에 취해 낯선 남자가 옷을 벗겨주는 일에는 정말 익숙지 않답니다.

아냐, 너무 건방져. 삭제. 업무 관련 메일 비스무리하게 써보자.

오후 1시 11분

보내는 사람: 케이트 레디

받는 사람: 잭 아벨해머

최근 만남에 덧붙여 말씀드리자면 일시적으로 펀드 총액을 늘리는 문제에 대해 생각하고 있었어요. 그 밖에도 원하시는 바가 있다면⋯⋯

혹시 제가 필요하시다면⋯⋯

간절히 바라는 바⋯⋯

제가 각별한 노력을 기울이리라는 점은 잘 아실 테고⋯⋯

잠자리에 필요한 몇 가지 옵션들에 대해서 숙고하고 있었⋯⋯

아, 미치겠다.

오후 1시 22분

보내는 사람: 케이트 레디

받는 사람: 잭 아벨해머

잭, 나는 그저 어젯밤에 내가 얼마나 어울리지 않는 짓을 했는지 말하고 싶어요. 내가 잠깐 마가 껐다고 해서 우리의 소중한 직업적 관계가 달라지는 일은 없었으면 해요. 무슨 일이 있었는지 정확하게 기억나진 않지만 당신이 친절하게도 호텔방까지 데려다주었을 때 크게 실수를 하지 않았나 생각해요.

당신은 우리 회사의 가장 중요한 고객이니만큼 당신과 우리 회사의 미래에 영향이 가는 일은 없었으면 좋겠어요. 그건 무엇보다 확실해요.

당신을 신뢰하며, 캐서린.

집에 오자마자 그 메일을 잭에게 보낸다.

보내는 사람: 잭 아벨해머

받는 사람: 케이트 레디

미국에서는 여자가 입술에 키스를 하고 남자가 선택한 무인도로 데려가 달라고 청할 경우 '직업적 관계'에 어느 정도 변화가 오는 경향이 있지요.

그러나 요즘 영국에서는 기본적인 고객관리기법의 하나로 MBA 프로그램에서도 가르치는 모양이죠?

시나트라 인에서는 정말 즐거웠어요. 제발 호텔방에서 있었던 일로 민망해하지 말아요. 저는 끝까지 눈을 감고 있었습니다. 마님. 눈에서 콘택트렌즈를 빼달라고 했을 때만 제외하고요. 왼쪽 눈이 더 진한 초록색이더군요.

집에 돌아오니 텔레비전에서「내일을 향해 쏴라」를 해주더라고요. 케이트, 그 영화 마지막 장면 알아요? 선댄스와 부치가 밖에서 기다리는 멕시코 군인들에게 포위되어 있었던 장면요. 그들은 소용없다는 걸 알면서도 어쨌든 기름통에 불을 지르죠.

그 장면에서 잠깐이지만 당신과 내가 곤경에 빠졌다는 생각이 들었어요.
잭.

꼭 기억할 것 아이들, 바운시 캐슬, 토끼 모양 블랑망주 틀. 남편.

꼭 잊어야 할 것 당신, 당신, 당신.

모성법정 II

여자는 모성법정에 설 때마다 자기가 자기 모습이 아닌 것 같았다. 뭐가 문제인지는 파악하기가 어려웠다. 법정에 서면 수많은 반박이 그녀의 혀끝에서 맴돌았다. 왜 직장에 다녀야 하는지, 그로써 그녀와 아이들이 어떤 혜택을 누리는지 얼마든지 이유를 댈 수 있었다. 페미니스트 저널리스트 글로리아 스타이넘의 촌철살인의 말을 인용해서 왜 부성과 사회생활의 조화를 고민하거나 조언을 구하는 남자는 없는 거냐고 말할 수도 있었다. 그러다 피고석에만 서면 그 모든 자기변호는 그녀의 입속에서 재로 변했다.

여자는 심문이 항상 밤에 이루어지기 때문일 거라고 생각했다. 그녀가 잠이 들 무렵, 요컨대 정신이 맑지 않을 때니까. 법정 분위기도 엉

도움이 되지 않았다. 오크 패널로 마감한 숨 막히는 공간, 게다가 가발을 쓰고 서글픈 표정을 지은 저 검은 옷의 사람들이라니. 마치 거대한 관을 옆에 두고 여자가 스스로 무덤 파기를 기다리는 장의사들 옆에서 진술을 하는 기분이었다. 그리고 여자는 판사가 몹시 혐오스러웠다. 판사는 예순다섯 살은 확실히 넘었을 것 같았고, 청력이 영 떨어지는 듯했다.

"캐서린 레디, 당신은 오늘밤 아픈 아이를 런던에 내버려두고 미국으로 출장을 간 죄로 모성법정에 섰습니다. 변론하시겠습니까?"

오, 하느님. 그건 정말.

"열이 있는 에밀리를 런던에 두고 출장 간 것은 사실입니다, 존경하는 재판장님. 하지만 제가 최종 프레젠테이션이 그토록 임박한 상황에서 런던에 남았더라면 우리 회사는 두 번 다시 저에게 그렇게 중요한 건을 맡기지 않을 겁니다."

"도대체 어떤 어머니가 아픈 딸을 버려두고 갈 수가 있지요?"

판사는 냉담한 눈으로 여자를 쏘아보며 묻는다.

"제가 그랬습니다만⋯⋯."

"큰소리로 말하세요!"

"존경하는 재판장님, 제가 그랬습니다. 하지만 저는 제 딸이 적절한 치료를 받고 있다는 것을 알고 있었습니다. 에밀리는 항생제를 복용 중이었고 저는 출장 중에도 매일 전화로 아이의 상태를 확인했습니다. 아이의 생일을 맞아 수영파티 계획도 세우고 있는 중입니다. 저는 엄마가 딸들에게 역할모델이 되어야 한다고 진심으로 믿어 의심치 않으며…… 제 딸을 너무나도 사랑합니다."

"새톡 부인."

이제 검사가 일어나 여자에게 다가온다.

"법정은 부인이 직장 동료에게 뭐라고 고백했는지 알고 있습니다. 중간휴가가 끝나고 직장으로 다시 출근할 때의 심정을 토로하면서 캔디스 스트래턴 양에게 '거의 오르가슴과도 같은 안도감'이라는 표현을 썼지요. 이에 대해 어떻게 답변하시겠습니까?"

여자가 웃음을 터뜨린다. 음울하고 씁쓸한 웃음이다.

"이렇게 억울할 수가 있나요. 하루 종일 '엄마, 응가!'를 외치며 쫓아다니는 사람이 없는 곳에서 안도감을 느끼는 건 당연하지 않습니까? 그 점까지 부인하지는 않겠습니다. 최소한 회사 사람들은 제가 바쁜 걸 뻔히 알면서 토스트를 달라, 막대사탕을 달라, 바지를 올려달라 요구진 않으니까요. 하지만 그래서 안도감을 느끼는 게 죄라면 죄송하게 됐네요. 그럼 죄가 있다고 하죠, 뭐."

"유죄를 인정한 겁니까?"

판사의 기세가 등등해졌다.

"변론을 하자면……."

여자가 말을 잇는다.

"제가 세인트 데이비스에 갔을 때 모래성을 세 개나 지었다는 사실을 참작해주시기 바랍니다. 에밀리가 인어공주 머리핀이라면서 게의 집게발로 제 머리카락을 땋을 때에도 내버려두었고요. 저는 그 많은 노래를 불러 젖혔고 그 많은 샌드위치를 만들었습니다. 아이들이 스낵밖에 먹지 않는 중에도 매일매일 두 종류의 샌드위치를 만들었다고요."

"섀톡 부인, 입장을 분명히 밝혀주시지요. 유죄입니까, 무죄입니까? 모성법정은 해변에서 무슨 놀이를 했는가를 따지는 곳이 아닙니다."

판사의 목소리가 더 커진다.

여자가 삐딱하니 고개를 쳐든다. 여자의 눈동자에 심술궂다 못해 거의 반란자 같은 독기가 빛나기 시작한다.

"부성법정은 있습니까, 판사님? 정말 바보 같은 질문이지요? 그 끊이지 않는 고발을 어떻게 다 처리하겠어요. 사내라는 작자들은 퇴근길에 술집을 그냥 지나치지 못해서 2000년이 넘도록 아이들에게 동화책을 읽어주는 임무를 등한시하지 않았나요?"

"정숙! 정숙! 섀톡 부인, 이런 식으로 나온다면 피고를 감옥에 보낼 수밖에 없습니다."

"나름 괜찮네요. 잠은 푹 잘 수 있을 거 아니에요."

판사는 의사봉을 마구 내려친다. 판사는 순간순간 몸집이 불어나고 주름투성이 흰 얼굴이 피 뽑는 주사기처럼 시뻘겋게 변한다. 반면에 피고는 점점 작아진다. 바비 인형만 한 크기로 줄어든 여자가 피고석 가장자리로 올라가 하이힐을 신고도 절묘하게 균형을 잡고 우뚝 버틴다. 여자는 판사를 향해 목청껏 고함을 지르지만 쥐가 찍찍대는 소리로밖에 들리지 않는다.

"좋아요, 정말로 진실을 알고 싶으세요? 유죄가 맞아요. 믿을 수 없을 만큼, 노이로제에 걸릴 만큼, 병적으로 제 죄를 인정한다고요. 됐나요? 참 죄송하게 됐네요. 하지만 이제 전 가봐야겠네요. 세상에, 지금이 몇 시인 줄이나 좀 보시지 그래요?"

〈2권에서 계속〉

하이힐을 신고 달리는 여자 1

초판 1쇄 발행 2012년 1월 3일
초판 2쇄 발행 2012년 1월 16일

글 앨리슨 피어슨
옮김 이세진

발행인 박효상
책임편집 강현옥
디자인 윤주열

발행처 사람in
출판등록 제10-1835호
주소 121-894 서울시 마포구 서교동 378-16번지 강화빌딩 4F
문의전화 02)338-3555
팩스 02)338-3545
Homepage www.saramin.com
e-mail school@saramin.com

:: 책값은 뒤표지에 있습니다.
:: 파본은 바꿔 드립니다.

ISBN 978-89-6049-280-6 04840
     978-89-6049-279-0 (set)

사람이 중심이 되는 세상, 세상과 소통하는 책 사람in